读客® 公务员读史丛书

读历史，更懂政治，修身治国平天下

其实我们一直活在

春秋战国

春秋的思想、战国的计谋，至今依然深刻地影响着每一个中国人的思维方式和生活习惯。

翻开本书，查看中国人思维方式的源头，时不时茅塞顿开，时不时眼前一亮。

龙镇 著

江苏文艺出版社
JIANGSU LITERATURE AND ART PUBLISHING HOUSE

4

孔子周游列国
儒家思想形成

图书在版编目（CIP）数据

其实我们一直活在春秋战国 . 4 / 龙镇著 . -- 南京：江苏文艺出版社，2013. 3

ISBN 978-7-5399-5959-7

Ⅰ . ①其… Ⅱ . ①龙… Ⅲ . ①中国历史－春秋战国时代－通俗读物 Ⅳ . ① K225.09

中国版本图书馆 CIP 数据核字（2013）第 011218 号

书　　名 其实我们一直活在春秋战国 . 4

著　　者 龙　镇
责任编辑 丁小卉　姚　丽
特约编辑 肖　飒　盛　亮
责任监制 刘　巍　江伟明
策　　划 读客图书
版　　权 读客图书
封面设计 读客图书　021-33608311
出版发行 凤凰出版传媒股份有限公司
江苏文艺出版社
出版社地址 南京市中央路 165 号，邮编：210009
出版社网址 http://www.jswenyi.com
印　　刷 北京正合鼎业印刷技术有限公司
开　　本 680mm x 990mm 1/16
印　　张 15.5
字　　数 236 千
版　　次 2013 年 3 月第 1 版　2013 年 3 月第 1 次印刷
标准书号 ISBN 978-7-5399-5959-7
定　　价 29.90 元

如有印刷、装订质量问题，请致电 021-33608311（免费更换，邮寄到付）

目录

第一章
晋国衰落

楚平王夺位：无毒不丈夫

楚灵王失势后，郢都一下子有了三个主人：王子比、王子黑肱和王子弃疾。三个人都是楚共王的儿子、楚灵王的弟弟，从血统上讲，谁都有可能成为楚国的新君。若论长幼，王子比年龄最大；若论实力，自然是弃疾强横，外有陈、蔡之人相助，内有楚国文武百官支持，夺标呼声最高。

弃疾名声历来不错。早在公元前536年，他奉楚灵王之命出使晋国，途经郑国，受到郑简公和罕虎、子产、子大叔等大臣的热情接待。弃疾的知书达理给郑国君臣留下了深刻的印象。他听说郑简公亲自出面宴请，立刻表示自己乃是以卿大夫的身份过境，不敢接受。郑国人一再坚持，他才勉强接受。见到郑简公，弃疾便行君臣大礼，而且送给郑简公骏马八匹；见到罕虎，以上卿之礼相待，赠予骏马六匹；见子产，赠马四匹；见子大叔，赠马两匹。楚国使团和卫队驻扎在郑国，禁止随意放牧砍柴，不入农田，不进菜园，不破坏民房，不骚扰居民，真个是秋毫无犯。弃疾还对天发誓："如果有谁敢违抗命令，一律撤职查办！"当时罕虎等人就议论说，这位王子弃疾恐怕迟早是要当楚王的。

对于弃疾的实力，观从（楚大夫观起之子）有着清醒的认识。他私下对王子比说：“您如果想成大事，那就趁着蔡公（王子弃疾）没有防备，找机会杀掉他！否则的话，就算您当上了国君，他也能把您赶下台。”

王子比对此的回答是：“我于心不忍啊！”

观从哭笑不得：“您不忍心对付人家，不代表人家也会不忍心对付你。”

“不可能。”王子比连连摇头说：“弃疾为人忠厚，世人皆知，他怎么可能对自己的哥哥动手呢？”

观从说：“您也许忘了，楚王也是他的哥哥。”

不想这话戳到了王子比的痛处，他的脸立刻涨得通红，说：“我们起兵反对楚王，是为了挽救楚国，不是为了一己之私利。倒是你，从一开始就伪造弃疾的书信，将我们骗回来，又利用我们胁迫弃疾就范。现在楚王生死未卜，你又来挑拨我们兄弟的关系，究竟是何居心？”越说到后来越激动，口水几乎喷到观从脸上。

观从长叹一声，举起袖子擦了擦脸，说：“我不过是不忍心看到你的下场，哪里有什么居心？罢了罢了，您既然不信任我，我留在这里也是多余，请允许我就此告辞。”

王子比说：“请自便。”

观从默然退下。当天夜里，他就收拾行装，离开了郢都。

王子比真的不忍心对弃疾下手吗？从当时的情况看，也许性情使然，也许是形势所逼。客观的事实是：当时楚灵王生死未卜，局势并不明朗，万一楚灵王杀回郢都，非弃疾不足以与之抗衡。这个时候除掉弃疾，显然是不明智的。

当时楚国朝野对于王子比、王子黑肱、王子弃疾这“三驾马车”能否控制局势，也普遍持有怀疑态度。郢都的居民更是人心惶惶，害怕楚灵王卷土重来，秋后算账。

人心不安，自有妖孽。某一天晚上，不知从哪里冒出来几个失魂落魄的人，跑到大街上凄厉地狂呼：“大王回来啦！”

大多数人的第一反应是：“要屠城吗？”

楚灵王素有残暴之名，如果得知自己的儿子被杀，屠城恐怕是理所当然的。

满城人都战战兢兢，无法入睡。如此折腾了一夜，第二天早上起来，每个人的眼睛都是红红的，一副无精打采的模样。再互相打探楚灵王的消息，却是子虚乌有。

“原来是谣传啊！”大伙看似松了一口气，内心那块石头却更加沉重了。

过了几天，同样的事情又重演一次，引起的混乱不亚于前一次。惶恐的情绪弥漫在郢都的每一个角落，同样也使得王子比和王子黑肱坐立不安。

“幸好没有听观从的建议。”王子比心里暗想。他甚至开始后悔，当初为什么会轻易上观从的当，从晋国跑回来争夺什么王位。老老实实地呆在晋国当寓公，衣食无忧地过一生不也是挺好的吗？

不久之后的一天夜里，城内突然骚乱起来。这次不是几个人，而是几百人在各条大街小巷上边跑边喊——

“大王回来啦！”

“前锋已经到了东门外！”

“大王有令，郢都军民速速开城迎驾，否则城破之日，全城皆屠！”

“乱党格杀勿论，一个不留！”

王子比听到了，连衣服都没穿整齐，就跑到王子黑肱府上商量对策。

“哥哥，你说他会杀了我们吗？”黑肱也急得像热锅上的蚂蚁，不知所措。较之王子比，他显得更沉不住气。

“应该不会吧，再怎么说，咱们也是兄弟。”王子比这样回答，却发现这话其实连自己也说服不了。

黑肱说：“可我们杀了他的儿子啊！”

王子比说：“那是弃疾派人干的，与我们无关……”

“哥哥！”黑肱打断他的话，“你觉得他会相信吗？就算我们有机会到他面前辩白，你觉得他会相信吗？”

“恐怕不会。”王子比顿时面如死灰，他沉吟了半天，说，“而今之计，只能快去找弃疾商量，请他出阵与之一战，或许还有胜算。”

“对，快去找他！”

两个人慌里慌张，正准备出发，听到门外喧哗，只见弃疾的亲信斗成然独自驾着马车，不顾卫兵的阻拦，气急败坏地闯进了前院。

“大王，大王回来了，百姓们害怕屠城，已经打开城门！”斗成然说着，几乎是从马车上滚落下来，跪倒在二人面前。

王子比和王子黑肱面面相觑，虽然是冬天，脑门上的汗滴却不住地冒。王子比急忙问道：“弃疾呢？弃疾现在哪里？”

“蔡公……蔡公已经遇害了！百姓害怕屠城，要拿你们人头去迎接大王，他们攻破了蔡公府，见人就杀，见东西就抢，蔡公刚露面，就被他们……”斗成然话没说话，已经哭成了个泪人。

王子比和王子黑肱嘴巴张得老大，半天说不出话来。

“他们很快就会到这里来，两位赶紧逃吧，千万不要被乱民们抓到了。”斗成然哽咽着，像是回忆起某个可怕的场景，不住摇头，“太惨了，太惨了，堂堂楚国王子，竟然死无全尸！”

正说着，门外火光冲天，前前后后都有人喊：“快开门，快开门！”接着听到重物撞击大门的声音，间杂着各种各样的呼声，王子比听得最真切的是——“千万不要放走了叛贼！”

“完了。”斗成然颓然道，“来不及了！”

“哥哥，现在怎么办？”黑肱看着王子比。

“还能怎么办？你我乃堂堂的楚国王子，要死也要死得体面，不能落在这些贱民手里。悔不该，当初轻信了观从的诡计，从晋国跑回来干这些傻事。”王子比说着，拔出腰中的佩剑往脖子上一抹，鲜血溅得满地都是。

王子黑肱犹豫了一下，也拔出佩剑，自刎身亡。

斗成然看着二人倒下，来不及抹干脸上的眼泪，嘴角已经露出一丝阴险的笑容。

《春秋》记载：“楚公子弃疾杀公子比。”说得明白，王子比和王子黑肱兄弟俩的自杀，乃是弃疾一手导演的好戏。他充分利用了二人对形势的不了解，略施小计，便逼得他们拔剑自杀，为自己的上台铺平了道路。

回想起来，当初王子比从晋国启程回楚国，韩起曾经问叔向：“你认为子干（王子比字子干）此去能成大事吗？”

“难。”叔向不假思索地说。

韩起不解：“同恶相求，如同商人追逐利益，怎么会难呢？”意思是楚灵王得罪的人太多，已经成为全民公敌，大伙儿为了反抗他而团结在一起，就像商人追逐利润一样自觉，成功应该不是难事。

叔向说：“没有同好，哪来的同恶？”叔向的意思是，大伙都讨厌楚灵王不假，但讨厌楚灵王不代表喜欢王子比。因此，就算是把楚灵王推翻了，王子比也不见得能够“成大事”。

“您如果问我王子比能不能够得到楚国，我可以实话告诉您，如果有下列五种情况，想得到一个国家是很难的。第一种是身份显贵而无贤人相助，第二种是有贤人相助而无强势的内应，第三种是有内应而无谋略，第四种是有谋略而不得民心，第五种是有民心而无美好的品德。”叔向接着说，“您想想，子干来到晋国已经有十三年了，跟随着他的那些人，无论是楚国的还是晋国的，没有一个知名人士，这是无贤人相助；楚国的亲族不是被消灭，就是背叛了他，这是没有内应；现在尚未摸清楚情况，就草草回国，这是无谋；出国十三年，人们早就将他忘得差不多了，这是没有民心；被迫逃亡在外，却没有人同情他，这说明他人品实在不怎么样。相比之下，现在的楚王虽然暴虐，但还是颇有人君之度，至少对那些敢于直言进谏的人能够包容。子干一无是处，却想取而代之，您觉得他能够得到楚国吗？”

“那依你之见，楚国最终会落到谁手里？”

“王子弃疾。”叔向说，“此人身为蔡公，又得陈人之助，实力强横，而且没听说有什么劣迹，治下盗贼不兴，民无怨言，威望很高。自古以来，楚国王室动乱，总是小儿子胜出，我看这次也不例外。”

韩起说：“话虽如此，当年齐桓公、晋文公都是流亡国外，后来不但当了国君，还成为霸主，凡事不可一概而论，说不定子干也有这样的福气呢？”

“子干怎么能够跟他们相比呢？齐桓公小的时候就受到齐僖公的宠爱，虽然出逃在外，仍有鲍叔牙、宾须无、隰朋等名士追随，有莒国、卫国作为后盾，还有国、高二氏为内应。他本人从善如流，行为庄重，不贪财，不纵欲，乐善好施。这样的人当上国君，不是理所当然的吗？

先君晋文公，乃是狐姬之子，受宠于晋献公，自幼好学不倦，十七岁的时候身边就贤人云集，流亡在外的时候，有狐偃、赵衰为心腹，有魏犨（chōu）、贾佗为手足，有齐、宋、秦、楚等大国为后盾，还有栾枝、郤縠（xì hú）、狐突、先轸等豪强为内应，虽然流亡了十九年，这些人都对他不离不弃。老天要让晋国兴盛，不选择他又选择谁呢？我跟您说，子干跟这两位没法比，您看他离开晋国无人相送，回到楚国也没人迎接，这样的人想当国君，那是做梦！”

那么，当王子比和王子黑肱自杀的时候，真正的楚灵王，究竟在哪里呢？

原来，弃疾刚入郢都，便派了大量的奸细前往楚灵王军中，散布郢都失陷的消息，而且宣布：只要自行脱离部队，一概既往不咎。楚灵王听到这个消息，大吃一惊，连忙带着部队回师郢都。没想到一路走，将士们就一路开小差，走到訾（zī）梁（今河南信阳境内），部队已经所剩无几。恰在此时，大子禄和公子罢敌的死讯也传到了军中。

遭遇了丧子之痛，又逢众叛亲离，楚灵王万念俱灰，也不愿再回郢都。于是他身边的人很快就走光了，只剩他独自一人沿着汉水南下。曾两次受过王恩的申亥（大夫申无宇之子，楚灵王曾两度宽恕过申无宇）在棘门（地名）的芦苇地里找到了他，将他偷偷带回家。

一个月之后，楚灵王在申亥家里自缢身亡。

弃疾一点也不浪费时间。王子比和王子黑肱自杀的第二天，他便即位为君，成为了历史上的楚平王。

王子比被厚葬在訾（zī）地（今河南省境内），而且有了一个专门的称号——訾敖。前面说过，敖是楚地方言，意思是虽然即位，却没有尽到国君的责任。在楚国的历史上，有记载的已经有若敖、堵敖、郏（jiá）敖，王子比与他们同列，倒也算是有了一个名分。

郢都城内仍旧人心惶惶。楚平王用楚灵王吓死两个哥哥，也把郢都人吓得不轻。大部分官员对新政权持观望态度，有人甚至称病不朝，好给自已留一条后路。

但这难不倒楚平王。

没过多久，楚灵王的尸体在汉水被发现。脸已经腐烂得不可辨认，仅能从服饰上判定他的身份。楚平王命人将尸体带到郢都，在国人面前为其举行了盛大的葬礼。

于是，大伙彻底心安了。

令人尴尬的是，数年之后，申亥终于向政府报告了楚灵王的真正死因，而且交出了他的灵柩。没关系，这时候楚平王的统治已经稳固了，他轻描淡写地说了句“原来搞错了”，命人把原来那具尸体挖出来，又为真正的楚灵王举行了葬礼。

斗成然拥立有功，被任命为令尹，一人之下，万人之上，负责楚国的军政大事。原来楚灵王滥用民力，欺凌诸侯，现在一切都在楚平王和斗成然的安排下拨乱反正。

陈、蔡二国恢复了独立。当年楚灵王打着护送公孙吴回国的旗号吞并陈国，楚平王便把公孙吴找到，让他当了陈侯，也就是历史上的陈惠公。蔡国的大子有被楚灵王当作牺牲祭祀山神，楚平王便封大子有的儿子公孙庐为蔡侯，也就是历史上的蔡平侯。楚灵王通过大规模“人地置换”来断绝被侵占地区人民的复国之念，楚平王则让这些被迁徙的人们又回到故土。

在国内，楚平王大赏有功之臣，向国民施舍钱粮，赦免有罪之人，选拔贤能之士……总之新官上任三把火，该烧的都烧了，赢得满堂喝彩。观从曾经劝王子比杀楚平王，离开王子比后一直隐居在蔡国，楚平王也不介意，派人将他找回来，说：“你想要什么，我都答应。”

观从的回答很委婉：“臣的先祖曾经担任卜师的助手。”

楚平王于是任命观从为卜师，让他负责宫中的占卜事务。

为了在诸侯面前树立全新的形象，楚平王还派大夫枝如（复姓）子躬出使郑国，归还楚灵王时代强占的犨、栎两地。枝如子躬领命而去，回来的时候却没有完成使命。据说此君到了郑国，跟郑国君臣拉家常，聊天气，绝口不提归还土地的事。倒是郑国人先沉不住气了，主动问他：“听说楚王要归还寡君犨、栎两地，请问有那么回事吗？”

“我可没听到这样的命令哟。”枝如子躬漫不经心地说。

郑国人也不好再追问。

回到郢都，楚平王问他事情办得怎么样了，枝如子躬把帽子取下来，脱掉上衣，叩头说：“下臣违抗了大王的命令，这事没办成，请大王惩罚下臣吧！”

“哦？为什么？”

“犨、栎两地，乃我国北部重镇，视之为国家门户亦不为过。虽是先君通过武力强占而来，轻易拱手让人实非明智之举，所以下臣斗胆违抗了您的命令，甘愿受罚。”

楚平王大为感动，拉着他的手说：“快把衣服穿起来，回家去吧。下次不谷有重要的事情，再找您来帮忙。”

不谷是诸侯自称，比“寡人”更为谦逊。枝如子躬使命未达，当受处罚；然而爱国之心，着实可嘉！楚平王让他回家去歇着，不赏不罚，既维护了自己的权威，也不至于冷了忠臣的心，乃是明智的处理方式。

公元前528年十月，吴国攻占楚国的附庸州来。令尹斗成然请求讨伐吴国，楚平王不答应：“我还没有安抚人民，没有侍奉鬼神，没有完成守备，没有安定国家，这个时候动用武力，失败了可没有后悔药可吃。州来在吴国，和在楚国没有什么区别，随时可以要回来。”

不讨伐不代表无行动。第二年夏天，楚平王派然丹在宗丘（今湖北秭归县境内）检阅西部地区部队，派屈罢在召陵检阅东部地区部队，同时安抚当地百姓，施舍钱粮，救济贫困，恤孤养老，收容流浪人员，宽免孤儿寡妇的赋税，选拔地方上的贤能之士。一系列的休养生息政策使得楚国面貌焕然一新。尤为难得的是，这种休养生息政策被坚持了长达五年之久。直到公元前523年，楚国不筑城，不用兵，老百姓过了五年踏踏实实的太平日子。

齐景公公然挑战晋国的底线

公元前536年，晋国的首都新田迎来了一位尊贵的客人——齐国的君主齐景公。齐景公此行的目的，一则是朝觐晋平公，二则请求晋国同意齐国对燕国用兵。

原来，三年前燕国发生政变，燕简公被大夫们群起而攻之，逃到了齐国。齐景公意欲帮助燕简公复国，但是又担心晋国干涉，于是主动上门请示汇报。

晋平公同意了齐景公的要求。燕国的大夫以臣逐君，自是大逆不道，齐国主动要求讨伐乱臣贼子，晋国没有理由反对。于是同年冬天，齐国向燕国宣战，但是战争的结果出人意料：两国不战而和，在濡上（地名）举行了会盟。燕国以祖上传下来的礼器向齐国行贿，而且将公主嫁给齐景公做小老婆。齐景公财色双收，便也顺手推舟，将燕简公又带回临淄去了。

毫无疑问，齐景公这个人是有想法的。

作为一代昏君齐灵公的儿子和乱世枭雄齐庄公的弟弟，齐景公的童年在多次宫廷政变中度过。崔杼之乱将他推上了国君的宝座，成为傀儡。即位之后不到一年，又遇到庆封之乱。直到公元前545年庆封被驱逐，齐景公才算松了一口气。

自古雄才多磨难。齐景公中人之资，谈不上雄才大略，然而多年的委曲求全磨炼了他的心智，增强了他的胆识，先祖齐桓公的故事更是鼓舞着他去重振东方大国的雄风。

齐景公的晋国之行应该有收获，任何人，只要具备一定的政治洞察力，便不难看出晋国已经在走下坡路。齐景公踌躇满志而归，更加坚定了自己领导齐国崛起的信心。但是在此之前，他必须等待机会增强自己的实力。

而这个机会很快就到来了。

公元前534年七月，大夫子尾病逝，其子高强继承家业。大夫栾施想趁机介入高强的家政，派人杀死了子尾留下的家宰（首席家臣）梁婴。同年八月，栾施自作主张，为高强指定了新的家宰。

栾施的举动引起了高强家上下的同仇敌忾。他们暗地里发放武器，武装族人，准备进攻栾施。子尾的生前好友陈无宇也积极备战，打算帮助高强。

陈无宇是什么人？是个唯恐天下不乱的人。齐国的每一次动乱，陈家人第一个想到的都是“我能从中得到些什么”，而且都能从中获得巨大的利益。这一次高强要攻打栾施，他又怎么能够不推波助澜，煽风点火呢？

有人将高强家的异动告诉了栾施，提醒他要多加防范。栾施一开始不相信，说的人多了，他才将信将疑，带上几名随从，想去高强家看个究竟。

刚出门不远，就被一群家臣拦在了路口。

“主公千万别去，臣等刚刚观察过，高强家武士云集，正整装待发，您去就是送死！”

“不可能！我不相信高强这小子敢如此胆大妄为！”栾施一把夺过车夫的马鞭，将车夫推到一边，挥鞭欲进。

家臣们死死拉住缰绳，更有人直接跪在路中间，不让马车通过。

看到家臣这副架势，栾施心里明白，这事八成是真的了。这位并不高明的阴谋家慌了神，他思前顾后，想了多种应对措施，最后竟然想到：陈无宇是子尾的生前好友，高强对陈无宇十分尊重，不妨去向陈无宇请教一番，听听他有何高见！于是掉转车头，直奔陈家而去。

这可真是才离狼窝，又奔虎口。陈无宇这边早就准备好了，上千名精壮族兵全副武装，正齐刷刷地在院子里候命，只等高强那边动手，就杀出去配合。只不过陈无宇的保密工作做得比高强好多了，从表面上看，陈家与往常无异，进出的人都带着一种天下无事的表情，看不出任何问题。

也许是生性过于谨慎，栾施的送货上门，倒让陈无宇心里一虚：莫非消息走露，栾施是有备而来？

当他听说栾施连卫队都没带，仅带着几名随从前来的时候，更加确认了这一想法。栾施胸有成竹，说不定已经暗中联络了其他家族势力，甚至取得了齐景公的支持！陈无宇越想越不对劲，他思忖片刻，命令族兵全部撤到后院躲起来，自己也脱下盔甲，换上便服，亲自来到门口迎接栾施。

栾施完全蒙在鼓里，见到陈无宇就紧紧握住他的手：“有件要紧的事，一定要听听您的意见。”

陈无宇本来就心虚，被栾施这么一握，立刻坚信自己的判断是正确的：人家这是在试探我啊！可不能让人牵着我的鼻子走，得反客为主。他也用力握住栾施的手，说：“您来得正好，我也正好有一件重要的事要向您报告，刚刚准备去您府上，马车都备好了！”

“哦？”栾施被弄糊涂了。

“我刚刚接到消息，子良（高强字子良）家正在发放武器，准备攻打您，这会儿正在作战前动员，您可千万要小心！”

“啊，有这样的事？”栾施装出吃惊的样子，心里想：陈无宇原来知道这件事，情况不是那么简单，他很有可能已经掺和其中！就在栾施脑子转得飞快的时候，陈无宇又说了一句话：“您现在动手，马上回去武装家臣，先发至人，必可打高强一个措手不及。无宇不才，愿意助您一臂之力！”

这句话彻底让栾施醒悟过来了：陈无宇在煽阴风，点鬼火，想要栾、高两家自相残杀，他好从中渔利！

“您在说什么呢？”栾施说，“子良还是个孩子，我受子尾的委托扶持他，所以才又费心为他选定了家宰。我爱他还来不及，怎么可能派兵去攻打他呢？日后我还有脸去见祖宗吗？您和子尾是至交，如果您有心帮我，何不去到子良家里，要他放弃攻打我的念头？世上的事情，以和为贵，如果做好了，也是陈家的福德。”

陈无宇的反应很快，脸红了一下，立马向栾施下拜，说：“您大人有大量，无宇深感钦佩，我这就去子良家，劝他放弃愚蠢的念头，不要与您为敌。”

这场一触即发的争斗，因为栾施的误打误撞，最终竟真的以和为贵，化干戈为玉帛了。

但是且慢说“最终”。

时隔两年，公元前532年夏天，临淄城内再次骚动：栾、高两家联合起来，准备攻打陈氏和鲍氏。

鲍氏就是鲍叔牙的后人，此时的族长为鲍国，是鲍叔牙的曾孙。

两年前栾、高两家还势同水火，两年后怎么会联合起来向陈、鲍两家开战呢？关于这一点，史料没有任何解释，也无法解释，因为完全是子虚乌有。

事情是这样的：某一天有人跑来告诉陈无宇，说栾、高二氏已经武装起来，马上就要向陈、鲍二氏发动进攻了。陈无宇大吃一惊，一面动员族兵，一面跑去联络鲍国。来到鲍家，发现鲍家已经是全副武装，作好战斗准备了。两人合计了一番，派出探子去打听栾、高两家，得到的情报是：栾施和高强分别在自己家里，正摆开宴席，准备饮酒。

事实很清楚，栾施和高强根本没有攻打陈、鲍二氏的意思，完全是有人在造谣。但是陈无宇听到探子回报，不是松了一口气，而是对鲍国说："情报虽然不准确，但是如果他们知道我们曾经想和他们开战，肯定会对付我们。不如趁着他们准备喝酒，先进攻他们？"

鲍国说："有道理，咱们就这么干！"

这真是欲加之罪，何患无辞？两个人带着族兵，主动向栾、高两家发动了进攻。

栾施和高强确实是在喝酒，而且还喝了不少。听说陈、鲍两家来攻，高强便出了一个昏招："我们先把国君抓在手里，看他们还能怎么样？"栾施也表示赞同。于是两人派兵进攻齐景公的寝宫，打算绑架齐景公。

纷纷扰扰中，那个名叫晏婴的矮子再度表现出智者风范。他穿着整整齐齐的朝服，站在寝宫之外。栾、高、陈、鲍四家都派人来拉拢他，他一概不理。

家臣问："您是打算帮助陈、鲍二氏吗？"

"帮他们？"晏婴反问，"有什么好处？"

"没有什么好处。"家臣想了想，说："那咱们就帮助栾、高二氏？"

晏婴说："你觉得他们打得过陈、鲍二氏吗？"

家臣松了一口气，说："那咱们赶快回去吧！"

"回哪去啊？"晏婴说，"国君现在被人攻打，我怎么能够走开呢？"

栾、高二氏攻打国君，晏婴既然不想跟他们同流合污，那就应该拿起武器反抗；如果不敢反抗，那就躲得远远的。可是晏婴既不反抗，也不逃跑，袖手旁观，反而振振有词，把人家说得理屈词穷。可见很多时候，围观也是一种姿态。

齐景公在这次事件中的表现让人刮目相看。他派大夫王黑拿着当年周武王赏赐给姜太公的龙旗，打退了栾、高二氏的进攻，又在临淄的稷门（西门）大获全胜，接着乘胜追击，在庄地（临淄城内地名）再度获胜。临淄的居民受到鼓舞，也行动起来，帮着攻打叛军，最终在鹿门（东南门）将栾、高二氏彻底击溃。

栾施和高强仓皇出逃，跑到鲁国去避难。他们的家产被陈、鲍瓜分一空。

晏婴对陈无宇说："您从栾、高二氏那里得到的土地，必须交还给国君！礼让，是德行的主体，是最高的美德。人都有血气，都有争利之心，您这样明目张胆地将别人的家产占为已有，不只是国君有意见，别的大臣也有意见，您承受得住吗？利益不可强取，取之有道方可长久，您只有追随着道义，才能增长陈家的福气啊！"

无须晏婴做太多的思想工作，陈无宇很爽快地说："行，就听您的。"不但将新占的土地全部献给齐景公，而且主动提出告老还乡，回到莒地（陈氏封邑）去安度余生。齐景公得到这些土地，说话的底气就硬多了。

公元前530年春天，齐景公派上卿高偃将燕简公送到了唐地（燕国地名），让他在唐地安顿下来。同年夏天，齐景公、卫灵公、郑定公联袂前往晋国，朝觐了刚即位不久的晋昭公。

郑定公是郑简公的儿子。就这一年春天，在位三十六年的郑简公去世了。按照规矩，诸侯五月而葬，郑定公不等郑简公的葬礼举行，便强忍着悲痛，在子产的陪同下前来朝觐晋昭公，对于日薄西山的晋国来说，这份孝心委实可嘉。

鲁昭公也想去凑这个热闹，但是人走到黄河边，又被晋国人挡了回去。原来，公元前532年秋天，鲁国人入侵莒国，攻占了郠（gěng）地（莒国地名，在今山东省境内），而且将战俘作为牺牲祭祀社稷之神，开活人献祭之先河。莒国人跑到晋国去告状，恰巧那时候晋平公去世，晋国人便将这事先放一边，没有追究鲁国的责任。当时不追究，并不代表秋后不算账，等到鲁昭公主动前来献殷勤的时候，晋国人便让他吃了闭门羹。

齐景公则受到了热情欢迎。晋昭公专门为其设宴，各路诸侯作陪，还举行了投壶游戏。

所谓投壶，是周朝贵族圈中十分流行的一种娱乐。宾主二人相对而坐，中间立一铜壶，壶身大而圆，壶颈狭长，壶口宽大，壶里装着豆子，两人轮番以"箭"（柳条之类的细树枝）投入壶中，每人限投四次，多中者胜。投壶讲究的是雍容典雅，动作不能粗鲁，表情不能夸张，旁边还有乐师奏乐，投壶的动作如果能够与音乐合拍，且又能投中，则为最佳。

晋昭公先投，荀吴在一旁献祝辞，说："有酒如淮水，有肉如山丘，寡君如若投中，可以统帅诸侯。"说完，晋昭公果然投中，晋国群臣均喜形于色。

说者有心，听者有意。齐景公持"箭"在手，也为自己说了一段祝词："有酒如渑（miǎn）池，有肉如山陵，寡人如若投中，将代替您而兴起。"这完全是跟晋昭公对着来了，荀吴脸色大变，齐景公却若无其事地随手一投，也中了。

晋国人完全没有料到齐景公会来这么一手，感觉到很错愕。当时晋国大夫士伯瑕就暗中责备荀吴："您失言了，晋国本来就是霸主，跟投壶有什么关系，投中了也不值得大惊小怪。现在倒好，反让齐侯占了我们国君的上风，他这次回去，肯定不会再来了。"

荀吴也有点后悔，但仍然嘴硬："我们的军队统帅坚强有力，比原来一点也不差，齐国敢怎么样？"

两个人的对话不小心让齐国大夫公孙傁（sǒu）听到了。公孙傁快步走到堂上，对齐景公说："天色已晚，您也劳累，可以退席了！"

齐景公说："寡人正有此意。"起身向晋昭公告辞，不顾晋国君臣的一再挽留，在公孙傁的护卫下离开了宴席。

齐景公这次对晋国说不，在很大程度上代表了各国的心声。前面说过，公元前534年，晋国的虒（sī）祁宫落成，诸侯前往祝贺，参观过虒祁宫后，诸侯便对晋国"皆有贰心"。为什么？宫殿建得实在太奢华了，一砖一瓦，无不勾起诸侯心里的痛——这是拿着咱们进贡的钱在挥霍啊！但大伙都敢怒而不敢言，现在齐景公公然挑战晋昭公的权威，让在场的诸侯都感到了一丝久违的快意。

晋国人也感到了这种情绪。"投壶之会"后，如何重建晋国的权威，成为晋国君臣苦思冥想的头等大事。为此开了无数次研讨会，讨论来讨论去，最后得出结论："对诸侯不可以不示威。"也就是要用武力来震慑诸侯。

师出必有名。这些年来，楚国多次挑战晋国的底线，灭陈灭蔡，晋国都是袖手旁观，就算出兵也是虚张声势，至多派人去责问一番，还不敢太大声，怕把楚国人惹毛了。楚国显然不在晋国的考虑之列，柿子要拣软的捏，那就旧事重提，拿鲁国开刀吧！

公元前529年，晋昭公向各诸侯国发出会盟邀请："鲁侯以大欺小，霸占莒国的郠地，至今未能归还。寡人身为盟主，岂可坐视？请诸公与寡人共同讨伐此等不义之人。"

同年七月，诸侯联军云集平丘（今河南省境内）——说"云集"绝非夸张，据可靠记载，此次仅晋国就共出动战车四千乘！想当年，晋楚城濮大战，晋国方面也不过动员兵车七百乘。现在为了对付区区一个鲁国，竟然要出动战车四千乘，即便抛除经济增长因素，这个数字也十分可观，与其说是讨伐，不如说是摆阔。

为了壮大声势，晋昭公还向吴王夷昧发出邀请，请吴国也派兵参加行动。在当时那种交通条件下，山西人跑到山东去耀武扬威，还把江苏人叫来助拳，这多折腾！更折腾的是，为了表示对吴国的重视，晋昭公亲自到良地（今江苏省境内）去迎接夷昧，结果等了十几天，等来的却是吴国的使者和一封干巴巴的信。信上说："秋天到了，河水干了，寡人的船也开不动了，这次会盟，吴国就不参加了。"

走不了水路，你可以走陆路啊！晋昭公差点跳起来，最终还是按捺住，没有当场发脾气。

同年七月，诸侯大军从平丘出发，移师卫国。晋昭公派人给齐景公送信，请他来卫国会师，遭到了齐景公的断然拒绝。

现在的晋国已经今非夕比了。如果是在晋景公、晋平公的年代发生这样的事情，肯定是刀兵相向。晋昭公显然没有这样的底气，他派叔向悄悄去找刘献公问计。

刘献公是当朝天子周景王派来声援晋昭公的王室大臣，位列卿士，有一肚子墨水，平时却没有用处。听到晋昭公向他请教国际大事，刘献公受宠若惊之余，当即回答："所谓结盟，是用来表达相互信任的。君侯言而有信，诸侯又没有三心二意，有什么好担心？齐侯一时糊涂，您可以用文辞来劝告他，用武力来监督他，在下作为天子的卿士，请求率领天子的军队……战车十乘，作为您的前锋，早晚听令于帐下。"

得到刘献公的政治保证后，晋昭公又派叔向去见齐景公，说："诸侯请求结盟，人都已经到这里来了，只有您不觉得这是件好事，所以寡君派下臣来请求您同意。”

“大伙都很愿意结盟吗？”齐景公问道。

“当然，大伙都很团结。”

“诸侯早就结过盟了，本来已经是盟友。如果盟友中出现三心二意的国家，才需要重温誓词。现在您说大伙都很团结，还有必要重温誓词吗？”齐景公慢条斯理地说。

叔向说：“一个国家之所以衰败，是因为有人做事，无人监督，事情往往荒废；有监督而不重视礼仪，则贵贱不分，秩序混乱；有礼仪而没有威严，则表面上看秩序井然，实际上内心却不恭敬；有威严而不通过特定的仪式昭显出来，则大部分人还是不理解，不明白，这样的话，内心的恭敬也不能长久，做起事来虎头蛇尾，国家也就完蛋了。所以圣贤之主，要命令诸侯每年都来访问，好让他们记住自己的职责；三年朝觐一次，是为了正礼仪；六年集中会见一次，是表现盟主的威严；十二年再会盟一次，是为了昭显信义。这是自古以来的规矩，晋国依先王的礼仪主持诸侯会盟，唯恐失职，准备好了牺牲奉献于君侯之前，请求您善始善终。可是您却说，没有必要再结盟，依下臣之见，那也确实没有必要了。请您认真考虑一下，无论何种答复，寡君已经作好心理准备了。”

齐景公笑了：“听说此次出征，晋侯动员了兵车四千乘，此事当真？”

叔向说：“千真万确。”

齐景公说：“拿着四千乘兵车做后盾，谁敢不从？寡人只是提意见，决定权还是在晋侯手里嘛！”

叔向脸一红，说：“谢谢您的理解。我们也是没办法，诸侯现在和晋国有点离心离德，不得不向他们展示一下实力。”

齐景公笑笑，说：“那也是有必要的。”

齐景公第二次对晋国说不，以妥协而告终。后人评价齐景公，认为他最大的优点是不亢不卑，也不一味蛮干，进退有度。齐景公知道，晋国的弱点不在于其整体实力，而在于公室的统治地位受到六卿的威胁。现在这种情况，晋国人显然是一致对外，齐国还未能与之争锋。

晋国捡了个软柿子捏

公元前529年八月四日，诸侯联军在平丘举行阅兵仪式。晋国中军“建而不旆[①]”，即建立旌旗，不设飘带，以示仅供检阅之用。但是到了八月五日第二次阅兵，则“复旆之”，这是昭告天下，准备出兵了。诸侯们见到这副阵仗，打心底对晋国的武力产生了一种畏惧感。四千乘兵车，毕竟不是闹着玩的！

鲁国人自然知道四千乘兵车是为何而来。鲁昭公半是装疯卖傻，半是提心吊胆，也跑到平丘去听命。晋昭公又好气又好笑，派叔向对他说：“您都看到了，大伙儿正准备用武器保卫盟约，寡人也知道自己是没有为您服务的福气了，您请回去吧！”

鲁国大夫孟椒说：“请问敝国有什么做得不对的地方吗？”

叔向说：“邾（zhū）国、莒（jǔ）国都来告状，说贵国以大欺小，不时侵略他们，搞到他们民不聊生，连进贡的钱都拿不出来。贵国这是公然违反盟约，人神共愤。”

“就这事？”孟椒说，“君侯因为蛮夷之国的几句谗言就断绝兄弟之国的感情，跟周公的后人过不去……既然是这样，那也只能由得君侯决断，寡君已经有心理准备了。”意思是，你有狼牙棒，我有天灵盖，看着办吧！

叔向心想，哟，看来不太服气，得下点猛药。“您听清楚了，寡君有甲车四千乘，就算这事不占理，也是十分可怕的力量。何况现在是替天行道，试问天下有谁能挡得住？”说着往前走了两步，孟椒情不自禁地向后退了两步。“晋国，”叔向接着说，“就像是一头牛。牛再瘦，压在一只小猪身上，这小猪能受得了吗？南蒯（kuǎi）、公孙憖（yìn）的事儿，贵国好像还没有摆平吧？如果以晋国的兵力，率诸侯之师，借着邾、莒等国的愤怒来讨伐鲁国，再利用南蒯、公孙憖的事做文章，我们有什么事情办不到？”

---

① 旆（pèi），古代旗帜末端状如燕尾的垂旒。

一番话说得鲁国君臣目瞪口呆。

南蒯是鲁国权臣季氏的家臣，担任季氏封地费（bì）邑的长官。六年前（公元前535年），权倾一时的季孙宿病逝，其孙季孙意如继承家业，成为季氏族长。意如年少气盛，不喜欢南蒯，多次在重要场合不给他面子。南蒯也不是什么善类，受过几次气后，竟起了歹念，跟大夫公子慭商量："我赶走季氏，将他的家产全部充公，您可以取代他的地位，而我只要仍能担任费邑的长官就满足了。"公子慭一口应承。为了争取更多支持，南蒯又去游说季氏的另一位家臣叔仲小。

这里说明一下，叔仲小是叔仲带的儿子，南蒯是南遗的儿子。叔仲带和南遗二人在当年叔孙氏竖牛之乱中曾经起过推波助澜的作用。竖牛之乱导致叔孙氏嫡子尽丧，庶子叔孙婼（chuò）上台。叔孙婼被鲁昭公"三命"为卿——春秋时期之卿，有一命、二命、三命之别，三命最为尊贵，已经超过季孙意如的等级。叔仲小也许是受父亲的影响，对叔孙婼持有一种敌视的态度，致力于离间季氏与叔孙氏两家的关系。他对季孙意如说："叔孙婼这小子三命为卿①，已经超过了他爸和他哥的待遇，非礼也！"季孙意如本来就对这事不爽，于是派人去找叔孙婼，要他主动推辞三命为卿的待遇。叔孙婼答道："叔孙氏家门不幸，杀嫡立庶，所以我才有今天。如果您认为我是庶子，不该有这个地位，我无话可说。但三命为卿是国君的命令，如果您不把国君的命令当儿戏，就应当尊重我的地位。"第二天上朝，叔孙婼把这件事公之于众，要跟季孙意如打官司。这种强硬的态度把季孙意如吓坏了，回来之后就把叔仲小臭骂了一顿。因为这件事，叔仲小对季孙意如也怀恨在心，跟南蒯、公子慭一拍即合，组成了一个"倒季三人组"。

公元前530年，公子慭陪同鲁昭公出访晋国，途中将南蒯的想法向鲁昭公作了个汇报，希望鲁昭公借晋国人的力量来办成这件事。

公子慭说："如果扳倒季孙意如，南蒯只要求保留费邑，季家的其他土地全部献给公室。"

"哦？"鲁昭公心里一阵狂喜，但仍然故作惊讶地问道，"南蒯不是季氏的家臣吗？"

---

① 卿，古时高级官名。

公子慭说："正是。"

鲁昭公说："身为季氏家臣，却不忠于季氏，这恐怕不太好吧，我担心人家说闲话。"

公子慭说："谁敢说闲话？您是鲁国的君主，南蒯将土地献给您，难道不是忠诚？"

鲁昭公点点头，算是默许了。于是公子慭先去晋国联络。

但是人算不如天算，鲁昭公刚走到黄河边，便被晋国人挡了回来。南蒯在家里得到这个消息，觉得事情不妙。他知道，如果没有晋国支持，单凭"倒季三人组"加上一个没有实权而且摇摆不定的鲁昭公，断无可能扳倒季孙意如。现在事情败露，季孙意如肯定不会放过他。他越想越怕，让人带着费邑的地图叛逃到齐国，表示要将费邑献给齐景公。公子慭从晋国回来，刚走到卫国，听到南蒯叛逃的消息，知道回去没有好果子吃，也偷偷地离开了队伍，只身逃奔齐国。

南蒯、公子慭东窗事发，加深了季孙意如对叔仲小的反感和猜疑。季孙意如找叔孙婼商量："季、叔孙两家之所以有矛盾，全因叔仲小从中搬弄是非，您如果要对这小子下手，我不但没意见，而且会支持。"叔仲小听到消息，连上朝都不敢去了。叔孙婼倒是个明白人，心里清楚，季孙意如这是想借刀杀人。他派人将叔仲小带到朝堂上，说："你就照常上班吧，我才不会傻到去给季孙意如当刀使。"

公元前529年春天，季孙意如派大夫叔弓率军围攻费邑。南蒯坚守城池，叔弓屡次攻而不克。季孙意如又羞又恼，传令给叔弓说："只要见到费邑之人，不管男女老幼，你见一个抓一个，抓到他们投降为止！"家臣冶区夫连忙劝阻："您这样做就大错特错了。应该传令给前线，见到费邑之人，挨冻的就给他衣服，挨饿的就给他食物，让他们认识到只有您才是好主子，他们如果归顺则好言安抚，就像回到自己家里一样。这样的话，南蒯就没戏了，老百姓都背叛他，还有谁会替他守一座孤城？您如果一味示威，用愤怒来使他们害怕，他们就会跟南蒯一条心，共同来对付您。"季孙意如听从了冶区夫的建议，命令叔弓暂缓进攻，转而采用怀柔政策。但是直到晋昭公在卫国大会诸侯，费邑仍然掌握在南蒯手里，成为鲁国的一个重大不安定因素。

因为这个原因，当叔向把南蒯、公孙慭拿出来说事，鲁国君臣立马不吭气了，陪同鲁昭公赴会的季孙意如更是东看看西看看，坐立不安，恨不得找个地洞钻进去。更惨的还在后面，晋国人拒绝鲁昭公参加会议，让他回去面壁思过，同时逮捕了季孙意如，理由是：当年入侵莒国占领郠城的鲁军的统帅就是季孙意如。

晋国人将季孙意如囚禁在帐篷里，派狄人看守。当时天寒地冻，帐内连床像样的被子都没有，更甭提生火取暖了。意如的家臣司铎射用铜壶装着冰，匍匐着潜入晋军大营，想给主子喝点水，结果被守卫发现，用随身携带的锦缎做贿赂才得以入内。自幼养尊处优的季孙意如何曾吃过这样的苦？幸好诸侯联军不久解散，晋军班师回朝，将季孙意如也带回了新田，并允许孟椒陪同服侍。否则的话，季氏的族长就很有可能冻死在卫国的冰天雪地里了。

同年十月，鲁昭公再次来到晋国请求原谅，再度在黄河边上吃了闭门羹。

孟椒私下找荀吴说："鲁国是晋国的兄弟之国，为什么你们认为鲁国侍奉晋国反而不如邾、莒等异姓小国？鲁国土地广阔，物产丰富，晋国要什么我们都能满足。如果为了那几个小国家而放弃鲁国，使它不得不投靠齐国或楚国，对晋国有什么好处呢？所谓盟主，就是要亲近兄弟，支持土地广阔的国家，赏赐能够进贡的国家，疏远那些又穷又小的国家，请您认真考虑！晋国一定要抛弃鲁国的话，您怕鲁国找不到下家吗？"

孟椒的话说到点子上了。鲁国侵略莒国、邾国不假，可鲁国一直在向晋国进贡，一直是晋国的忠实盟友啊！相比之下，莒国、邾国又能为晋国提供什么呢？只有麻烦。如果晋国执意要维护正义，替那些小国家强出头，鲁国很有可能用脚投票，改投齐国甚至楚国门下了。荀吴觉得问题严重，将孟椒的话转告给了韩起，并且说："楚国消灭陈、蔡等国，我们不能相救，却在这里为了点小事逮捕鲁国的卿，仔细想想，抓他究竟有什么用呢？"

韩起说："是啊，抓他究竟有什么用呢？"于是将孟椒找来说："我们决定了，准备放季孙意如回国，你回去收拾收拾，择日起程吧，恕不远送。"

本以为孟椒会感激涕零，没想到孟椒只是做了一个非常惊讶的表情，说：“且慢！寡君至今都不知道自己犯了什么过错，你们就当着诸侯的面逮捕了鲁国的卿。如果寡君确实有罪，你们就算杀了季孙意如，那也是理所当然，我们没有半句怨言。但是，如果你们也认为寡君没有什么过错，就这么不声不响地放了季孙意如，诸侯都不知道，那就相当于负罪潜逃了，还不如不放！”

“啊？”韩起没想到孟椒会来这么一套，“那依您之见，我们该怎么办呢？”

“接受寡君的朝觐，正式举行会盟。”

韩起心想，好嘛，敲诈到我头上来了！这个要求可不能随便答应，那等于是要晋国公开认错。他打了两句哈哈，把孟椒打发走了，回过头来一想，这事拖下去也不是个办法，万一季孙意如在晋国有个三长两短，在诸侯面前就不好交代了。韩起抓耳挠腮想了一整天，终于想到一个人——叔向。他亲自来到叔向府上，把事情跟叔向说了一遍，然后道：“您有什么办法让这个季孙意如回国吗？”

“这事可不好办，我哪有这个能耐？”叔向一口拒绝，但是又说，“叔鱼可以办这事。”

叔鱼就是羊舌鲋（fù），叔向的弟弟。四千乘兵车云集卫国的时候，羊舌鲋代理司马之职，不治军纪，纵容士兵劫掠。当时卫国派人送给叔向一锅肉汤和一箱子丝绸，请叔向代为说情。叔向只接受了肉汤，说：“实在是惭愧，羊舌鲋这个人历来贪得无厌，总有一天会惹祸上身，我现在也没办法说他，说他也不会听。这样吧，您把这箱丝绸送到他那里，就说是卫侯送给他的礼物，他自然明白该怎么做。”卫国人听从了叔向的建议。果然，礼物送上，人还没退出来，羊舌鲋已经发布命令禁止士兵劫掠了。

这样一个羊舌鲋，叔向为什么认为只有他能说服季孙意如回国呢？原来，当年晋国的栾盈之乱，叔向一家受到牵连，叔向被逮捕，羊舌虎被砍头，羊舌鲋则出逃到鲁国，受到意如的祖父季孙宿的照顾，因此结缘。另外还有一点：羊舌鲋为人狡诈，善于逢场作戏，他深知对待敲竹杠的人，光讲大道理是不行的！

羊舌鲋受命去见季孙意如，一见面就行跪拜之礼，倒把季孙意如吓了一跳，连忙把他扶起。羊舌鲋说：“当年我得罪国君，跑到鲁国去避难，如果没有令祖武子（季孙宿谥“武”）相助，就没有今天的我了。现在我这把老骨头虽然已经回到晋国，但您一家人就是我的再生父母，岂敢不为了您的事而尽心尽力？”说到这里，羊舌鲋有意左顾右盼，确认四周无其他人才压低了声音说，“我听到官吏们在议论，说国君要您回国您却不肯，所以他打算在西河地方（晋国西部边境，在今陕西华阴一带）建造房子，建好了就将您安置在那里。如果是那样的话，您这辈子就只能呆在晋国，如何是好？”说着拉住季孙意如的手，眼泪就不住地掉。

要说羊舌鲋演戏的功夫，那绝对是一流。季孙意如他乡遇故知，本来就倍感亲切，又被他这么一吓，立马主意全无。不顾孟椒的劝阻，当天夜里打点行装，一个人先回鲁国去了。临走交代孟椒在新田继续呆两天，要他跟晋国人办好交接手续再回去。

《春秋》记载，公元前528年春天，“意如”从晋国回来了。《左传》解释，之所以舍弃族名，只书“意如”，是为了对晋国表示尊重，承认鲁国有罪责。不管怎么样，这件事总算是过去了，鲁国终于可以放开手来解决南蒯和费邑的问题。

费邑的军民本来就不想背叛鲁国。南蒯发动叛乱之前，曾经将费邑的官吏聚集起来，要他们宣誓共同反对季氏。司徒（费邑的官吏之长，非鲁国司徒）老祁、虑癸就持一种骑墙的态度，伪称有病，对南蒯说：“下臣愿意接受盟誓，但是不巧疾病发作，如果托您的福，大病不死，等到病情稳定一点立刻和您结盟。”南蒯毕竟做贼心虚，不敢逼得太紧，同意了二人的请求。只不过这一等，就从公元前530年夏天等到了公元前528年春天。这期间叔弓大军围城，费邑军民一边抵抗，一边观望，大致情况是这样：叔弓开始进攻的时候，费邑人同仇敌忾，一致对外；后来季孙意如听从冶区夫的建议，采取怀柔政策，费邑人便开始摇摆不定，不少人开始怀念季氏的好；再后来晋国发动四千乘兵车威慑鲁国，费邑人又觉得这事还得再看看；接着鲁昭公在卫国吃了闭门羹，季孙意如被拘捕，费邑人就更不敢轻举妄动，连围城的叔弓心里也在打鼓，不知道事情最终会发展成什么样。结果季孙意如突然像兔子一样跑了回来，晋国似乎也放过了鲁国，费邑人也明白了该怎么办。

一天早上，老祁和虑癸突然请求跟南蒯盟誓。南蒯欣欣然前往，一到会场便被埋伏的武士劫持。但老、虑二人还是很客气，对南蒯说："大伙儿其实一直没有忘记主人（指季氏），只不过畏于您的权势才走到今天，听从您的命令已经是第三个年头了。您如果不及时回头，费邑人感念主人的恩惠，将不再听命于您。您在哪里不能快乐地过日子呢？只要您愿意离开，我们礼送出境。"说完还给他叩了一个头。

事到如今，南蒯还能说什么，能够全身而退就已经是万幸了。但他对形势还抱有一丝幻想，请求说："再给我五天时间，我收拾好行李再走。"五天能有什么变化？只有叔弓大军步步逼近，准备大举进攻的信息。最终南蒯恋恋不舍地离开了费邑，逃到了齐国。老祁、虑癸开城投降，历时三年的南蒯之乱终告结束。

齐景公有一次跟群臣喝酒，看到南蒯在场，便开玩笑地呼喝道："叛徒！"

南蒯一本正经地说："我不是叛徒，我的所作所为，只是为了加强公室的力量！"

大夫公孙皙站起来说："身为季氏家臣而想着加强公室的力量，没有比这更大的罪了。"

齐景公听了默然不语。齐国和鲁国一样，卿大夫的势力越来越强大，已经严重威胁到公室的统治地位。身为卿大夫的家臣而替国君考虑问题，这究竟是忠，还是不忠呢？也许站在不同的立场，就会有不同的答案吧。

子产的执政智慧（上）：外交无小事

公元前529年的平丘之会，是春秋后期的一大盛事，也是晋国霸业的最后一次回光返照。史载平丘之会：八月四日、五日阅兵，六日诸侯朝觐晋昭公，七日盟誓，议程安排得很紧凑。

八月六日诸侯朝觐晋昭公，实际上是七日盟誓的预备会。在这次预备会上，晋昭公发布了命令：在明日午时之前，各路诸侯必须抵达盟誓地点。

会后，郑国的子产命令负责安排国君住宿的外仆（官名，相当于今天的机关事务管理局局长）：“马上赶到会场，找个向阳的位置，为国君搭好帐篷。”

外仆不敢怠慢，指挥手下人收拾家当，装好车，正准备出发，遇到了子大叔。

子大叔说：“你们急急忙忙这是去哪儿呀？”

外仆说：“接到执政大人的命令，赶去明天盟誓的会场搭帐篷呢！”

子大叔说：“不是说明日午时前抵达就可以了吗？你们去那么早，也不怕别人笑话咱们太积极？”

外仆说：“可这是执政大人的命令。”

“执政大人管大事，小事我作主。你听我的没错，把东西先拉回去，晚上好好睡一觉，明天上午再去不迟。”子大叔说完，就踱着方步走开了。

傍晚时分，子产出来巡视营地，看见外仆和他的手下正在无所事事地吹牛，不觉大吃一惊：“咦，你们怎么还在这里？”

外仆将情况对子产作了汇报。

子产气得跺脚：“简直是胡闹！你们还愣着干什么？赶紧去，一刻也不许耽搁！”

子产平时说话温吞吞，不紧不慢，这样骂人就算是非常严厉的了。外仆吓得出了一身冷汗。幸好东西已经打包装车，大伙手忙脚乱地套好马车，急急忙忙赶到会场，一看就傻了眼。只见以盟誓的祭坛为中心，各路诸侯的帐篷已经铺得密密麻麻，别说向阳的宝地，连最差的位置都找不到了。

中国历史上，子产以“敏于事”而闻名，从这件小事中，不难看出子产确实是关注细节，且有先见之明。

八月七日诸侯盟誓。

盟誓就是歃血为盟。盟誓之前还有一项重要议程，那就是讨论各国向晋国纳贡的顺序和轻重。对于诸侯来说，宣誓效忠不是问题，交多少保护费给晋国才是关键。

子产代表郑国发言：“从前天子确定诸侯进贡的班次，贡品的轻重是根据地位来决定的。爵位尊贵，地广人多，要求的贡品就多。但也有地位低下而贡赋重的，那是因为在甸服之内。郑伯，论爵位只是伯子男一等，不及各位公侯，却要承担和公侯一样的贡赋，实在是力不从心，请考虑减少郑国的贡赋。再说了，诸侯息兵罢战，目的是睦邻友好，和平共处，不是为了让人奴役。可实际情况是，晋国派出去追收贡赋的使者无月不至，索取无度，小一点的国家根本应付不过来，所以常常得罪晋国。诸侯重温誓词，共叙旧情，难道不是为了扶助弱小的国家吗？如果小国总是被过度索取，过不了多久就支撑不下去了，还谈什么扶助弱小？休怪我话说得严重，郑国是存是亡，就取决于今天的会议了！”

说明一下：“服”即为天子服务。周朝的制度，王畿之内称为甸服，甸服外五百里内称为侯服，侯服外五百里内称为宾服，再远称为要服，更远的地区称为荒服。畿内诸侯（甸服），受天子的直接领导，所封之地也是王室的直领地，因此不论贵贱，缴纳的贡赋都很重。另外，诸侯分为公、侯、伯、子、男五等。春秋时期的习惯，公侯被列为一类，伯子男被列为一类，相当于今天的“省部级以上”和“省部级以下”的划分。

子产的话说得清楚——该缴纳重赋的，要么是公侯，要么是畿内诸侯，郑国两边都挨不上，所以不该交纳重赋。

晋国人当然不会轻易松口，拿出各种理由来反驳子产。子产毫不示弱，一条一条回击。双方引经据典，旁征博引，时而动之以情，时而晓之以理，时而针锋相对，时而笑里藏刀，用尽了十八般武艺和各种奇谋技巧，从中午一直扯到太阳快下山，直扯到口干舌燥，筋疲力尽。最后，晋国人终于顶不住了——再扯下去，天就黑了，盟誓都没法举行了，只好举手投降，子产稳如泰山地赢得了这场辩论拉力赛的胜利。

子产在台前拒理力争，子大叔在幕后却出了一身冷汗。子产下来后，他就责备道：“您今天也太厉害了！晋国人如果发动诸侯来讨伐我们，您能够为今天的事情而负责吗？”

子产看了子大叔一眼，心想，昨天的事不算小，我不找你算账便罢了，今天这么大的事你还犯糊涂！他忍住没发火，拍了拍子大叔的肩膀，说：“我理解您的担心，晋侯一挥手，就能动员四千乘兵车，的确是很可怕。但我们不能被表面上的强大吓倒。您应该知道，现在晋国各大家族并立，政出多门，难以统一。每遇大事则纷争不断，国君根本插不上手，最终往往是苟且解决，您觉得它会有时间和精力来讨伐郑国吗？”

子大叔说：“话虽如此，就怕万一……”

子产打断他的话：“没有什么万一，我们代表国家说话，如果不据理力争，那就只有受欺负的份儿。连我们都畏畏缩缩的话，国家还像个国家吗？”

子大叔不敢再说什么。

孔夫子评价子产在平丘之会上的表现时说：“这个人真是国家的基石啊！诗上说，‘乐只君子，邦家之基。’子产就是那种安乐的君子。”又说：“团结诸侯，制止贪婪，礼也！”

事实证明，子产是正确的。

对于郑国在平丘之会上的强硬表现，晋国不但没有报复，反倒是于公元前526年派出以中军元帅韩起为首的代表团访问郑国，主动向郑国示好。

人敬我一尺，我敬人一丈，郑定公亲自设宴招待韩起。子产负责安排宴会事务，发布命令说：“任何人如果在朝堂上占有一席之地，千万不要在宴会那天做出任何不恭敬的事情！”

子产现在说话的分量，相比三年前更重了——平丘之会的时候，子产陪同郑定公参加会议，留守国内的当国罕虎因病去世，子产回国后自然升级，成为郑国众卿中的第一人，一言九鼎，谁敢不从？

但偏偏就有人以身试法。

当天的宴会十分隆重。大堂之上，郑定公端坐主位，子产陪侍，客座上只有韩起一人。大堂之下，郑国文武百官和晋国使团分列东西两厢，整齐肃然。宫廷乐队演奏周朝的迎宾乐，钟鼓齐鸣，气势非同小可。尽管菜肴十分丰盛，大伙心里都明白，那不是让你放开肚皮吃的，动动嘴巴，意思一下就可以啦！更重要的，是看着堂上那三个人表演，适时发出会心的微笑。

宴会正在进行，突然有个人冒冒失失闯了进来。郑国人都认得这是故卿公子嘉之孙孔张，在朝中担任大夫，因为仗了祖宗的余荫，也是在

"朝堂上有一席之地"的人。孔张四下张望，想找自己的席位，却发现自己不但迟到了，而且进错了门。

他本来应该从东厢入殿，却错走了西厢，来到了晋国使团这一边。他吐了吐舌头，蹑手蹑脚地想在晋国人当中找个位置坐下。司仪连忙走过来，意思是这里不能坐。他只好往后退，想坐到晋国人后面，司仪又走过来，示意他这里也不行。再往后，就退到正在演奏乐队中间了，孔张慌了神，急急忙忙想走出来，刚一转身，袖子拂了玉磬，脚跟碰了编钟，手肘撞倒了乐师，好端端一场演奏，被他这么一搅，立马乱了套，从阳春白雪直接变奏成了下里巴人。郑定公气得脸色铁青。子产表面上不动声色，心里却恨得直咬牙。韩起倒是镇定自若，装作没看见，但是晋国使团中有不少人已经忍不住捂着嘴在那里偷笑。

外交无小事，何况是在如此重要的外交场合。郑国群臣都对孔张这种不负责任的表现感到十分厌恶。事后，大夫富子找到子产说："您时常教导我们，对待大国来的人，一定要小心谨慎，稍有失言，就会给国家带来麻烦。这次晋国人公然取笑我们，是没把我们放在眼里。这也难怪，平时就算我们做得再有礼，他们也看不起我们，这次出现这样的事情，他们就更有理由不把郑国放在眼里了。恕下臣直言，孔张失礼，实在是您的耻辱。"

"胡说！"子产拍案而起，把富子吓了一跳，"我身为执政，如果政令不当，令而不行，刑罚不公，诉讼混乱，失礼于人，招致大国欺陵，让百姓们疲于奔命而一事无成，祸乱降临而不能预知，这些确实都是我的耻辱。但是孔张，他是先君襄公的兄长（指公子嘉）的孙子、执政的后人（公子嘉曾任郑国执政），是世袭的大夫，地位尊贵显赫。他奉命出使各国，受到国人的尊敬，在国际上也享有盛名。他在朝中有官职，接受国家的俸禄和封邑，按时缴纳贡赋，有战争的时候就带领家臣参战，在国家的祭祀中也有一席之地。他家世代相传，保守家业，现在竟然忘记自己该处于什么位置，为什么该由我公孙侨来为他感到耻辱呢？你们这些宵小之徒把一切罪过都归于我这个执政，难道是说先君从一开始就用错了人吗？你呀你呀，你如果一定要教育我，请你找别的理由，这个理由恕不接受！"

子产一反往日的温文尔雅，脸红脖子粗，嗓门也高了八度，就像一只斗志昂扬的公鸡。富子被这突如其来的打击吓坏了，两腿不住地发抖，眼睛看着地面，不敢再看子产一眼。

子产为什么发这么大的火？不怕神一样的对手，就怕猪一样的队友。一个人再有能耐，再有修养，遇到孔张这样的队友，也难免动雷霆之怒。这个时候去子产面前说三道四，只能是自讨没趣。

不过，发火归发火，韩起那边，子产还是要去应付的。

据《左传》记载，韩起有一副名贵的玉环，但是只持有其中的一片，另外一片在郑国商人手上，一直求之不得。趁着这次出访郑国的机会，他向郑定公提出，请郑国政府出面帮忙把那片玉环搞到手。

郑定公将这事交给子产去办。子产很干脆地告诉韩起："您要的东西不在宫中，寡君压根不知道。"

这是什么态度？韩起要的东西，别说是玉环，就是杨玉环也得给啊！子大叔对此表示难以理解，他对子产说："老韩这个人呢，其实还是蛮不错的，平时也没提什么要求，还总是帮着咱们说话，为人很公道。他不就是要片玉环吗？别说一片，就是十片百片我们也得送。您想想，上次孔张闹得不像话，我们就已经很被动了，现在连这么个小要求都不答应他，如果有些不安好心的人再从中挑拨离间，破坏晋、郑两国来之不易的信任关系，那是易于反掌！您又何必为了区区小事得罪大国呢？"

子产说："我是故意不给他的。"

子大叔说："那我就更不明白了。"

子产说："这是个忠信的问题。我听说君子不怕没有财物，而是怕没有好名声。我还听说治国不怕大国有意见，而是怕国内自己乱了套。如果大国的人来到小国，有求必应，有一就有二，我们拿什么来满足源源不断的需求？这次给了，下次没有，岂不是更加得罪他？所以，对于大国的要求，合理的就接受，不合理的就驳斥，没有什么情面好讲。否则的话，国将不国，早晚沦为大国的附庸。"

子大叔说："您说的话我明白，不过呢，老韩这个人，跟别人还是有区别的……我不讲大道理，就是出于个人交情，我认为您也该为他把这事给办了。"

子产说："如果是为了韩起好，那就更不能答应了。他奉命出使郑国，却私下向我们取玉环，这是假公济私的重罪啊！你想想，我们给他一个玉环，郑国因此失去独立，老韩也得个饕餮之名，两败俱伤，这又是何必呢？”

韩起最终没占到这个便宜，只能自己花钱从郑国商人那里去买那片玉环。

当然，所谓花钱，就是自己定价格，也不管商人同不同意，马上就要一手交钱一手交货。这倒不是韩起欺负河南人，因为他在山西也就是这么干的。那个年代，商人排在“士、农、工、商”的最后一位，政治地位极其低下，根本不够资格跟韩起这样的大贵族讨价还价。

郑国商人自然知道韩起的来头，他乖乖地交出了玉环，但是强调：“请务必将此事告诉执政大人。”

韩起说：“为什么？”

商人说：“这是执政大人交代的。”

“什么？”韩起彻底被惹毛了，他怒气冲冲去找子产，劈头盖脸地说：“我找郑伯要这片玉环，您认为不义，我不敢反驳。现在我自己花钱到商人那里买，商人说必须告诉您，请问有那么回事吗？”

子产说：“确有此事。”

韩起说：“给我一个理由！”

子产说：“您先别生气，听我慢慢说。您想必也知道我们郑国的历史，当年先君郑桓公本是畿内诸侯，东迁到这里，得到了商界人士的鼎力相助，合作开发这片土地，才有今天的郑国。因此，我们与商人之间，世世代代都有盟誓，以此互相信赖。誓词说，‘你不要背叛我，我也不会强买你的东西，你不用乞求我，我也不会掠夺你，你有赚钱的买卖和宝贵的货物，我也不加干涉。’双方都信守盟誓，直到今天。现在您带着深厚的情谊来到敝国，却又强夺商人的货物，这是让我们违背盟誓啊！我想，如果得到区区一片玉环而失去诸侯的拥戴，这样的事您肯定是不干的。如果大国要我们没完没了地贡献财物，把郑国当成附庸来对待，我们也是不干的。不知道这样的理由，您是否能够接受？”

韩起无言以对，回到宾馆就将玉环送回给商人，说：“韩起虽然不聪明，岂敢为了一块石头而获得两项大罪，谨将它退还给您。”

商人在郑国地位特殊，与公室交往甚密，是不争的事实。公元前

627年秦穆公派孟明视千里奔袭郑国，就是因为被商人弦高撞破而失败（事见本书第33章），可知公室与商人之间是常有来往的。但是公室与商人之间竟然签订过如此平等的神圣条约，而且忠诚不渝地执行了两百余年，甚至在强大的外力压迫下都不肯背弃，在当时难以想象，即便到现在也让人觉得感动——此后数千年，政府与商人的关系难得有如此和谐的时候。

韩起在郑国呆了一个月。公元前526年四月，他才从新郑启程回国，郑国六卿在设宴为他送行。韩起提议，请诸位君子即席赋诗，他好闻弦歌而知雅意，从中可以知道郑国对晋国究竟是个什么态度。

前任当国罕虎的儿子婴齐首先赋了一首《野有蔓草》，这是一首著名的爱情诗，写的是情人偶遇的惊喜之情：

野有蔓草，零露漙（tuán）兮。有美一人，清扬婉兮。邂逅相遇，适我愿兮。

野有蔓草，零露瀼（rǎng）瀼。有美一人，婉如清扬。邂逅相遇，与子偕臧。

韩起听了十分高兴，说："孺子真是个好人，我很欣慰。"罕虎死于公元前529年冬天，至此不满三年。按当时规矩，婴齐父丧未满三年，不论年龄多大，都可被称为孺子。

子产赋了一首《羔裘》：

羔裘如濡，洵直且侯。彼其之子，舍命不渝。

羔裘豹饰，孔武有力。彼其之子，邦之司直。

羔裘晏兮，三英粲兮。彼其之子，邦之彦兮。

诗意为：小羊皮袍子舒服又漂亮，勤勤勉勉的君子啊，为国操劳，矢志不渝。这是当面拍韩起的马屁。韩起连忙摆手说："过奖了过奖了，我愧不敢当。"

子大叔赋了一首《褰（qiān）裳》：

子惠思我，褰裳涉溱（zhēn）。子不我思，岂无他人？狂童之狂也且！

子惠思我，褰裳涉洧（wěi）。子不我思，岂无他士？狂童之狂也且！

这是一首女子嗔怨情郎爽约的爱情诗，大意是：你如果心里想着我，就提起衣角渡河来看我；你如果心里没有我，难道我就不会找别的男人？你这狂妄的小子！

听到子大叔这样撒娇，韩起莞尔一笑，说："只要有我在，怎么会让您心里想着别人？"子大叔连忙下拜致谢。韩起感慨道："这首诗赋得太好了！如果不是常常警惕着自己的女人也有可能投入别人的怀抱，男人们是不会一直都对女人那么好吧？"

接下来驷偃赋《风雨》，丰施赋《有女同车》，印癸赋《萚兮》，都是表达女子对心上人的喜悦之情。韩起大为感动，说："郑国大有希望！几位代表国君表扬韩起，所赋之诗都是郑国的名句，而且表达了友好的愿望。郑伯有你们保驾护航，可以不用害怕什么了。"命人牵出晋国出产的名马送给他们，而且回赠了一首《我将》：

我将我享，维羊维牛，维天其右之。仪式刑文王之典，日靖四方。伊嘏文王，既右飨之。我其夙夜，畏天之威，于时保之。

这是《周颂》里的一首诗。韩起的意思是：我畏惧天命，将夙兴夜寐，致力于维护四方的平安。

子产听后下拜，而且示意其他五卿都下拜，说："我们怎敢不拜谢您安定四方平息战乱的大恩大德？"

临别的时候，韩起又私下送给子产名玉和宝马，诚恳地说："您要我放弃那片玉环，是赐给我金玉良言，使我免于罪责，我又怎敢不拜谢您的大恩大德？"

子产的执政智慧（下）：维稳很不易

公元前526年秋天，一场旱灾席卷中原。这一年的《春秋》记载："九月，大雩（yú）。"雩即求雨的祭祀，一般以童男童女各八人起舞，祈求天降甘霖。大雩则是最高规格的雩，如非旱情严重，鲁国也不至于使用大雩来求雨。

郑国的灾情也很严重。郑伯派大夫屠击、祝款和竖柎（fū）前往桑山求雨。这三位仁兄到了桑山，就地取材，砍了数十棵大树搭台祭祀。结果雨没求下来，三个人都被子产撤了职，没收了封地。罪名是："派你们去山里祭祀，就是要培育山林，蓄养水气，你们却砍伐树木，还有比这更大的罪过吗？"

直到第二年，旱情也没有缓解，反倒是出现了种种不祥之兆。夏天"日有食之"，也就是日食；冬天则"有星孛于大辰"，即有彗星扫过心宿二（又名大火），彗星的长尾西及银河，蔚为壮观。

日食发生的时候，鲁国的祝史（祭祀官）向叔孙婼请示用什么牺牲祭祀土地之神，叔孙婼说："按照周礼，发生日食的时候，天子不吃丰盛的菜肴，在土地庙里击鼓；诸侯则在土地庙里祭祀，在朝堂上击鼓。这些事情都有成文规定，这还用得着问吗？"

彗星经过的时候，鲁国大夫申须夜观天象，感叹道："好大的扫把星！这是老天用来除旧布新的吧？你看它现在将大火星完全遮住了，等到大火星重新出现的时候，必定散布灾难，天下恐怕难免有火灾了！"

"确实如此。"大夫梓慎说，"去年我就关注到它了，现在它变得更加明亮，岂能不兴风作浪？如果发生火灾的话，恐怕主要在宋、卫、陈、郑四国。"

几乎与此同时，郑国的星象学大师、著名的乌鸦嘴裨灶也预测到了火灾的发生，他对子产说："下臣夜观天象，预料宋、卫、陈、郑四国将同日发生大火。此火五百年一遇，所到之处，玉石俱焚，无所幸免。但是，如果您将宗庙里的玉杓交给我来举行祭祀，可以确保郑国躲过这一劫。"

子产笑了笑，拒绝了禅灶的建议。

大夫里析，已经七十多岁了，见多识广，颇有人望。他也跑去找子产说："天象异常，恐怕有大事发生，人民会受到惊吓，国家将面临灭亡。"

子产说："您也这么认为吗？"对于年迈的里析，子产总是保持特别恭敬的态度。

里析说："我活了那么多年，应该不会看错。灾难正在到来，只不过当它来临的时候，我这个老头子恐怕已经不在世上了。"说着猛烈地咳嗽了几声，子产赶紧伸手搀扶住他，他一把抓住子产的手，说："事关郑国存亡，请您认真考虑一下，实在不行的话，迁都如何？"

"这……迁都非同小可，不是我一个人能够决定的。"子产打了个马虎眼，将这件事搪塞过去了。

公元前524年五月七日，大火星刚刚出现在夏夜的天空，那天傍晚突然刮起了持续大风。梓慎再一次警告："这是所谓的融风，乃是火灾的前兆。七日之后，火灾必至！"

两天之后，风势转大。十四日晚，风更大。梓慎登高远望，迎面扑来一股热浪。他闭上眼睛，喃喃自语道："天火已经降临了，不出我所料，正是宋、卫、陈、郑四国。"

身边的人将信将疑。果不其然，数日之后，四国均派人来曲阜通报：十四日发生罕见大火，烈焰焚城，生灵涂炭！

火灾发生的时候，子产一如继往地沉着冷静。他将各位卿大夫召集起来，有条不紊地发布了几道命令：

第一，由他亲自将晋国公使从东门送出，取道安全的地方回国。

第二，派外交人员前往边境，谢绝一切来访的客人。

第三，封锁各国使馆区，派重兵把守，不许任何人进出，保证使节的安全。

第四，派子大叔的儿子游吉巡视各处祭祀的场所直至宗庙，派大夫公孙登将占卜用的大龟迁到安全地带，派祝史（祭祀官）将宗庙里安放神位的石匣搬到相对安全的周庙。

第五，严令各级官吏恪守岗位，派大夫商成公负责警备宫廷，将先君留下来的年纪较大的宫女安置在安全地带，年轻的则坚守宫中。司马、司寇等人则奔赴一线指挥灭火救灾，城外的驻军也列队进城维持秩序，防止有人趁火打劫。

第六，命令各大家族发放武器，武装族兵，登上城墙，加强守备。

第七，大夫里析刚刚过世，尚未下葬，派三十人为其抬棺，搬到安全的地方。

子大叔有点担心："您刚送走了晋国的客人，现在又摆出一副备战的架势，难道就不怕晋国误会？"

子产说："送走晋国客人，是怕他们万一有个闪失，成为晋国责难我们的口实。加强戒备，是怕别的国家趁乱而入。请问这有什么不妥吗？"

第二天早上，新郑城内的火势基本得到控制。子产又命令各地的治安官加强管理，约束各地征发的徒役，确保社会稳定。派祝史前往城北筑坛，向玄冥（水神）、回禄（火神）祈求平安。派官吏登记被烧毁的房屋，减免这些家庭的税赋，并发给他们重建家园的材料。新郑城全体市民致哀三天，停止一切交易活动。形势稳定后，才派外交官向各国通报情况。

不久之后，晋国的边境官吏果然给郑国送来一封责备的信。信上说："郑国遇到重大灾害，晋侯和大夫都深感不安，又是占卜祷告，又是打探消息，为此花费了大量的钱财也在所不惜。郑国的灾难，就是寡君的忧患啊！但是听说贵国摆出一副打仗的样子，派人登墙戒备，这是打算向谁问罪呢？我们对此感到担忧，不敢不问个明白。"

子产回信："诚如您所言，郑国的火灾就是晋侯的忧患。子产不才，执政不力，所以上天降罪于郑国，才有火灾发生。又害怕坏人趁火打劫，加重郑国的灾难，那就是加重晋侯的忧患了，所以才派人加强戒备，这也是为晋侯着想呀。所幸现在问题已经解决，郑国依然屹立不倒，有一些小小的误会也是可以解释的。如果郑国不幸灭亡，就算晋侯为我们操心，也于事无补了。郑国既然侍奉晋国，怎么敢有二心？请您明察。”

晋国人对这个解释表示接受，没有再拿这件事做文章。倒是裨灶再度提出要借用玉杓来祭祀祈祷，而且警告说：“不听我的，郑国还会有火灾发生！”

子产还是拒绝了他的建议。

子大叔得知此事，劝道：“宗庙里的宝物，是用来保民平安的。如果再一次发生火灾，国家就要灭亡了，您为什么爱惜区区一个玉杓而不在乎国家的安危呢？”

子产说：“事情如果真像裨灶说的那样，为了国家的安危，就算要我的性命也无妨，怎么会吝惜宝物呢？只不过天道幽远艰涩，人道则切近易懂（天道远，人道迩），凡夫俗子又如何看得透天道？您认为裨灶懂得天道吗？我看他只不过是话说得多了，偶尔有一两次说中罢了！”

话虽如此，同年七月，子产还是大兴土木，修建土地神庙，举行祭祀向四方之神祈求平安和丰收。同时，为了提振民心士气，还挑选精锐部队在新郑举行盛大阅兵。

阅兵需要场地。不巧的是，子产圈定的进场道路正好穿过子大叔的宅子。具体来说，子大叔家的宗祠——游氏宗庙在路南，住房在路北，两者之间的庭院又小，不足以清理出一条大道。子大叔突然面临很多现代人经历过的噩梦——拆迁！而且为了保持道路笔直，必须拆掉宗庙而不是住房。

回想起来，这已经是游氏宗庙第二次遇到拆迁问题。

前一次是在公元前530年郑简公去世的时候。当时为了给郑简公送葬，要清除道路障碍，游氏宗庙就被列为拆迁对象（可见这宗庙的选址也确实有些问题）。子大叔当然不愿意，命令家人拿着锹、镐之类的拆迁工具站在宗庙旁边，就是不动手，交代说：“如果子产过来，问你们为什么不动手，你们就说这是安放祖宗神位的场所，不忍拆除，但是上命不可违，我们不想拆也得拆了。”这一招果然奏效，子产听到子大叔的家人这么说，便命令施工队绕开游氏宗庙。

那时一同列为拆迁对象的，还有几位司墓（公墓的看守者）的房屋。如果拆掉，则灵车可直达公墓，清早即可下葬；如果不拆，则灵车必须迂回进墓园，须延迟至中午方可下葬。子大叔不厚道，保住了自家宗庙，便不顾他人的居所，向子产建议说："拆吧！否则的话，要诸侯的使臣等到中午，恐怕他们不乐意。"

子产说："诸侯既然派人来会葬，又怎么会在乎等到中午？不拆也没什么影响，而且也不会给民众带来麻烦，那为什么非要拆不可？"于是一并不拆，郑简公的灵车因此兜了远路，只能"日中而葬"。《左传》对此评价很高，认为子产知礼，"所谓礼，就是不为了成全自己而损害别人"（子产于是乎知礼，无毁人以自成也）。

事隔六年，游氏宗庙第二次面临拆迁，子大叔驾轻就熟，故伎重演，又是派几十个家人拿着拆迁工具站在宗庙的外边，交代说："如果子产过来检查，命令迅速拆除，你们才真动手。"

三天之后，子产上朝，经过子大叔家，看到房子还好好的，几个巨大的"拆"字分外刺眼，不觉大怒，问是怎么回事。子大叔的家人见了，拿起镐钎，朝着宗庙的外墙"乒乒乓乓"就干起来。

子产边走边看，走了不到半里地，突然想起什么似的，急忙命随从："快回去，命令他们住手！"

"啊？"

"还愣着干啥？要他们拆北边的房间，不要拆南边的宗庙，快去！"

从这个故事可以看出，子产为政宽猛相济，大原则不动摇，然而在细微处又体察人情，尽量不损害别人的利益，由此可见一斑。

公元前523年，郑国六卿之一、驷氏家族的族长驷偃去世。

驷偃的嫡妻是晋国人，为他生了嫡子驷丝，当时还未成年。驷氏家族的几位头面人物聚在一起商量，决定立驷偃的弟弟驷乞为族长，继承卿位。

这件事当然需要得到子产的支持。但是子产的态度很暧昧，既不支持，也不反对。主要原因，一来子产憎恶驷偃的为人，懒得去管他的身后事；二来父死子替，兄终弟及，既然有驷丝这个嫡子在，轮不到驷乞插队。

在这种情况下，驷家人不敢轻举妄动。

而在另一方面，由于觉察到儿子的继承权受到威胁，驷丝的嫡妻也写了一封信给晋国的娘家，希望娘家人在这个关键时刻帮外孙一把。娘家人把这事捅到了晋昭公那里。于是，同年冬天，晋国派出使者访问郑国，直截了当地质询驷家的事。

晋国使者来势汹汹，郑国朝中无人敢应对。为什么？理亏啊！人家正儿八经的嫡子，为什么不能继承家业呢？驷乞顶不住压力，想要逃走，被子产制止；想请求祝史占卜凶吉，又被子产拦住。卿大夫们也很紧张，专门开了一个会来讨论对策，商量了半天却没有结果。子产在一边冷眼旁观，讨论的时候没有说一句话，最后才说："诸位大夫就此打住，此事不用再议，就由我这把老骨头去对付吧！"

子产亲自跑到宾馆去见使者，说："上天不保佑郑国，寡君的几位臣子都不幸早死，现在又轮到驷氏家族遭遇丧事。更不幸的是，驷家的继承人年龄尚幼，他的几位叔伯兄长怕宗族因此衰落，私下商量，想立他的叔叔。这件事情非常棘手，连寡君也难以定夺，私下对我们说，'也许是上天故意扰乱世间的秩序，我们又能做什么呢？'这是上天的安排啊！谁敢去问为什么。现在您代表晋国来问这件事，我实话告诉您，寡君根本不支持这件事，也不敢支持，别人当然就更不敢插手了。"一句话，驷家的动乱，是他们自己的事，与郑伯无关。

子产接着说："平丘之会上，晋侯与诸侯重温过去的誓词，强调说'不要失职！'如果寡君的臣子不幸去世，晋国就伸长了手来干涉其继承之事，这不是把郑国当作晋国的一个县，甚至一个乡来对待吗？那样的话，郑国还像是一个国家吗？寡君岂不是失职吗？我这个执政岂不是失职吗？"言下之意，驷家的事，再怎么说也是郑国的内政，轮不到晋国人来插手。

晋国使者无言以对，这件事最终不了了之。

同年十二月，郑国气候反常，冬天竟然发生洪灾。有人看到两条龙在新郑南门外的洧水中争斗，自然认为这是洪灾的原因，于是请求举行祭祀，祈求平安。子产不同意，说："我们争斗，龙不看；龙争斗，我们为什么要凑热闹跑去看呢？就算我们祭祀祈祷，那洧水本来就是它们的居所，岂能因为我们祭祀就离开？我们对龙没什么要求，龙自然也就对我们没什么要求，祭祀大可不必！"

也许子产是这么认为，一切神仙鬼怪，只要你不去招惹他，他就拿你没办法，你有事没事去祭祀他，他就给你找麻烦了。这一点，倒是与孔夫子的“敬鬼神而远之”的态度不谋而合。

说来也怪，自此之后很多年，郑国再也没有发生过大的水火灾害。

第二年，也就是公元前522年，子产去世了。

子产驰骋政坛四十余年，以“宽猛相济”而闻名，行事作风有儒家的仁爱，有法家的严厉，有外交家的灵活，还有改革家的勇气与智慧。当人们不理解他，在背后议论他的时候，他总是淡然处之，“不毁乡校”而倡言论自由之风，气度委实罕见；“铸刑书”是子产在当时最受争议的举动，即便是后世儒家也颇有微词，却是从人治走向法治的标志性事件，至今仍有现实价值；在外交上，子产坚持不亢不卑，致力于维护国家的独立，保护国家的权益，赢得了广泛尊重。

《史记》记载：子产执政期间，郑国的儿童不用下田干活，年轻人作风正派，老年人可以安度余生；市场上买卖公平，物价稳定；社会和谐，夜不闭户，路不拾遗。子产去世后，郑国的青壮年失声痛哭，老人像孩童一样哭泣，说：“子产离开我们而去了啊，老百姓将来依靠谁！”似乎天都要塌下来了。更有野史记载：子产去世，郑国的男子不佩玉器，妇女不戴首饰，停止一切娱乐活动，痛哭悼念了整整三个月。

听到子产逝世的消息，还有一个人很伤心，那就是孔子。他大哭流涕，称子产为“古之遗爱”。在孔子给同时代人的评价当中，这个评价无疑是最高的。

孔夫子对子产最钦佩之处，还是“宽猛相济”。他说：“子产确实是善于治国。政策宽大百姓就容易产生轻慢之心，轻慢则用严厉的手段加以纠正。但是严厉又会伤害到百姓，又必须以宽大来安抚他们。只有宽猛相济，不急不慢，不刚不柔，从容不迫，才会政通人和。”

孔子如此尊崇子产，后世学者自然跟风膜拜，历朝历代对子产都是推崇备至。甚至有人说：“春秋的前半段，管仲唱主角；春秋的后半段，子产挑大梁。”更有人说：“后半段春秋，全靠子产生色。”言下之意，如果没有子产，后半段春秋就没有什么看头了。

当然，也有人对子产颇有微词，孟子就是其中一位。据传，郑国发大水的时候，子产命车夫驾着自己的马车，在洧水帮助百姓渡河。坐过他的车的人都感恩戴德，孟子却不以为然，说：“子产也就知道用小恩小惠笼络人心，却不知道怎么治国。提早两个月搭好桥，民众渡河就不会有困难了，哪里用得着马车？他一辆马车，能够让所有人都渡过河吗？君子只要能够治理好国家，就算出行的时候命令百姓都回避也没什么不妥。要想人人都说他的好话，只怕他活一万年都不够！”

孟子的话，说得也有道理。国家总理这个级别的干部，关键是要抓好大事，保证国家不出乱子，而不是在小事上体现所谓爱民之心。但是从子产的实际表现来看，孟子的指责又过于严厉，毕竟，在子产当政期间，郑国社会稳定，政通人和，百姓安居乐业，诸侯不敢轻视——大事，他也抓好了。

子产弥留之际，子大叔陪侍左右。子产对子大叔说："我死之后，您必定当政，有句话想送给您——这世上唯有有德之人能够以宽厚来使百姓服从，否则就不如采取严厉的手段。严厉就像是猛烈的火，人们一看就害怕，躲得远远的，自然不会被烧死；宽厚就像是温柔的水，人们容易轻视它，淹死的就很多。宽厚，毕竟是一件很难掌握的技巧啊！”

子大叔听了，心里很不是滋味：你干脆说我无德不就行了？子产死后，子大叔果然执政，他也学着子产那一套，“不忍猛而宽”，希望以德服人。结果不到半年，郑国盗贼四起，甚至有人在萑苻（huán fú，地名）啸聚山林，拉起了武装，公然跟朝廷对着干。子大叔追悔莫及，派军队进攻萑苻的盗贼，将他们赶尽杀绝，郑国的治安才稍有好转。

傀儡天子的继承权争夺战

公元前527年，王室流年不利。六月，周景王的大子寿不幸去世。八月，大子寿的母亲穆后因为过度悲伤，也撒手西去。

同年十二月，穆后的葬礼在雒邑举行，晋国给足面子，派出以下军副帅荀跞（lì）为首的代表团参加。

葬礼之后，周景王设宴款待荀跞和他的副手籍谈。王室对晋国派要员会葬穆后受宠若惊，是可以理解的，但是在这个悲伤的时候请客吃饭，显然不合时宜。毕竟天子也是人，老婆刚刚下葬，就算是装，也得装出一副吃不下饭的样子啊！

更让人觉得不可思议的是，席间使用的酒器，显然不是寻常之物，若以规格而论，休说招待荀跞，即便是招待晋侯，甚至祭祀列祖列宗也足够气派了。

“此乃今年鲁国进贡之物。”也许是看出了荀、籍二人的疑惑，周景王主动介绍道。

荀跞“哦”了一声，似乎明白点什么，他没有接周景王的话，而是偷偷地向籍谈使了个眼色。籍谈含笑微微点头，意思是您放心，由我来应付。

果然，喝过两杯之后，周景王突然对荀跞说：“伯父，寡人有一事不明，想向伯父请教。”

伯父、叔父本是天子对同姓诸侯的亲热称呼，用在荀跞身上，自然是十分客气。

荀跞赶紧说：“您请讲。”

周景王说：“这些年来，诸侯无论大小，都有礼器进贡给王室，唯独晋国没有，这是为什么呢？”

“关于这个问题……”荀跞很淡定地朝籍谈拱拱手，“就请你来为天子回答吧。”

籍谈早有准备，先是朝周景王作了一揖，然后才缓缓地说：“下臣听说，诸侯受封于天子的时候，天子会授予他们明器（仪仗），作为赋予权力的象征，好让他们镇抚社稷，安定百姓。反过来诸侯则进献彝器（祭祀用的礼器）给王室，以示服从王室的领导，这是自古以来的常理。按理说，晋国也应该向王室进贡。”说到这里，籍谈话锋一转：“只不过您想必也知道，晋国的情况有点特殊，地处穷乡僻壤，长久以来与戎狄之人杂居，而远离王畿。王室的福分我们享受不到，倒是为了与戎狄周旋而忙个不停，实在是顾不上向王室进献彝器啊！”

言下之意，王室与诸侯礼尚往来，王室没有授予晋国明器，晋国也没有理由给王室进献彝器。

“叔父！”周景王称籍谈为叔父，“您大概忘了，晋国的先祖唐叔，乃是周成王的胞弟，周晋之间如此亲近的关系，怎么可能没有授予明器呢？”

籍谈心里一惊，强自镇定道：“下臣愿闻其详。”

周景王说："您应该听说过，密须之鼓和大辂之车，是周文王用来检阅军队的；阙巩的皮甲，是周武王穿着讨伐商朝的。这些珍贵的物品，先王都赏赐给了唐叔，让他镇守封地，统帅戎狄。后来周襄王又赏赐给晋文公大辂和戎辂之服，还有弓箭、斧钺、御酒和虎贲之士，授予他南阳土地，让他领袖东方各国。这些事情，王室的史册有记载，晋国的史册想必也有记载，怎么可以说是没有授予明器呢？"

荀跞的脸"腾"地就红了，籍谈也赶紧把头低下去。

周景王乘胜追击："您刚刚说到福分，寡人以为，晋国有功于王室，王室都记在档案里，从来没有忘记，而且用土地来奖赏，用彝器来安抚，用车服来表扬，用旌旗来给予荣耀，子子孙孙都记得这些事，这就是福分。谁敢说晋国没有享受到王室的福分？如果这样的福分都不算数，叔父认为怎么样才算？"

"至于叔父您，"周景王越说越激动，"我如果说得没错的话，当年叔父的先祖孙伯黡（yǎn）掌管晋国的文献典籍，位高权重，因此以'籍'为氏。您既然是籍氏后人，世代掌握典籍，早就熟背于胸，怎么会对这些重要的史实视而不见？"

籍谈没想到这位周天子如此博闻强记，连自己的家史都搞得一清二楚，不由得面若死灰，服在地上战战兢兢，不敢再说话。

宴会结束，周景王意犹未尽，对几位近臣感叹道："这个籍谈恐怕是要绝后了，他高谈阔论历史典籍，却忘了自己祖先的职责（籍父其无后乎，数典而忘其祖）！"——"数典忘祖"作为一句成语，就是这么来的。

值得一提的是，三十年后，籍谈的儿子籍秦死于晋国内乱，籍氏一族从此灭亡，倒是应了周景王的话。

籍谈回国后，向主管外交的叔向汇报情况，叔向说："天子恐怕不得善终了！我听说，人往往会死在自己所喜欢的事上。天子今年遇到两次丧事，丧服未除就请吊丧的宾客喝酒，本来让人难以理解，又厚着脸皮跟人家要彝器，这是拿伤心的事作乐啊！虽然贵为天子，为亲人服丧也有一个期限，这就是礼。就算不能服丧期满，刚举行完葬礼就饮酒作乐，我看他啊，未免高兴得太早了。"

周景王贪财好货，不仅仅体现在厚着脸皮向诸侯索要贡赋。

公元前524年，周景王发布了一道货币改革令，命令王畿内统一使用新铸造的大钱。换而言之，就是印发大面额钱币，废除原来使用的小面额钱币。

稍微有点经济常识的人都知道，金属货币时代，在不提升货币质量的前提下，单方面提升货币面额意味着什么——意味着政府对民间资本赤裸裸的掠夺。

王室卿士单穆公强烈反对周景王的计划，他指出：天子废轻币而铸重币，百姓将失去大量的资财，民间必然匮乏，由此导致王室也将匮乏，那时候就只能向百姓征重税，而百姓无法承受，就只能想办法逃离家园，王畿的政治经济势必陷入一个恶性循环。

“搜括民间财富来充实您的仓库，有如堵塞河道来蓄水一样，离水源枯竭的日子也就没有几天了。请您一定要认真考虑，不要贸然行事。”单穆公苦口婆心道。

但周景王还是强行推进了币制改革，一时间雒邑物价飞涨，百姓怨声载道。

周景王倒是赚得盆满钵满，一下子阔绰起来了。公元前521年春天，他飘飘然地下了一道命令，要在王城雒邑铸造一口大钟，取名为“无射（yì）”。

宋朝的苏东坡在《石钟山记》中写道：“噌吰（hóng）者，周景王之无射也，窾（kǎn）坎镗鞳（tāng tà）者，魏庄子之歌钟也。”本书前面已经说过，魏庄子之歌钟，就是晋悼公奖励给大将魏绛的乐器。与之齐名的，就是这位周景王的无射了。

无射是中国古代音乐的十二个标准音之一。铸造无射之钟不是那么简单的事，因为它很大，音律很难定准。但是对于博古通今而且精通音律的周景王来说，这不是难事，他又下令先铸造一口较小的“大林”之钟，用来为无射审音。

单穆公又一次表示反对：“前番币制改革，已经搜刮了不少民脂民膏，现在又要铸造大钟，老百姓怎么受得了啊？再说了，先王对于造钟有严格的规定，重量不能超过一百二十斤，现在您要造的钟远远超出这个规格，以至于耳朵都分辨不出清音浊音，听不出是否和谐适中，对于音乐没有任何好处，对于百姓来说则是劳民伤财，您铸造它究竟有什么用呢？”

周景王反驳道：“先王制订礼乐，不就是为了安定百姓吗？我现在无非是想把先王的礼乐弘扬光大，所以才特意把钟造得大点，这也有问题吗？”

单襄公说：“耳朵听到和谐的声音，嘴中说出美好的语言，以此作为法令而向百姓颁布，人们尽心跟随君主的法度而不厌倦，国家能够成就大事而不轻易改变，这就是音乐的最高境界，跟大小有什么关系？再说了，您想想看，造这么大个钟，万一音律不能和谐，岂不是丢人丢到家了吗？”

这话倒是提醒了周景王，造钟这种事情，还是得问问专业人士的意见。于是将乐官州鸠找来，把单穆公的话对州鸠说了，然后问他有什么看法。

州鸠连连摇头：“哎哟哟，臣不过是一介乐官，哪里懂那么高深的政治理论啊？”但是又说，“如果您一定要问我有什么意见，我觉得现在铸造的大钟，乐音超过了无射的音律，对音乐确实是一种损害，不和谐。而且为了铸造它，用了太多的金属，导致财用匮乏。声音不和谐又浪费财力，这样的乐器恐怕不是咱们乐府能够掌握的。”

周景王脸一黑，州鸠赶紧闭嘴。

无射之钟就这样顶着各方压力铸成了。周景王派乐师去检查，乐师回来报告说：“钟声很和谐。”周景王很得意，对州鸠说：“你看看，即便没有你帮忙，钟声还是和谐了。”

“现在说这话还为时过早呢。”州鸠嘟嘟囔囔地回了一句。

“为什么？”

“天子制作乐器，百姓因此而安乐，这才叫和谐。现在为了造钟而搞得民众疲惫，怨声载道，这算什么和谐啊！我听说，只要是民心所向，就没有办不成的；如果相反，则没有不被抛弃的。古话说得好，众志成城，众口铄金。三年当中，您费尽心力办的这两件大事（货币改革和铸造大钟），只怕注定有一件会被废弃掉。”

周景王一拂袖子，说：“你真是越老越糊涂，懂个屁！”

州鸠退下来之后就对人说：“天子大概要因为心病而死去了。”

别人赶紧挡住他的嘴："千万不要胡说！"

州鸠说："这不是开玩笑。天子根据民间的风俗而制作乐曲，用乐器来承载它，用声音来表达它。小乐器发音不纤细，大乐器发音不粗犷，这就是和谐。一切和谐了，这音乐才是美好的。和谐的声音入于耳，而藏于心，心安就快乐。如果过于粗犷，内心就会不安，不安就会生病。你看天子现在铸的这口大钟，要多粗犷有多粗犷，我怕他内心受不住，难以长久。"

换而言之，和谐不在声高，越是声嘶力竭高唱和谐，越有可能导致心脏病发作。

据史料记载，无射之钟最先被安放在雒邑，秦朝统一天下之后将其迁至咸阳，两汉、两晋时期置于长安，南北朝时期迁于南京，隋朝又将它迁回西安，最终被隋文帝杨坚下令熔毁。算起来，它在世上存在了一千一百多年，见证了诸多朝代的兴衰。

其实周景王的心病，倒不在于无射之钟扰乱心神，而是另有其事。

原来，当年大子寿去世之后，其胞弟王子猛被立为大子。但周景王并不太喜欢王子猛，而是喜欢庶子王子朝，对王子朝的师傅宾起也是宠信有加，久而久之，便有了废嫡立庶的念头。

在封建社会，废嫡立庶乃是大忌，即便是周天子也不敢随意作这个决定。再加上王子朝和宾起在朝中的名声都不怎么好，特别是王子朝，因为出言不逊，得罪了不少人，其中包括卿士刘献公和单穆公。刘、单两家成为了王子朝上位的最大阻力。

说起这位单穆公，与叔向倒是有些渊源。《国语》记载，很久以前，有一次叔向到雒邑访问，单穆公的曾祖父单靖公设宴招待叔向，宴席不丰盛但是礼节恭敬，不私下表示亲热，谈话和赋诗言志均很得体，送别时也仅仅是送到城郊。叔向没有当面奉承单靖公，而是对他的家臣说："奇怪啊，我听说一个朝代不会两度兴盛，但是看到单老先生之后，我感觉周朝很有可能打破这一规律。古人说'最礼貌的行为莫过于恭敬，最善于持家的莫过于节俭，最好的品德莫过于谦让，最标准的行事方式莫过于不懂就问'，我看单老先生这些美德都具备了。有他担任卿士，周室哪有不兴盛的理由啊！"而且推断，单靖公保业守成，有子孙昌盛的福气。

在货币改革和铸造大钟这两件事上，单穆公已经搞得周景王很不爽，再加上在废嫡立庶这件事上与周景王对着干，单穆公无疑成为了周景王的眼中钉、肉中刺。

公元前520年四月，周景王狩猎北山，命令满朝大臣随行，想趁打猎的机会杀死刘、单二人。然而人算不如天算，就在他即将动手之际，突然心脏病发作，死于大夫荣锜氏家里——当然，这是官方的记载，后世有不少人推测，刘、单二人察觉到了周景王的阴谋，先下手为强，派人毒杀了周景王。

同样诡异的是，几天之后，刘献公也突然去世了。刘献公没有嫡子，庶子伯蚠（fén）本来在单穆公门下工作，跟单穆公的关系不错，于是由单穆公作主，伯蚠继承了家业。这样一来，局势基本就由单穆公控制了。

同年五月，刘、单两家联合出兵，杀死了宾起，拥立王子猛为王，并与周景王的其他几个儿子在单穆公家里盟誓，宣布效忠于王子猛。

王子朝不甘心就这样失去眼看就要到手的王位。这位没落王室的后裔，和他的父亲周景王一样，是个饱读诗书、自视甚高的人物。他有野心，也有行动力。同年六月，周景王的葬礼在雒邑举行。王子朝趁机发难，带领自己的人马进攻刘家。伯蚠得到消息，连忙出逃。单穆公倒是临危不乱，先跑到大庙之中将正在为周景王服丧的王子猛接到自己家里，然后紧闭大门，加强防范。

但是王子朝显然棋高一着，早就在单穆公身边安插了一颗钉子——王子还。单穆公完全没有料到自己身边还有如此危险的潜伏者。当天夜里，王子还趁着单穆公不备，将王子猛劫持上一辆战车，马不停蹄地送到了王子朝府上。

这一来主客易位。单穆公手中失去了王牌，眼见王子朝的势力越来越大，只得步伯蚠的后尘，也逃出了雒邑。

王子朝紧追不舍，在雒邑附近的平畤（zhì）与单穆公大战了一场。结果出人意料，处于劣势的单穆公大获全胜，杀死了包括王子还在内的八名敌将。王子朝落荒而逃。单穆公乘胜追击，伯蚠也从刘地赶来助战，两个人一鼓作气，又杀回了雒邑，再度将王子猛抢到手里。

仅仅是五天之后，战局再一次逆转。王子朝重新纠集余党反扑，在雒邑城下打败了单穆公的盟友巩简公和甘平公。单穆公感到形势危急，决定向晋国求助。同年七月，他留下王子处坚守雒邑，自己则带着王子猛取道平畤，来到一个名叫“皇”的地方，一面派人向晋国告急，一面静观待变。

王子朝自然知道夜长梦多，一面抓紧进攻雒邑，一面派心腹鄩肸（xún xī）带兵进攻皇地，企图将王子猛夺回来。结果鄩肸用兵无方，吃了败仗，本人也成为俘虏。与此同时，王子朝却在雒邑城下打败了出城迎击的敌军，军势为之一振。雒邑城中的余党得知消息，也发动叛乱来策应王子朝，围攻单穆公的府邸，却又惨遭失败。双方互有胜负，战争陷入僵局。

同年十月，晋国终于出兵了。

晋国派出的还是荀、籍组合——以荀跞和籍谈为首，率领“九州之戎及焦、瑕、温、原之师”，显然不是什么主力部队。也许在晋国人看来，解决王室的这点小小纷争，乃是杀鸡焉用牛刀，只要晋军大旗一出现，王子朝就会望风而降吧！

单穆公显然也是这么认为的。听到晋国出兵的消息，他和伯蚠马上从皇地出发，奉着王子猛直奔雒邑。没想到王子朝根本不买晋国的账，不但把单、刘联军打得落花流水，而且将前来救援的晋国先头部队击溃。王子猛也在这次战斗中身负重伤。

同年十一月，王子猛在雒邑郊外去世。

几天之后，周景王的另一个儿子王子匄（gài）被单穆公立为天子，也就是历史上的周敬王。

事到如今，晋国也不敢对王子朝等闲视之，派出增援部队源源不断地进入王畿。到了十二月，从各地压向王子朝的晋军部队已经增加到七支，周敬王也亲自率军围攻，连夺数城，将王子朝逼到了死角。

公元前519年春天，春风得意马蹄疾的周敬王自认为胜券在握，派人给晋军统帅荀跞送去一封信，大意是王子朝已经穷途末路，单凭王室的力量便足以战胜他，不劳晋军再帮忙。晋军于是撤回国内。

这封信导致王畿的战乱被延长整整三年。

同年初夏，王子朝在尹地发动反攻，打败单穆公的部队，并且一举攻入雒邑，宣布自立为王。小小的王畿出现两王并立的奇景：王子朝居雒邑，被称为西王；周敬王居狄泉，被称为东王。双方你来我往，打得不亦乐乎。

公元前518年六月，子大叔陪同郑定公出访晋国，见到了士鞅。士鞅请教子大叔：“王室的事情该怎么处理才好？”子大叔的回答很幽默：“老夫连郑国的事情还搞不定呢，哪里敢管王室的事？不过俗话说得好，寡妇不担心自己织布的纬纱不够，而担心王室的没落，是因为怕祸乱殃及自身。现在王室动荡，我们这些小国当然害怕。至于你们大国的想法是怎么样的，我们就不知道了。您如果想要安定王室，最好尽快动手。毕竟，王室动荡不安，也是晋国的耻辱啊！”

子大叔这番话使得晋国下定决心，召集诸侯会盟，强势介入王室内乱。但是晋国的行动实在是迟缓，直到第二年（公元前517年）夏天，诸侯大夫会盟才在黄父（地名，今山西省境内）举行。

代表晋国出席黄父会盟的是赵武的孙子赵鞅，他命令各国向王室提供经济援助（输王粟）和武装保护（具戍人）。但是论及具体何时帮助周敬王复国，竟然是“明年将纳王”，将时间又往后拖了一年。

公元前516年十二月，周敬王终于在晋国人的帮助下回到了雒邑。王子朝见大势已去，带着自己的党羽出逃到楚国。离开的时候，他做了一件釜底抽薪的事——将王室收藏的典籍席卷一空，一股脑儿都带到了楚国。

可以想象的是，从雒邑到郢都山长水远，王子朝又行色匆匆，所以这批珍贵的典籍极有可能在路途中就遭到大量损毁。中国的学者对这段历史似乎没有太多关注，倒是在日本人编撰的《左氏会笺》中，将这件事称为“大厄”，认为这是秦始皇焚书坑儒之前中国文化遭到的最大一次破坏。

第二章
齐国中兴

鲁国的倒季运动：众怒难犯

公元前521年，也就是周景王铸造无射之钟那年，晋国派下军副帅士鞅出访鲁国。晋昭公已经去世，现在晋国名义上的统治者是他的儿子晋顷公——说是"名义上"一点也不过分，早在晋昭公年代，晋国公室大权旁落已经是天下皆知，曾陪同鲁昭公出访晋国的鲁国大夫子服回就曾经这样说："晋国公室恐怕就将这样衰落下去了，国君势单力薄，六卿强而奢傲，已经是习以为常，不可逆转。"

晋顷公有名无实，形同傀儡，鲁昭公也好不到哪里去。要知道，三桓[①]专鲁不是一天两天的事，若说习以为常，鲁国公室早就习以为常。鲁昭公在位的那些年，三桓之一的叔孙婼对鲁昭公还算有礼，但是另外一位——季孙意如对鲁昭公可以说是无礼之至，连表面上的尊重都不肯给。有史为证：

公元前531年五月，鲁昭公的母亲齐归去世。十几天之后，季孙意如在比蒲（地名，今山东省境内）举行"大蒐（sōu）"，检阅兵车千乘，鲁昭公如常参加。叔向对此评论："国君有丧母之痛，国家还要举

① 三桓，指鲁国卿大夫孟氏、叔孙氏和季氏，因皆出自鲁桓公的后代而得名。

行大蒐，未免太不体恤国君了！”

公元前525年六月，发生日食，祝史（祭祀官）请求使用牲口祭祀。叔孙婼认为，按照周礼，日食之日，天子不享盛宴，在社稷之神前击鼓，祈求平安；诸侯则杀牲为祭，在朝堂之上击鼓，以示警省，这都是符合规定的。但是季孙意如坚决不同意，胡搅蛮缠，百般刁难，最后导致祭祀不了了之。叔孙婼退下来之后就对家臣说："季孙意如恐有异志，没有把国君放在眼里。"古人认为，日食是阴盛阳衰，有以下犯上之象，所以要举行祭祀来助君抑臣。季孙意如不肯举行祭祀，乃是助臣抑君，图谋不轨之心，昭然若揭。

季孙意如公然不把国君放在眼里，并非全然因为狂妄。回想起来，南蒯之乱中，鲁昭公为了获得季氏的家产，是打算支持南蒯的，而且计划也想好了，那就是要借助晋国人的力量来达成这件事。只不过后来阴差阳错，鲁昭公被挡在了黄河边，南蒯的阴谋才没有得逞，否则的话，季氏家族就很危险了。再加上那年他陪同鲁昭公出访晋国，被晋国人当作替罪羊关在冰天雪地的帐篷里，差点连命都送掉。有这两桩事作为背景，季孙意如故意跟鲁昭公过不去，也是君不仁，臣不义，事出有因。

士鞅来访，对鲁国来说是件大事，鲁昭公命令叔孙婼负责接待。规格嘛，自然是量鲁国之物力，结晋国之欢心。季孙意如得到消息，觉得这是一个借刀杀人的好机会。

鲁国的外交部中，有几个重要的岗位由季氏把持，礼宾司便是其中之一。叔孙婼代表鲁昭公举行宴会招待士鞅那天，季孙意如特意命令礼宾司准备了"七牢"之礼。

前面介绍过，所谓"牢"，就是牛、羊、猪各一头。在宴会上，牢的数量越大，规格越高。七牢乃是诸侯之礼，当年秦穆公优待晋惠公，用的也不过是七牢，现在鲁国用来接待士鞅，自然是拉高了他的身价，属于"非礼"的行为。

面对这样的"非礼"，士鞅本来应该高兴。但是在礼宾司的官员不经意地透露出一个信息之后，士鞅不禁勃然大怒，当场拍桌子，要鲁国人给他一个解释。

礼宾司的官员说："当年鲍国访问鲁国，我们也是用的七牢之礼。"鲍国是谁？鲍国是齐国的上大夫。当年南蒯叛乱，曾经派人将费地的地图献给齐景公，以示降服。后来南蒯失败，费地被季氏占领，齐景公乐得做个顺水人情，派鲍国将地图送回鲁国。以鲍国的身份，本来应该享受五牢之礼，但是鲁国为了讨好齐国，硬是把他提升到七牢，让他享受了诸侯的待遇。

士鞅对叔孙婼说："难道您是将我和鲍国等而视之吗？鲍国不过是个大夫，齐国又是个小国（其实也不小），您让我享受和鲍国一样的牢礼，是没把晋国放在眼里。回去之后，我会将这事好好向寡君汇报！"

叔孙婼一听就慌了，连声说"您误会了！"命人赶快追加三牲，一口气加了四牢，达到了史无前例的十一牢！

这哪里是请客吃饭？分明是拿牲口砸人。叔孙婼这样做，在某种意义上也是将了士鞅一军，看他敢不敢接受。没想到士鞅毫无惭色，心安理得地享受了这十一牢的超级大礼。

公元前519年春天，邾国派人修筑翼邑（地名，今山东省境内）的城墙。工程完工后，部队为了躲避大雨，借道鲁国的武城抄近路回朝。按当时的国际惯例，部队借道他国，须行借道之礼，以示对东道主的尊重。但是邾国人以为，上次平丘之会，鲁国正是因为欺凌邾国，被晋国严厉惩罚。这次借道这种小事，鲁国人应该知道怎么做了，就没有必要打招呼了。于是一不山呼，二不万岁，大摇大摆地从武城郊外经过。

接着发生的事情跟很多电视剧的情节相似：邾国人走着走着，发现前方有鲁国军队挡道，还没来得及交涉，弩箭如飞蝗般射来，瞬间放倒一大批。邾国人乱成一团，掉头想往回跑，只听见一通鼓响，树木成片倒下，将来路封了个严严实实。鲁国军队前后包抄，来了个瓮中捉鳖，邾国人基本上全军覆没，三个带兵的大夫也成了俘虏。

过道不借，本是自取其辱，邾子不但没有反思自己的错误，反而跑到晋国去告状。晋国人也不分青红皂白，草率地受理了此案，而且给曲阜送来一张传票，要鲁国派人到晋国来打官司。

叔孙婼临危受命，前往晋国应诉，刚到新田，就被软禁起来。几天之后，在韩起的主持下，当事双方在晋国公堂之上对质。邾国方面出场的是一位大夫。叔孙婼一看，马上嗅出了不对劲，当场表示反对："依照周朝的体制，鲁国的卿相当于小国的国君。邾国乃是东夷小国，它的大夫怎么可以和我平起平坐？还是让我的副手子服回和他辩论吧！不是我看不起人，是我不敢违背周朝的规定。”话说得有理有节，韩起也不敢坚持，庭审被迫中断。

韩起一计不成，又生一计。第二次庭审的时候，他让邾国人先全副武装地埋伏在公堂之外，只等叔孙婼一进来就动手，官司也不打了，直接让邾国人将叔孙婼带回去做人质。叔孙婼得到情报，倒是十分坦然，干脆摘下佩剑，一个随从也不带，只身前往公堂。晋国的大法官士景伯见到此情此景，劝阻韩起道：“您这样做恐怕不行。如果将叔孙婼交给邾国人，他必死无疑。那样的话，鲁国正好名正言顺地出兵消灭邾国，咱们也无话可说，对邾子更没法交代，后悔都来不及。所谓盟主，要以理服人。如果鲁国抓了邾国的大夫，我们就抓鲁国的卿，当这个盟主还有什么意义呢？”

韩起也十分头疼，说：“你也知道，那个邾子很难缠的。依你之见，这个案件该如何处理？”

士景伯说：“您就交给我办吧。”于是跑出去，将叔孙婼挡在公堂之外，要他回宾馆去听命。

当天夜里，叔孙婼和子服回被分别安排在两个宾馆居住。第二天一早，士景伯带着四名武士来到叔孙婼居住的地方，要他坐上马车，士景伯亲自驾车，四名武士紧随其后，故意经过邾子的住所。邾子一看，哟，这演的是哪出戏啊？跑出来问士景伯。士景伯说：“奉了韩元帅之命，押送叔孙婼前往司法部门接受询问。”

“那我们不用派人去了？”

“不用去了，事实很清楚，是鲁国的错，没有对质的必要。另外，韩元帅要我转告您，案件他会秉公办理，您如果没有其他事，可以回邾国去了，免得让百姓们担心。”说罢扬长而去，只留下邾子愣在那里目瞪口呆。

士景伯倒也没有忽悠邾子。不久之后，叔孙婼被送到箕地（地名，今山西省境内）软禁，子服回则被送到另外一个地方软禁。继季孙意如之后，叔孙婼也尝到了被拘留在异国的滋味。但是和季孙意如不同的是，叔孙婼在晋国的表现始终十分淡定。据说，被送往箕地的那天早上，他大清早就起来了，穿得整整齐齐，站在宾馆前面等待晋国人派车来接。那神情，一点也不像是被流放，而像是去上朝。

箕地的生活相当艰苦。叔孙婼居住的房子已经破败不堪，吃的东西也很差劲。陪伴在他身边的，除了家臣梁其踁（jìng）和晋国派来的两名看守，就是一条看门的黄狗。每天早上起来，叔孙婼做的第一件事就是修葺房屋和围墙，做得一丝不苟，若论维修的水准，即便是专业的泥水匠也自叹不如。

有一天看守说："把那条狗送给我们吧，我们做一顿狗肉，香喷喷的，分你一些，好补补身子。"

叔孙婼笑着摇摇头，没有答应他们。

还有一天，士鞅跑到箕地来拜访叔孙婼，寒暄了几句，突然说："我可以为您在晋侯面前求情，让您早点回鲁国去，但是有一个小小要求，您那顶帽子不错啊，送给我吧。"

叔孙婼心里冷笑，当年七牢的大礼你尚且嫌少，现在一顶破帽子就能让你满足？别装了。他打开衣箱，爽快地拿出两顶帽子，送给士鞅，说："全部在这里了，您如果再要，我还真拿不出来了。"

士鞅干咳两声，满脸尴尬地告辞而出。

鲁昭公得知叔孙婼被软禁，派大夫申丰带着财礼前往晋国，看能不能拉拉关系，走走后门，把叔孙婼给解救出来。叔孙婼见到申丰就说："你把带来的东西都放在我这里，该送给谁，该怎么送，都由我来安排。"东西拉过来之后，叔孙婼将它们全部堆放在自己房间，对申丰说："你的任务已经完成，可以回去复命了。"

"啊？"申丰丈二和尚摸不着头脑。

"老申啊！"叔孙婼拍着他的肩膀说，"我知道你也是为我好。但是这件事本来是咱们有理，如果我让你拿着礼物去行贿，咱们就变得没理了。那样的话，我是可以快点回家，国家却蒙受了不白之冤，你说这样的事能做吗？"

申丰看着叔孙婼，眼神中充满了敬佩。

同年秋天，鲁昭公亲自前往晋国营救叔孙婼。对于他来说，叔孙婼太重要了，无论如何不能失去。否则的话，季孙意如将更加不可一世。

不巧的是，刚刚来到黄河边准备渡河，鲁昭公突然生病，不能继续前行，只好打道回府。

叔孙婼在箕地一直住到第二年春天才获释。离开箕地那天早上，他一如往常地来到院子修葺院墙，把屋子打扫得干干净净，又命梁其踁将黄狗杀了，做了一锅狗肉汤，请两位看守一起享用。

这样做的意思很明白，并非我叔孙婼小气，只是有行贿之嫌的事，哪怕是送一条狗，我也不干！

《春秋》记载，公元前517年，鲁都曲阜发生了一件怪事，不知从哪里飞来一只八哥，在宫中筑巢而居。

八哥又不是什么稀罕的鸟，在中国大部分地区都可以见到，有必要这么大惊小怪地记载到史书中吗？对此，后世研究《春秋》的人给出了各式各样的解释。

有的说，八哥“不济”，即只在北方生活，不会飞过济水。鲁国在济水之南，是以罕见。

有的说，八哥穴居，从不筑巢，是以筑巢罕见。

也有人合二说为一，说八哥穴居，又不在鲁界，现在飞到鲁宫中筑巢，是以罕见。

究竟为什么罕见，留待动物学家去考证。当时有一位名叫师己的大夫，觉得这是不祥之兆：“我听说，文公、宣公、成公年代就有童谣说，‘八哥出现，国君流离’，恐怕不是好事。”

师己的话并非空穴来风。鲁昭公与季孙意如之间的矛盾越来越深，势同水火，在鲁国朝野之间已是公开的秘密，甚至有传闻说，鲁昭公再也忍受不了季孙意如的跋扈，正在联合其他几大家族，阴谋将意如驱逐出境。而季孙意如也在积极备战，随时准备反击。

这年春天，叔孙婼奉命出访宋国，替季孙意如迎娶宋元公的女儿，季孙意如的叔叔季公若作为随从一同出访。

宋元公的夫人曹氏是小邾国君夫人的女儿，小邾国君夫人又是季公若的亲姐姐，以此推论，曹氏则是季孙意如的表妹，季孙意如娶的正是表妹的女儿。

季公若见到外甥女曹氏，忍不住将鲁国的情况对她说了一番，然后说：“您如果替女儿考虑，最好不要将她嫁过去，因为意如很有可能会被鲁侯驱逐出境，到时候让女儿跟着他流离失所，这又是何苦呢？”

按理说，季公若是季孙意如的叔叔，说这样的话不太合适。但是这其中另有一段狗血隐情：当年季公若的哥哥季公鸟娶了齐国鲍国的女儿季姒，生了一个孩子。季公鸟死时，孩子尚未成年，季公若、公思展和申夜姑共同担负起治理家业的重任。后来季姒与家里的饔（yōng）人（厨师长）私通，被季公若撞见。季姒害怕季公若问罪，命婢女将自己打得鼻青脸肿，然后去找季公甫、季公之（皆为季孙意如的庶弟）告状，说："公若想要和我私通，我没有答应，他就打我，公思展与申夜姑不但不主持公道，还帮着公若欺负我。"季公甫和季公之转而告诉了季孙意如，季孙意如也不问个明白，就把公思展和申夜姑抓了起来，还准备将申夜姑砍头。季公若跑去向季孙意如说明冤情，在大门口跪了半天，季孙意如闭门不见，申夜姑最终还是被季公之派人杀掉了。因为这件事，季公若对季孙意如意见很大，心里甚至盼望着鲁昭公能够早点动手，将意如赶出去，所以才会对曹氏说那番话。

曹氏当然不想女儿吃苦，又把季公若的话转告了宋元公。宋元公拿不定主意，将司马乐祁找过来询问，乐祁明确回答："尽管嫁过去。如果鲁侯真的对季孙意如下手，吃苦头的必定是他自己。季氏家族把持朝政已经有三代（指季孙行父、季孙宿和季孙意如），根深蒂固。相比之下，公室失去权力已经有四世（指鲁宣公、鲁成公、鲁襄公和鲁昭公），哪里是季氏的对手？鲁侯如果静观待变，或许还有机会；如果主动出击，那是自找麻烦。"

可惜的是，鲁昭公没能听到乐祁的话。

这一年夏天，鲁国大旱。旱情延续到秋天，官方连续两次举行大雩（求雨的祭祀），都不见好转。

国有灾情，苦的是下层民众，贵族阶层仍旧声色犬马，过着惬意的生活。当时上层社会最流行的娱乐是斗鸡，季孙意如正是一个狂热的斗鸡爱好者。

鸡斗得多了，便斗出了花样。这一年秋天，季孙意如和大夫郈（hòu）昭伯斗鸡。季孙意如别出心裁地给自己的斗鸡戴上一顶特制的小皮盔，期望它刀枪不入。郈昭伯也不是吃素的，给他的斗鸡套上一对带刺钩的脚环，把斗鸡升级成了战斗鸡。一场恶斗下来，郈氏鸡大获全胜，把季氏鸡打得头破血流，铩羽而归。

季孙意如平日里跋扈惯了，怎么吞得下这口恶气？第二天就带着人跑到郈家，不管三七二十一，将郈家的院子拆了一大半，得意洋洋地说："这个地方以后就是我季氏的地盘了，我要在这里修建一个花园，你们该不会有意见吧？"

郈昭伯气得手脚发抖，但是不敢出声。为什么？他怕啊，在中国历史上，强拆从来不是闹着玩的。

前面介绍过，鲁国的历史上，只有三桓、臧氏和郈氏的宗主可以被称为"某孙氏"，以示尊贵。郈昭伯就是郈氏的宗主，虽然不及季孙意如有权有势，但好歹也是个郈孙氏啊，季孙意如这样做，未免太目中无人了。

早在得罪郈孙氏之前，季孙意如已经得罪了臧孙氏。《左传》记载，臧孙赐有个堂弟叫臧会，因为诬陷别人被臧孙赐责罚，逃到郈邑（季氏的领地），成为了郈邑大夫郈鲂假的会计。有一天，郈鲂假派臧会去季家送账本，臧孙赐知道后，派家老带了五个人埋伏在季家门口，等臧会一出现便扑上去。臧会掉头就跑回季家，家老也不顾卫兵阻拦，紧追不舍，一直追到季家的中门之外才将臧会抓住。季孙意如十分恼怒，当即将臧氏家老抓住，解救了臧会。因为这件事，季氏、臧氏两家结下了梁子。

同年秋天，鲁国在宗庙举行"禘（dì）"礼，纪念先君鲁襄公。禘是国家大祭，形式极其隆重，其中有一种舞蹈，名叫万舞。前面介绍过，鲁国的万舞与天子同级，用的是"八佾（yì）"，也就是八八六十四人的舞蹈队，而其他诸侯最多只能使用六佾，这是鲁国人一直引以为傲的特殊政治待遇。可是到了跳万舞的时候，大伙一看全傻眼了，空荡荡的庙前广场上，竟然只站着两名盛装的舞者。

其余的人呢？

回答是季氏也在举行祭祀，将舞蹈队抽走了，剩下这两位是季孙意如高抬贵手，特意留下来的。

季氏虽然权势熏天，终归不过是个卿，按照周礼的规定，卿祭祀先祖，只能使用四佾。现在季孙意如竟然将八佾搬到自己家去表演，狼子野心，昭然若揭。臧孙赐当场拔出剑来，说："他这是明摆着不让咱们祭祀先君啊！"在场的列位大夫无不咬牙切齿，对季孙意如愤恨不已。

孔夫子听说这件事，说了一句很有名的话：“八佾舞于庭，是可忍，孰不可忍？”意思是，季孙意如敢在自己家里使用八佾，这样的事他都可以做，还有什么事做不出来呢？

现在，如果将季孙意如的仇家统计一下，是长长的一串名单，其中包括鲁昭公、叔孙婼、臧孙赐、郈昭伯、季公若和几乎所有大夫。从上到下，从外到内，能够得罪的人他都得罪完了。

十月的一天，季公若上门拜访鲁昭公的大子公为，送给他一张新做的弓。公为十分高兴，当即带着季公若出城打猎，一试身手。

两个人跑到城外，支开随从，季公若突然对公为跪下，说：“季孙氏目中无君，以下犯上，已经是天怒人怨，连我这个做叔叔的都无法忍受。如果您也是这么认为，就请您举起大旗，号召大家起来讨伐他，我公若愿意作为您的前驱，肝脑涂地也在所不惜！”

公为半天没有回应。

季公若说：“看来您不相信我。”

公为长叹一声：“不是我不相信你，是我不相信自己有这个能耐啊！季孙意如权势熏天，整个鲁国差不多都在他的控制之下，讨伐他谈何容易？别看大伙儿提起他都恨得直咬牙，可一旦要真刀真枪和他对着干，只怕没有几个人敢出头。你要我来举这个旗，对不起，实话实说，我没这个号召力。要做这件事，非国君出面不可。”

季公若说：“那您的意思是？”

公为说：“容我回去跟两个弟弟商量一下，此事非同小可，不可草率。”

公为回到家里，将弟弟公果、公贲找来，三个人商量了一晚上，决定先试探一下鲁昭公的态度。但问题是，三个人你推我，我推你，就是没有人愿意承担这个任务。

为什么？怕。怕万一事情败露，季孙意如追究起来，小命难保。三人商量来商量去，最后想出的办法是：请鲁昭公的贴身宦官僚楠去说！

僚楠倒是很仗义。某一天晚上，他服侍鲁昭公躺下，看看左右夫人，压低了声音，将公为他们的想法告诉了鲁昭公。

鲁昭公的反应大大出乎僚楠的意料。只见他“腾”地坐起来，顺手抄起身边的寝戈（睡觉时防身之用），朝着僚楠横扫过去。幸好僚楠反应快，赶紧闪到一边，否则至少半条命没了。

“混蛋！”鲁昭公大声骂道，“军国大事，岂是你这种人能够过问的？季孙意如乃是鲁国的顶梁柱，寡人倚重他还来不及，你却在这里说他的坏话，究竟是何居心？”

僚楠吓得拔脚就跑，听到鲁昭公还在身后叫唤：“来人哪，快把这个逆贼给抓起来！”

僚楠一气跑回家里，闭门不出，天天等着宫里的卫士来逮捕他。然而过了很多天，也没有人来敲他的门。僚楠摸着脑瓜子想了半天，总算弄明白了一点：敢情鲁昭公信不过他，才故意大惊小怪的？

他壮起胆子，又跑到宫中去服侍鲁昭公。果不其然，鲁昭公见到他，就像什么事都没发生过似的。当天晚上，僚楠给鲁昭公盖好被子，试探性地又说了一句：“季孙意如那件事，您考虑得怎么样了？”

鲁昭公操起寝戈，做了一个打的姿势。僚楠一看，赶紧退出去。这一次，鲁昭公没有再说什么，只是喟然长叹了一声，继续睡觉。

僚楠心里有数了。到了第二天晚上，他再去侍寝，又跟鲁昭公说：“季孙意如的事，您能给我一个答复吗？”

鲁昭公说：“这种事情，不是你这种小人应该问的。”

僚楠说：“我自己哪里敢问，早就跟您说过了，那是三位公子要我问的嘛！”

鲁昭公说：“他们有什么事不能自己来跟我说吗？”

僚楠一听，有戏！回去之后便告诉了公为等人。三位公子一合计，推举公果进宫亲自找鲁昭公汇报。

父子俩关起门来谈了一晚上。

以这天晚上为起点，倒季运动开始走上快车道。但是鲁昭公万万想不到，这对他来说也是一条不归之路。

鲁昭公一招不慎，满盘皆输

公元前517年秋天，鲁昭公先后秘密召见大臣臧孙赐、郈昭伯和子家羁，直截了当地向他们询问对倒季一事的意见。三个人给出的回答各不相同。臧孙赐认为时机尚未成熟，难以成事；郈昭伯认为大有可为，极力怂恿鲁昭公动手；子家羁和季孙意如没有发生过直接冲突，他告诉鲁昭公："您别轻信那些人的话，他们不过是想借您的力量达到自己的目的。事情万一失败，他们就会将罪名全部推到您身上，自己躲得远远的。恕在下直言，公室失去权力已经很多代了，早就没有了群众基础，想要成事是很难的。相比之下，季氏的根基很牢固，建议您不要轻举妄动，以免惹祸上身。"

鲁昭公沉默了半晌，说："你退下吧。"

子家羁说："您的计划我已经听到了，如果我现在回去，万一机密外泄，我就说不清了。所以在您开始行动之前，就让我住在宫中，多陪陪您吧！"

后世史学家一直弄不明白，鲁昭公知道联络臧孙氏、郈孙氏和子家羁，为什么会漏了叔孙氏和孟孙氏？要知道，真正能够和季孙意如抗衡的，只有叔孙、孟两家啊！如果说孟家的态度不明确，那么叔孙婼和季孙意如无疑是对立的。在这个关键时刻，鲁昭公应该听听叔孙婼的意见才对。

比较合理的解释的是，一直以来，鲁国的大权都由三桓掌握。虽然三桓之间也存在诸多矛盾，但是在针对公室的问题上，利益却是一致的。鲁昭公正是对这点有清醒的认识，才没有和叔孙婼打招呼。

他选择动手的那一天，叔孙婼"正巧"不在曲阜，而是在阚地（叔孙氏领地，在今山东省境内）打猎。

值得肯定的是，鲁昭公的保密工作做得很好，不但叔孙婼没有觉察到任何异动，季孙意如也是完全蒙在鼓里，不知道危险临近。

九月十一日清晨，天刚蒙蒙亮，季家大门的几名守卫揉着惺忪的睡眼，正在等待换班。突然听到一阵轻微的脚步声，仔细看时，只见季公若带着几名随从快速走来。

“把门打开。”季公若简短而明确地命令道。

守卫刚想问两句，每个人的脖子上已经架了一把寒气逼人的利刃。季公若招招手，从黑暗中又跑出十几名武士，以极快的速度打开大门，放下吊桥。

季公若抄起一根斜插在墙上的火把，走到吊桥上，朝着灰蒙蒙的天空挥舞了两下。回应他的是一阵急促的马蹄声和车轮声，不多时，数十辆战车辚辚而至，紧随其后的是上千名全副武装的步兵，如同洪流一般涌进季家大门。

负责前院警备任务的季公之听到异响，来不及穿衣服，跑出门一看，惊得目瞪口呆，一边大喊“敌人来袭！”一边朝着内院奔去。刚跑两步，一支长箭倏然而至，从后向前穿透了他的脖子。

正是这声“敌人来袭”救了季孙意如的命。季家内院的防卫远比外院严密，驻守的武士虽然不多，却是百里挑一的好手，反应十分敏捷。他们迅速熄灭火把，闩上院门，堆好沙包，打开水闸，将护院沟注满水。一部分人拿着弓箭登上院墙，一部分人埋伏在院门内警备，一部分人拿着水桶准备应对火攻，还有一部分则涌到门楼上，等候季孙意如的到来。这种情况下，若是强攻，势必伤亡惨重，而且难以得手。

这时天已经大亮了。鲁昭公立在戎车之上，手持宝剑，身后是全副戎装的臧孙赐、郈昭伯和子家羁，黑色的“鲁”字大旗迎风飘扬，倒也颇有气势。

季孙意如在几名贴身护卫的簇拥之下登上门楼，要求和鲁昭公进行对话。

郈昭伯将手的长戈一举，喝道：“国君在此，你少废话，速速开门投降！”

季孙意如没理他，朝着鲁昭公作了一个揖，说：“国君亲自来讨伐我，想必是认为我犯了不可饶恕的罪过。即便是那样，我也有受到审判的权力，我请求带着家臣到沂水边上等候您审判。”

这话不无道理，季孙意如即便有罪，也要有个说法，大可以堂堂正正地谴责或讨伐他，像鲁昭公这样直接带着人来偷袭，显然不是国君所为，反倒像是强盗的行径。

鲁昭公早就料到他有这么一问，也不跟他讲道理，面无表情地说：“不行。”

季孙意如又说：“那么，就让我离开曲阜，自囚于费邑，听候发落。”

“也不行。”鲁昭公心里冷笑，你当我是傻瓜，让你回到费邑，那还不是放虎归山？

“那就请您把我流放到国外吧！我愿意放弃一切，让我带着五乘随从离开就行。”季孙意如说。

五乘随从，即便算上车夫也不过十五人，委实不多，这个要求一点也不过分。子家羁马上拉鲁昭公的袖子，说：“答应他吧！季氏已经当权多年，一直致力于收买民心，依附他的人很多。现在这样拖下去，恐怕夜长梦多，不如快刀斩乱麻，答应他的要求。只要他离开鲁国，就再也掀不起风浪，您还有什么好担心的呢？”

郈昭伯听到了，连忙说：“万万不可，今天如果不杀他，日后必为后患！”

子家羁说：“季孙意如已经将自己的条件一降再降，我们再不答应他，就显得我们得理不饶人，有理的事也变成没理了，他们必定同仇敌忾，负隅顽抗，想杀他只怕没那么容易。”

鲁昭公犹豫不决。从心里面讲，他是赞同郈昭伯的意见的，但是如果强攻，确实又没有把握。

这个时候鲁昭公才想起，如果事先得到叔孙、孟两家的支持，事情必不至于做得如此夹生。更重要的是，现在不能让季孙意如有机会拉拢叔孙、孟两家，否则麻烦就大了。想到这一层，他对郈昭伯说：“麻烦您去孟家跑一趟，将何忌请过来助阵如何？”

何忌就是仲孙何忌。一年之前，孟氏的族长仲孙貜（jué）去世，其子何忌继承家业。据说，仲孙貜去世之前，曾经将何忌与其弟南宫敬叔交给一个名叫孔丘的人，让孔丘当他们的老师，负责教他们学习周礼。但在当时，何忌仅仅是个十四岁的小孩，家政自然是交给列位家臣打理，孔老夫子（当年三十一岁，也不老）估计也说不上话。

郈昭伯一愣，立刻明白鲁昭公是什么意思。他自己掂量了一下，现在要逼季孙意如引颈就戮，单凭眼下这些人的力量远远不够，如果能够得到孟家的支援自然最好，否则胜负还很难预料。于是答应了鲁昭公的要求，前往孟家搬救兵。

他们不知道，就在这个时候，叔孙家已经有了行动。

叔孙婼在阚地打猎，将家务事交给司马（家里的司马，非鲁国司马）鬷（zōng）戾打理。听到鲁昭公讨伐季氏的消息，鬷戾将家臣们召集起来，问大家有什么意见。

大伙全都摇头，不敢回答。

鬷戾说："我们是叔孙氏家臣，确实不该过问国家大事，但眼前发生的事情，不由得我们不操心。这样吧，我换个问法——你们觉得季氏生存或消灭，哪个对我们更有利？"

这次问到点子上了，大伙齐声回答："如果没有季氏，那也就没有叔孙氏了！"

三桓唇齿相依，如果去掉一桓，公室必定坐大，再依次收拾另外二桓，并非难事。因此，即便叔孙氏、季氏两家平日里不和，在这个关键时刻，还是应该帮季氏一把的。

"既然这样，"鬷戾说，"那就没有什么好犹豫的了。请大家拿起武器，穿好盔甲，列队整齐，准备去救季氏！"

当郈昭伯来到孟家，孟家其实也在观望。听到鲁昭公的宣召，孟家人的想法和叔孙家有所不同，他们并没有唇亡齿寒的意识，而是单纯地考虑：以目前的状况，究竟哪一方的胜算更大？谁更有可能赢，他们就帮谁。

为此，他们一边将郈昭伯稳住，一边派了几名探子登上曲阜的城墙去探看形势。

探子们正好看到叔孙氏的族兵摆开战斗队形，朝着公室部队发动进攻。自从将近半个世纪以前季孙宿"作三军"以来，鲁国的正规军就基本由三桓把持，所谓公室部队不过是公宫卫队，人数不多，装备不齐，训练不足，而且缺乏战车，怎么可能和精锐的叔孙氏族兵相抗衡？双方刚一接触，公室部队便溃败了。

探子将这个情况一回报，孟家立刻知道该怎么办了。他们逮捕了郈昭伯，将他带到曲阜南门公开斩首。

消息传到鲁昭公耳朵里，他惊得半天都说不出话来，不能接受这样一个事实：半个时辰之前他还似乎掌握了季孙意如的命运，半个时辰之后就一败涂地，绝无挽回的机会。他带着人慌慌张张地跑回宫中，胡乱收拾了一些东西，准备出逃。

关键时刻，还是当初那个劝他不要轻举妄动的子家羁沉得住气，劝他说："您是堂堂国君，为什么要逃跑？季孙意如追究起责任来，您就推给我们几个臣子，说是我们劫持了您，让我们负罪出逃好了。您好好地呆在宫中，季孙意如也不敢把您怎么样。"

鲁昭公叹道："我不忍啊！"

后人的理解是，鲁昭公这个不忍有两层意思：一是不忍推卸责任，二是无法再忍受在季孙意如的淫威下苟延残喘。

鲁昭公临行前，和臧孙赐跑到公墓中，抱着祖宗的墓碑大哭了一通，然后带着一群失意的大夫投奔齐国而去。他在鲁国做的最后一件事倒是符合周礼的规定："去国则哭于墓而后行。"这也算是给了祖宗一个告别。

九月十二日傍晚，鲁昭公一行抵达齐国境内。齐景公获知消息，一边派人安排鲁昭公到平阴居住，一边马上从临淄出发，亲赴平阴为鲁昭公接风洗尘。

鲁昭公受宠若惊，顾不得舟车劳顿，坚持前往迎接齐景公，结果两个人在黄河东岸的野井相见了。齐景公先是对鲁昭公的遭遇表示慰问，然后对鲁昭公前来迎接表示了惶恐之意，说："这可真是寡人的罪过啊，安排您在平阴相会，就是不想让您太劳累，谁知道您竟然……这太让寡人过意不去了。"

鲁昭公还能说什么？一个失去国家的国君，在邻国的土地上受到如此隆重的接待，除了感激涕零，他还能说什么？

接下来，齐景公又对他说了一句话，那就不只是让他感激了。齐景公说："沿着齐、莒两国边界以西，寡人将划出一千社给您，作为您的安身之所。只要您一声令下，讨伐季孙意如，寡人将倾齐国之力，唯命是从。"

古代以二十五户为一社，千社则是两万五千户，相当于一个小国了。鲁昭公喜出望外，对着齐景公就要下拜。齐景公却一把拉住他，说："您别见外，季孙意如以下犯上，人神共怒。您的忧患，就是寡人的忧患。"

齐景公的殷勤让鲁昭公君臣有了一种回到家的感觉。只有子家羁对此不以为然。齐景公走后，子家羁对鲁昭公说："您不应该接受齐侯的馈赠。区区千社，怎能跟鲁国的社稷相比？您现在接受了齐国的千社，就等于是齐国之臣了，谁还会为您复国而奔波努力？再说了，别看齐侯把话说得漂亮，却是个言而无信的人，您还不如早作打算，投奔晋国去吧！"

臧孙赐等人都反对子家羁的意见。这些人平日里在鲁国受到季孙意如的欺负，噤若寒蝉，好不容易大起胆子跟着鲁昭公干了一票，却又功败垂成，将那仅存的一点勇气消耗殆尽。现在眼见齐景公愿意提供两万五千户的食邑，顿觉绝处逢生，恨不能抱着齐景公的大腿叫爹爹，哪里还想再为鲁昭公复国而努力？再说了，稍微有点头脑的人都知道，即便鲁昭公能够复国，那也只是回去继续当他的傀儡国君，大权还是掌握在三桓手里。季孙意如有可能给鲁昭公一个面子，不跟他为难，但是那些跟着鲁昭公造反的人可就没这个福分，轻则拘役，重则杀头，哪里比得上在齐国当个小地主那般逍遥自在？

在臧孙赐的组织下，流亡者们在野井歃血为盟。誓词是这么写的："我们同心协力，爱憎一致，坚信跟随国君流亡的人是无罪的，仍然留在国内的人是有罪的。让我们坚决地团结在国君周围，不许私通内外的敌人！"虽然写得古古怪怪，意思却很明确，咱们就呆在这里当寓公了，谁也不许擅自行动，跟国内国外的政治势力发生联系。

誓词写好后，臧孙赐派人拿着去找子家羁，假传圣旨说这个是按照鲁昭公的意思草拟的，要他在上面签个字。子家羁一看，立刻说："我不能签，因为我不能认同你们的说法。你们把那些留在国内的人都当作罪人，而我正想与这些所谓的罪人通气，寻找双方都能接受的解决之道，好让国君能够早日结束流亡生涯。你们要坚决地团结在国君周围，而我更愿意离开他，奔走于鲁国和诸侯之间，那样的话，国君才有可能早日回国，光在这里坐而论道，是不会有结果的。你们说要爱憎一致，可你们安于流亡的生活，我却只想着鲁国，又怎么敢和你们爱憎一致？要我说，你们为了一己之私，让国君陷于颠沛流离，世上没有比这更大的罪过！”

子家羁坚决没有在盟书上签字。

且说鲁国国内，叔孙婼得知鲁昭公被逐，匆匆结束在阚地的狩猎，赶回曲阜。

季孙意如一见到他，便行“稽颡（sāng）”之礼，带着哭腔说：“您要我怎么办才好，您要我怎么办才好？”

所谓稽颡，乃是双膝下跪，以额触地的大礼。一般只在家有丧事时才行稽颡之礼，又称为凶拜。

叔孙婼也没扶他，冷冷地说：“人谁无一死？您因为驱逐国君而一举成名，子子孙孙都不会忘记，难道不觉得可悲吗？您已经被钉在历史的耻辱柱上了，我还能把您怎么样？”

季孙意如哭丧着脸说：“发生这样的事情，实在不是我的意愿。拜托您为我斡旋，如果让我还有机会侍奉国君，您就是我的再生父母！”说着忍不住大哭起来。

要说季孙意如的演技，当世无出其右。叔孙婼开始还觉得他是在装，可是看到他哭得稀里哗啦，一把鼻涕一把泪，上气不接下气的，便又觉得他可能真的很难过。叔孙婼是个厚道人，忍不住拍了拍他的肩膀，说：“您若真是有悔改之意，我愿意为您去齐国把国君请回来。”

季孙意如马上不哭了，说：“那就麻烦您亲自跑一趟！”

稍微有点头脑的人都知道，叔孙婼这个时候去见鲁昭公，是冒了很大的风险的。一则他的家臣参与了驱逐鲁昭公，鲁昭公会怎么样对他，是个未知数；二是臧孙赐等人刚刚宣过誓，将一切居守国内的人视为罪人，必欲除之而后快。

为了保密起见，叔孙婼没有带任何随从，只有一名车夫给他驾车。通过子家羁的穿针引线，他在平阴见到了鲁昭公。君臣二人说了什么话，史料没有太过具体的记载，只知道叔孙婼给了鲁昭公一个承诺：“下臣将平定国内的动乱，恭迎主公回国！”而鲁昭公对于叔孙婼给出的承诺，无疑是怦然心动的。

君臣二人密谈了一夜。子家羁负责会谈的安全保卫工作，在鲁公馆周围布下层层防线，许进不许出，但凡企图接近公馆的人，不问原因一律拘捕。

然而，即便如此，臧孙赐等人还是得到了消息。

消息从何而来，读者尽管大胆猜测，总之有一个人摆脱不了嫌疑，那就是季孙意如。

臧孙赐派了一大批刺客埋伏在叔孙婼回国的必经之路上。

跟臧孙赐一起盟誓的鲁国大夫中，有一位名叫左师展的，突然良心发现，将这件事报告了鲁昭公。鲁昭公大吃一惊，紧急安排叔孙婼改变路线，取道铸城（齐国地名，今山东省境内）回国，避开了臧孙赐等人的追杀。

叔孙婼从齐国捡了一条命回来，马上去找季孙意如，要他安排有关迎驾事宜。季孙意如的态度却发生了一百八十度的大转变，不冷不热地说："这件事啊，等等再说吧，现在不着急。"和当初稽颡痛哭的季孙意如判若两人。

"什么？"叔孙婼这才感觉到自己上了季孙意如的当。联想起此行的种种凶险，他蓦然明白：原来季孙意如哄着他去齐国，不是为了迎接鲁昭公，而想让他送命啊！

他本人上当便也罢了，更让他难以接受的是，他在平阴亲口对鲁昭公许下的诺言，原来不过是一纸空文。世人会怎么看他？史官会怎么写他？人们会不会认为，他的家臣参与驱逐鲁昭公，其实是他暗地里指使？而他去阚地打猎，只不过巧妙地避开了要他亲自作决定的尴尬？那样的话，他叔孙婼岂不是成为了和季孙意如同流合污的卑鄙小人？

叔孙婼越想越气，死死地盯住季孙意如，看了足足一炷香的时间。季孙意如则摆出一副死猪不怕滚水烫的姿态，若无其事地应对着叔孙婼的目光。有那么一瞬间，叔孙婼恨不得抽出宝剑，当场给季孙意如一剑。但是他忍住了。

回到家之后，叔孙婼将自己关在卧室里，斋戒沐浴，不再进食。

七天之后，也就是公元前517年十月十一日，鲁国著名的外交活动家叔孙婼因绝食而去世了。在那个礼崩乐坏的年代，叔孙婼是少数能够保持政治节操的人，他或许迂腐，或许不合时宜，或许没能认清形势，但是他为人坦荡，忠于自己的理想信念，为后世所称道。

继承叔孙氏家业的，是叔孙婼的儿子叔孙不敢。

齐景公的用人哲学

齐景公没有食言。公元前517年十二月，他亲率大军进攻鲁国，拿下了郓城。

回想起来，这已经是齐景公第二次做类似的事了。第一次是公元前536年帮助燕简公复国，当时为了对燕国用兵，他还特意不远千里跑到晋国去汇报工作，获得了晋国的许可之后才发兵。

事隔近十年，当他再度多管闲事干涉鲁国内政的时候，却忘了再向晋国申请一张许可证。

齐景公从什么时候开始变得如此特立独行了？还得从公元前529年的平丘之会说起。

前面说到，平丘之会上，齐景公感到晋国的军事力量还很强大，未能与之争锋，于是屈从于晋国，参与了会盟。

三年之后，也就是公元前526年春天，齐景公忍不住蠢蠢欲动，派兵入侵了徐国。对于齐景公来说，这是一次试探性的进攻——打的是徐国，考验的是晋国的反应。试探的结果令他兴奋不已，晋国对此睁一只眼闭一只眼，装作没看见；而徐国和附近的郯国、莒国都被齐景公的来势汹汹吓坏了，几个小国君争先恐后跑到齐军大营去献殷勤，徐子更是将家传的宝器——甲父之鼎送给了齐景公。于是，这一年的二月，齐、徐、郯、莒四国在蒲隧（今江苏省境内）举行会盟，齐景公当仁不让地成为了东方霸主，大有与晋昭公分庭抗礼之势。

恰在这年八月，晋昭公去世，其子去疾即位，也就是晋顷公。如果说晋国六卿对晋昭公还多少还有些顾忌的话，对于年幼的晋顷公，则是视若无物，晋国的大权彻底落入六卿之手。

这一切，齐景公看在眼里，喜在心上。晋国人如果团结一致，拧成一股绳，齐国确实不是它的对手；现在晋国公室衰落，政出多门，六卿各有各的小九九，那就没什么可怕的啦！

公元前523年，齐景公以莒国不敬为由，派大夫高发讨伐莒国。莒共公弃城而逃，跑到纪鄣（zhāng，莒国地名，今江苏省境内）躲起来。齐景公又派陈无宇的儿子陈书尾随而至，破了纪鄣，莒共公只得再度逃亡。晋国对此仍然没有任何表示。

公元前522年春天，宋国和卫国先后发生内乱。宋国的华、向二氏作乱，杀了一批公子、公孙，而且囚禁了宋元公的几位心腹大臣。宋元公与华、向二氏谈判，将大子乐作为人质交给华、向二氏，才将事态暂时平息下来。卫国则是齐豹、北宫喜、褚师圃、公子朝等人反抗公孟絷（zhí，卫灵公的哥哥）的欺压，杀死了公孟絷，祸及卫灵公。卫灵公紧急出逃，栖身于齐卫边境的城市死鸟（这都什么地名）。

当时齐景公正好派大夫公孙青出使卫国。听到卫国内乱的消息，公孙青便派人向齐景公请示：接下来该怎么办？是继续完成使命还是回国？继续前进的话，该向哪里递交国书，帝丘还是死鸟？

齐景公的回答很干脆："他还在卫国境内，就是卫国国君，你当然是和他打交道。"

公孙青于是前往死鸟。见到卫灵公，公孙青准备行聘问之礼，卫灵公推辞道："逃亡之君，失守社稷，羞于见人，您就别辱没齐侯的命令了。"意思是，我已经失势，当不起齐侯的聘问，你还是去帝丘找现在当权的人吧！

公孙青说："寡君在朝堂上明确命令下臣，要用谦卑的态度来服务您的执事，我不敢违命。"

所谓执事，就是办事人员。这是春秋时期常用的外交辞令，实际上是指卫灵公本人，但是为了表示谦恭，不直指其人，而指其下属。意思是，我不配服务于您，能把您的属下的办事人员服务好就心满意足了！

卫灵公一听，这么客气啊，有戏！越发撒起娇来："君侯如果顾念两国之间的传统友谊，关照敝国，安抚社稷，那更应该在有宗庙的地方行聘问之礼。"有宗庙的地方，不就是帝丘嘛！这话说得含蓄，但公孙青听明白了，这是在暗示齐国应该帮助他回到帝丘啊！

公孙青不敢接这个茬儿，两个人谦虚了半天，国书也没递交上去。后来卫灵公主动要求到宾馆拜会公孙青，公孙青认为这是"非礼"的行为，坚决不同意。卫灵公再三要求，公孙青不得已，命人解下自己车上的一匹良马，献给卫灵公作为见面礼，才在宾馆中接待了卫灵公。

卫灵公何等聪明的角色？当即将这匹马作为自己的驾乘之马，以示重视。

当天夜里，卫灵公就宿在宾馆。公孙青安排宾馆的戒备，亲自参加巡夜。卫灵公过意不去，推辞说：“寡人的忧患，怎么好麻烦您来操心？”公孙青回答：“齐国的下臣，就是您的牧羊人，如果不保卫您的安全，就是对不起寡君。”拿着警备的大铃和火把，在卫灵公卧室外站了一夜。

这件事使得卫灵公大为感动。同年七月，齐豹与北宫喜发生内讧，北宫喜袭杀齐豹。卫灵公乘机杀回帝丘，与北宫喜结盟，重新控制了政权。齐国虽然在这件事中没有出力，却因为公孙青的出色表现，在诸侯中获得了良好的口碑。当时舆论认为，公孙青在卫灵公的危难时刻仍然能够以礼相待，说明齐景公崇礼敬人，当得起大国之君的称号。卫灵公复国之后，第一件事便是向齐国报喜，而且大大赞扬公孙青的有礼。

齐景公十分得意，拿着卫灵公的书信给各位卿大夫传阅，说：“这都是你们教育得好啊！”把功劳让给大家。

大家心领神会，纷纷赞扬齐景公领导有方。唯独大夫苑何忌板着脸，一言不发。齐景公问起来，他就说：“公孙青做得好，那是大伙教育得好；如果他做得不好呢？是不是也要我们一起担责任？古人说，父子兄弟，罪不相及，何况是同僚之间？我可不敢接受您的表扬。”把大伙搞得兴致全无。

送给苑何忌两个字：拧巴！

同年十月，齐景公得了一场病，久治不愈。各国诸侯派来慰问的使者一拨接一拨，应接不暇。齐景公有两个宠臣，一个叫梁丘据，一个叫裔款，他们对齐景公说：“咱们祭祀鬼神，务求丰厚，比先君有过之而无不及。现在您病了那么久，连诸侯们都不安心，是祭祀官的罪过。诸侯们不知道，还以为我们不敬鬼神呢！您何不杀了祭祀官，也算是给诸侯一个交代？”

齐景公觉得有道理，将这事告诉了晏婴，问他的意见。说句题外话，这也是齐景公的过人之处，虽然偶尔犯糊涂，但是在做决定之前，总是能够问对人。

晏婴听了，脑子里浮现出两个字：荒唐！于是他给齐景公讲了一个故事。

当年弭兵会盟，屈建问赵武，士会这个人的品德怎么样？赵武回答：“这位老先生治家有方，办理国事则竭尽全力，毫无私心杂念。他们家举行祭祀，对鬼神有什么说什么，坦坦荡荡，问心无愧。而且因为他们家做事光明磊落，也就没那么多疑神疑鬼，以至于祭祀官无所求于鬼神，落得个清闲自在。”屈建将这话转述给楚康王。楚康王深有感触，说：“能够做到人神无怨，难怪他能辅佐五代君主，领导晋国成为霸主。”

齐景公不知是真没听明白，还是装疯卖傻，问道：“梁丘据和裔款说寡人够对得起鬼神，本不应该得病却又得了病，所以才说要追究祭祀官的罪责。您现在给我讲故事，是不是答非所问？”

晏婴说：“所谓有德之君，内政外交办得井井有条，做任何事都不违于礼，人神无怨，他的祭祀官向鬼神汇报工作，有一说一，无愧于心。鬼神因此能够心安理得地歆享祭祀，国家因此受到祝福，祭祀官也从中分享到快乐。他们往往健康长寿，子孙繁盛，是因为他们不用替国君说假话，对鬼神保持了诚信。

“但也有运气不好的，遇到淫乱的君主，内外不治，纵情私欲，高台深池，轻歌曼舞，动辄违礼，巧取豪夺，滥用民力，人神共愤，却不思悔改。祭祀官如果对鬼神说真话，那是报告国君的罪过；如果文过饰非，只说好话，那是虚假欺诈。真假都不好说，只能说些不相干的空话套话来敷衍鬼神。可是鬼神是那么好欺骗的吗？欺骗了他，就算你上再高档的祭品，他也不享用，还降祸于这个国家，祭祀官也不能幸免。昏君的祭祀官往往不得善终，是因为他们在鬼神面前言不由衷啊！”

说句题外话，这古代的祭祀官，咋跟今天的一些媒体同病相怜呢？

齐景公满脸通红，心想，好你个晏矮子，这不是绕着弯子说我是昏君吗？得，得——“那依您之见，寡人现在该怎么办呢？”

“难啊！”晏婴皱着眉头思索了半天，“您听过那首歌吗？‘山中的树木，衡鹿（守山林的官吏）看着它；湖里的芦苇，渔人看着它；薮（sōu，湖泽之意）里的柴木，虞候（掌管山泽的官吏）看着它；海边的盐蛤，祈望（掌管海事的官吏）看着它。边远地区的老百姓，既要入城服役，又为边关的征税所盘剥；世袭的大夫们，强买强卖；政令毫无准则，征敛无度；宫室越来越漂亮，淫乐不断。国君的内宠，欺行霸市；国君的外宠，瞒上欺下；声色犬马，不满足就治罪；遭殃的是人民啊，诅咒不已。’”

齐景公怔怔地听着，若有所思。

“诅咒是件很可怕的事。”晏婴接着说，“齐国地域辽阔，人口众多，如果大家都心怀不满的话，就算您的祭祀官再善于祈祷，挡得住那么多人的诅咒么？所以依为臣之见，杀祭祀官不解决任何问题，修整内政才是您现在最应该做的事。”

齐景公一拍大腿：“说得好，就听您的！”马上下达命令，要有关部门放宽政策，撤销关卡，开放山林湖泊，减轻赋税，免除老百姓历年所欠的租税。政策推行下去，国内一片叫好，更为神奇的是，齐景公的病居然自动痊愈了。

同年十二月，神清气爽的齐景公前往贝丘打猎，派人拿着弓去宣召虞人（掌管山泽的官员，类似于虞候），虞人却拒不前来觐见。齐景公十分恼怒，将虞人抓起来训问，虞人回答：“按照先王的规定，国君打猎的时候，建立大旗以宣召大夫，拿着弓去宣召士，拿着皮帽子来宣召虞人。下臣没见到皮帽子，所以不敢前来。”齐景公自知理亏，就把他放走了。

从贝丘返回临淄的途中，齐景公在遄（chuán）台（地名，今山东省境内）停留了几天，晏婴一直陪侍左右。梁丘据得知消息，从临淄出发，日夜兼程，赶到遄台去迎接齐景公。

齐景公看到梁丘据很高兴，对晏婴说：“只有这小子跟寡人和啊（唯据与我和夫）！”

晏婴毫不客气地说：“他跟您那是同，不是和。”

齐景公奇道：“和与同，有什么区别吗？”

“当然有。”晏婴说，“拿做菜打比方吧，水、火、油、盐、酱、醋，到了厨师手上，就是用来和其味的。咸酸不足，则加盐醋；咸酸太过，则加水冲淡。君子吃了这样的菜，才会心平气和。君臣之间的‘和’，也是同样的道理。国君认为可以的事，其中有好的因素，也有不好的因素，为臣的责任是把那些不好的因素指出来加以避免，使其可以推行；国君认为不可以的事，为臣的责任是将其中有利的因素指出来，供国君参考。这样的话，政通人和，是真正的和谐。但是梁丘据不是这样，您说可以的事，他就说可以；您说不可以的事，他就说不可以。他哪里懂得和，只不过是您的应声虫罢了！”

齐景公心想，我的本意不过是说梁丘据跟我走得近，你个晏矮子却借题发挥来教育我，真是见缝插针，防不胜防。他“嘿嘿”地干笑了两声，说：“您说得都有道理。寡人如果没有您，何以治国？可是如果没有这个梁丘据，寡人又觉得不快乐。这样吧，治国的事交给您办，找乐子的事就交给他办。寡人不干涉您治国，您也别干涉寡人寻开心，如何？”

这话说得明白，梁丘据不过是个小人，我是不会让他参与朝政的。治国的事，还是交给你晏矮子去打理。

晏婴听了，表示心悦诚服。

对于和与同的关系，孔夫子有精辟的总结：“君子和而不同，小人同而不和。”意思是不要老提什么统一思想，思想统一的表面下，是各种腹诽与不服气；要允许有意见分歧，要让大家都有表达真实意愿的权力，社会才有可能真正和谐。

这一天，齐景公君臣几个喝着小酒，听着音乐，过了一个愉快的下午。齐景公颇有感慨地说：“如果自古以来，人如果能够不死，那又有多么快乐啊！”这是所谓明主的通病，国泰民安了，就想着万寿无疆。晏婴说：“人如果能够不死，那些快乐都是古人的快乐，哪里轮得到您啊？齐国这片土地，最早是爽鸠氏的，后来季萴（cè）氏取而代之，再后来又有逄伯陵和蒲姑氏，最后才到咱们的姜太公手里。人如果能够不死，现在还是爽鸠氏统治这片土地，快乐也是他的快乐，您恐怕不会觉得快乐。”

齐景公点头称善。说句题外话，新陈代谢，本是世间常理，当权者若万岁了，后人还怎么过日子？

就在齐国君臣其乐融融，国势蒸蒸日上的时候，宋国的动乱却加剧了。宋元公突然发难，杀死了华、向二氏送来的人质，向他们发动进攻。华亥、向宁出逃到陈国，华登出逃到吴国。

公元前521年夏，华亥、向宁从陈国边境偷偷进入宋国，召集余党发动叛乱。同年冬天，吴军以华登为向导，入侵宋国，与叛军遥相呼应。

宋元公派人向各国求救。齐景公当然不会放弃这样一个好机会，不等晋国发话，派大夫乌枝鸣火速出兵救援宋国。齐、宋联军在鸿口（今河南省境内）大败吴军，俘虏了吴军的两名将领。但是与此同时，华登率领的另外一支吴军却在叛军的配合下，在商丘城下打败宋国守军，直逼内城。

宋元公想要弃城逃跑。大夫厨人濮劝谏："我们这些做臣子的，您可以要我们用性命守住这里，但是不能够让我们用性命来换取您的逃亡。现在还没到最后关头，请您再忍耐！"果然，没过几天，乌枝鸣带领齐军也赶到商丘城下。宋元公站在东门的城楼上观望，只见守军挥舞着旗帜，呼喊着口号，士气十分高涨。他不禁也受到了感染，亲自下城检阅部队，说："国亡君死，不是孤一个人的耻辱，也是全体宋国人的耻辱，请诸君振奋精神，宋国兴亡，在此一战！"

乌枝鸣也感受到了这种气氛，他对自己的部下说："你们也看到了，敌人在人数上多过我们，要打败他们，必须抱有必死的决心。请大家放下手中的长戈，拿起短剑，跟我冲向敌阵！"

俗话说："一寸长，一寸强；一寸短，一寸险。"长戈威力巨大，也利于保存自身，但是当双方进入混战状态之后，反而不好发挥作用。乌枝鸣的战术，就是要自己的士兵主动与敌军短兵相接，置之死地而后生。这种不要命的打法果然奏效，叛军和吴军很快陷入混乱。厨人濮趁机杀出内城，拿了一块布包了一个人头，挑在车前，大声疾呼："这是华登的首级！"叛军信以为真，纷纷弃甲而逃。

这一仗，作为春秋时期第一次完全使用短兵器作战而载入史册。华亥、华登等人逃到了赭丘（宋国地名，今河南省境内）。

同年十一月，晋国的救兵终于到了。晋军由荀吴率领，号召附近各国出兵相助，组成诸侯联军，共同讨伐宋国的叛军。齐景公欣然应允，派苑何忌带兵加入联军。

这时候的叛军已经是强弩之末，怎么挡得住人数众多的联军？赭丘一战，叛军基本上全军覆没。华亥、向宁、华登再度出逃，不过这一次没有再去吴国，而是跑到楚国，得到了楚平王的庇护。

通过平定宋国的动乱，齐景公在国际上的声誉得到大大提升。宋元公更是对齐景公佩服得五体投地，因为他最清楚，如果没有乌枝鸣在商丘城下拼死一战，他这个国君是否保得住，还真是个未知数。

因为这层关系，公元前517年，当齐景公带兵攻取郓城，准备将鲁昭公送回国的时候，宋元公是积极配合的。当然，他的配合方式不是出兵，而是打算亲自去一趟晋国，请晋国出面帮助解决问题。

临行的前一天晚上，宋元公梦见大子乐已经即位为君，而自己和父亲宋平公穿着整齐的朝服在左右辅佐大子乐。这个梦的含义是不言而喻的。第二天早上起来，宋元公将六卿召到宫中，说："寡人不才，不能够团结亲族，让各位为此而操心，实在是惭愧。如果托各位的福，寡人得以善终，请各位在为寡人办丧事的时候，一切从简，不要比照先君的规格。拜托了！"

六卿听到宋元公这么说，都很难过，回答道："您如果说为了社稷降低自己的享受标准，我们不敢反对。但是根据宋国的法令，国君的丧事自有其礼仪制度，我们哪里敢擅自降低标准？"

宋元公就是这样抱着必死的念头出发了，结果还没走到晋国，死于河南境内的曲棘。

公元前516年三月，齐景公亲率大军，护送鲁昭公回到郓城。对此，《春秋》记载："公至自齐，居于郓。""至自……"，是《春秋》中常用的句式，意思是从某地回国。鲁昭公虽然没有进入曲阜，但总算是踏上鲁国领土，可以说是"至自"了。

同年夏天，齐景公发布命令，严禁收受鲁国方面的任何财物。这就意味着齐国拒绝一切和谈的可能，非要和鲁国开战。这种咄咄逼人的气势把季孙意如吓坏了，赶紧派申丰和女贾二人潜入齐军大营去找高齮（yǐ）做工作。

高齮是谁？他是齐国的名门高氏之后。前面说过，公元前532年的栾、高之乱，高强被打败，逃到了鲁国，高氏由此势衰。高齮也不过是一介大夫，找他做工作有什么用呢？原来还有一层关系：高齮是齐景公的宠臣梁丘据的家臣。

申丰和女贾去齐营的时候，确实没带什么礼物，仅仅是在怀里藏了二两锦缎。但是他们给高齮的许诺让高齮怦然心动："如果您能够帮我们的忙，我们将帮您成为高氏的继承人，外加五千庾粮食。”庾是春秋时期的计量单位，五千庾相当于二百四十石，这张支票开得不轻。

高齮拿着二两锦缎去找梁丘据，说：“鲁国人准备了一百两这样的缎子想送给您，无奈道路被封锁，送不进来，所以先拿了这些来给您看，不知道您满不满意？”

梁丘据用手抚摸着光滑的缎子，消瘦的脸上竟然堆起了几层笑容。

晚上，当他陪齐景公用餐的时候，突然说：“您有没有发现，群臣对这次行动似乎不是太尽力？”

“哦？”齐景公眯起眼睛想了一阵，似乎有那么点意思。

梁丘据说：“您千万别误会，不是群臣不愿意执行您的命令，而是另有原因。您想想看，宋元公为了鲁侯去晋国，不到半路就死了，叔孙婼为了让鲁侯回国，也无疾而终。这究竟是不是老天要放弃鲁国，还是鲁侯得罪了鬼神才至于这样呢？依下臣之见，您不如就呆在这里，让群臣跟着鲁侯去打仗。如果战局顺利，您就乘胜追击；如果不顺，您没有亲自出马，也不算丢人。”

那个年代的人，最畏惧的就是所谓天命。齐景公被他这么一说，觉得谨慎一点也未尝不可，于是驻扎下来，将进攻鲁国的任务派给了公子鉏（chú，齐景公之子）。

后世有人不解：鲁国人花了大价钱买通高齮和梁丘据，仅仅是换来齐景公不御驾亲征，有意义吗？答案是肯定的。以齐国现在这种上升势头，如果齐景公亲自出征，肯定是不达目的誓不罢休。公子鉏就不同了，他虽然是“公子”，却非大子，地位等同于大夫，即使不能达成目的，也有很大的回旋余地。

鲁昭公的悲剧：死要面子活受罪

事实上，鲁国人对于齐军的行动，还是准备不足。公子鉏起兵的消息传到曲阜，季孙意如才手忙脚乱地从各地调集部队。一个默默无闻的小人物——仲孙何忌的家臣、成地（孟氏封邑，今山东省境内）大夫公孙朝——主动站出来为国家分忧。他对季孙意如说：“封邑，就是用来保护国家的，请允许我带领成地军民抵御齐军。”

季孙意如当然求之不得。问题是，小小成地，怎么挡得住公子鉏的大军？公孙朝请季孙意如支开旁人，将自己的计划说了一通，然后说：“您如果不放心，我愿意将自己的家人送到曲阜来当人质。”

季孙意如说：“我相信你，不必送人质了。”

公孙朝独自一人跑到齐营，对公子鉏说：“孟氏，不过是鲁国的破落家族，长期以来对成邑横征暴敛，索取无度，我早就不能忍受了，请让我借齐国的肩膀好好休息一下（请息肩于齐）。”

齐军进攻曲阜本无须经过成地，但是有便宜谁不想占？公子鉏马上移师围成。齐军的先头部队刚刚渡过淄水，就受到公孙朝的迎头攻击。齐军刚准备反击，公孙朝已经撤退了，只留下一句话给公子鉏：“我这是在迷惑鲁国人，不让他们知道我已经投降于您。”

公子鉏将信将疑，将部队驻扎在淄水边上停留了一夜，等待公孙朝的消息。第二天早上，探子来报：鲁军已经集结完毕，在炊鼻（地名，今山东省境内，近于成地）严阵以待。公子鉏情知上当，再派人去质问公孙朝，得到答复是：我是很想投降，可是我的部下不听我的话，没办法呀！

双方在炊鼻发生战斗。

齐将子渊捷一马当先，冲入鲁阵，见兵杀兵，见将斩将，如入无人之境。鲁将野泄上前迎战，子渊捷见了，远远的一箭射过来。野泄眼明手快，举起盾牌遮挡。那箭先是穿过车前横木，再射到盾牌上，正中盾脊（盾中突起部位，最厚也最结实）。野泄只觉手震得发麻，仔细看时，那箭头竟然深入盾脊三寸！如若不是此前有横木阻挡其来势，只怕连盾脊都要射穿了。野泄也不是好惹的，当即举弓回射一箭，不射人而直射其马，正中马颈的挽带。那马惨叫一声，轰然倒地，将另外三匹马也带倒，身后的战车被掀得飞了起来。

正巧身边有一辆鲁军的战车经过，子渊捷没等战车落地，翻身一跃，跳到鲁军战车上。只听得车上鲁军惨叫连连，如同沙包一般被扔下车。子渊捷的车夫也不是等闲之辈，刚从地上爬起，疾跑几步，也跃上车来，抓过缰绳，不待子渊捷吩咐，掉转车头，认准了野泄所在的位置，快马加鞭，疾驰而去。

有一小队鲁军战车见到子渊捷车上的旗帜，又看到他的长相很像叔孙氏的司马鬷戾，误以为他就是鬷戾，跟上去想要帮忙。子渊捷大笑道："你们搞错啦，我是齐国人！"当先的鲁国人一听，举起长戈就刺过来。子渊捷何等敏捷，没等戈到，箭已离弦，正中那人的咽喉。其他几辆战车上的鲁国人被吓着了，只敢远远地跟着他。

子渊捷的车夫说："再射他几个吧！"

子渊捷："让他们感到害怕就足够了，不要激起他们的愤怒。"收弓入袋，不再理会他们。子渊捷对鲁国人手下留情，说明他无意大败鲁军，只要能够给后方的齐景公一个交代就完事了。

齐国军中，像子渊捷这样想的大有人在。继子渊捷之后，齐将囊带也遇到了野泄。据《左传》记载和本书作者推测，两个人之间的战斗是这样展开的——

囊带：兀那鲁将，胆敢阻挡我齐国大军，脑子不好使吧，是天生的还是摔坏的?

野泄：我不跟你对骂，两国交兵，都是为了公事，没有个人的私怨。我如果回骂，那就好像是为了我个人了，我才不那么傻呢！但是，你如果继续骂的话，我就要反击你了。

囊带：你说什么，我没听清……你的脑子不是摔坏的?难道是门夹坏的?

野泄：你个瓜娃子，老虎不发威，你把我当病猫。给我听好了，你的脑子才不好使，敢跑到我鲁国的土地上来撒野，管教你有来无回！

……

那天战场上，这样的奇事随处可见。季孙意如的家臣冉竖遇到了齐国的陈开（陈无宇的长子），两个人几乎同时拉弓。冉竖手快，一箭射过去，正中陈开的手臂。陈开忍着剧痛，破口大骂："哪里来的野人，居然敢射我，活腻了是吗？"

冉竖赶紧灰溜溜地跑逃了！见到季孙意如，冉竖就汇报说："战场上有一位君子，长得皮肤白嫩，胡子眉毛又黑又密，骂起人来，那叫一个狠！"

季孙意如说："那肯定是子强（陈开字子强）了，你没回骂他两句吗？"

“咳，不都说了他是君子嘛，我哪敢跟他对骂？”

这都什么事？只能说，双方都把对方的来路摸清楚了，根本就不想好好打一仗。

最离奇的事情发生在两个鲁国人身上，一个叫林雍，一个叫颜鸣。上级分配林雍给颜鸣当车右护卫，林雍以为羞耻，趁着颜鸣不注意，偷偷跳下车，结果被齐将苑何忌逮到。苑何忌也不想大开杀戒，仅仅是割下林雍的一只耳朵，当作纪念。这时看到颜鸣在远处左冲右突，大呼：“林雍在哪里？快上车来！”

苑何忌问道：“你就是林雍吗？”

林雍点了点头。

苑何忌又问：“为什么擅自下车作战？”

林雍说：“这事你管不着。”

苑何忌笑着给了车夫一个眼色，车夫心领神会，对林雍说：“您瞧着下边。”林雍刚一低头，苑何忌运刀如风，又剁下了林雍的一只脚！然后说：“你可以走了。”林雍强忍住剧痛，单脚跳上一辆战车，逃了回来。

这个时候，颜鸣还不知情，驾着战车在齐军阵中三进三出，大喊：“林雍来坐车！”

这一战，史称“炊鼻之战”。双方从早打到晚，战场上却没死几个人，倒是据说有几位老夫子经不起骂而休克了。太阳一下山，双方都鸣金收兵，回去交差。

对于齐景公而言，炊鼻之战的结果也在他意料之中。他并不在乎一次战斗的胜负，也不在乎鲁昭公能不能得国，重要的是，他能明确地感受到，晋国在国际事务中的影响力已经越来越弱了，齐国的出头之日不远了。

公元前516年七月，正当雒邑的王子朝之乱如火如荼的时候，齐景公召集莒、邾、纪等各路诸侯，在鄟（zhuān）陵举行会盟，商量帮助鲁昭公回国复位的大事。鲁昭公当然也参加了这次会议，但是没有得到他想要的结果。

会后，鲁昭公仍然回到郓城居住。

公元前515年秋天，晋国终于在郑国的扈地召开了一次卿大夫级别的国际会议，研究解决鲁国的问题。参加这次会议的有晋国的士鞅、宋国的乐祁、卫国的北宫喜，以及曹、邾、滕等国的代表。总的来说，级别不高，齐景公更是冷眼旁观，没有派代表参加。

在会上，乐祁和北宫喜先后发言，强烈谴责鲁国发生的以下犯上的恶劣事件，要求晋国出面主持公道。士鞅先是一言不发，等他们都说完了，才不紧不慢地说："你们的意见我不敢苟同。季孙意如到底犯了什么罪，人们到现在还不知道，鲁侯在不能定罪的情况下讨伐他，错在鲁侯。而且我听说，季孙意如被围困的时候，先是请求自囚，后是请求流亡，都没有获得批准。鲁侯一心想置其于死地，但是又没那个本事，最后搞到自己逃亡出境。这难道是季孙意如的责任吗？叔孙氏平日里跟季氏水火不容，到了那天却担心国家陷入混乱，自动跟季氏站在一边，这难道不是天存季氏吗？鲁侯逃到齐国已经有三年了，一事无成。而季孙意如在国内甚得民心，实际上已经控制鲁国，等同于诸侯，却不敢另立新君，而且一如继往地侍奉鲁侯，如同他仍然在位。这样的人，要去讨伐他，我认为是很难的。你们两位都是国家的栋梁，想送鲁侯回国，这也是我士鞅的愿望，请让我跟在你们后面。如果事情不成，我愿意以死相报。"

士鞅把话说到这个份上，乐祁和北宫喜哪里还敢发表意见，都摆手说："您说得有道理，是我们考虑不周到，这事不再提了。"

士鞅装作惊讶地说："不提了？"

"不提了。"

"那其他几位呢？"

曹、邾、滕三国的代表本来就是凑数的，异口同声地说："我们压根就没意见。"

士鞅说："那我就回去如实向寡君汇报了。"

扈地之会就这样虎头蛇尾地结束。鲁昭公在郓城翘首以待，得到的又是一场空欢喜。

士鞅为什么这样做？拆穿了，还是一个字——贪。早在会议召开之前，季孙意如便派人给士鞅送去了一大批财宝。士鞅受人钱财，替人消灾，自然替季孙意如说话。

这边扈地之会刚刚落下帷幕，那边季孙意如便开始反攻倒算，派仲孙何忌和阳虎带兵入侵郓城。仲孙何忌这一年不到十六岁，阳虎则是季氏的家臣，也就是《论语》里提到过的、人尽皆知的阳货。看得出，这次出征其实是以季氏为主导，孟孙氏不过担任名义上的统帅罢了。

郓城弹丸之地，怎么能够抵挡季氏大军？眼看城将破，鲁昭公被迫再度逃往齐国。

奇怪的是，阳虎得知鲁昭公出逃，又停止了攻击。也许季孙意如的本意，不在于收复郓城，因为那样会得罪齐景公。只要鲁昭公不在鲁国境内，他就放心啦。

齐景公还是一如继往地客气，在临淄设享礼招待鲁昭公。所谓享礼，是当时最隆重的招待，多用于诸侯之间互相访问的场合。子家羁劝鲁昭公："您在齐国的庇护下生活已经三年了，还有什么好'享'的？齐侯不过是想叫您去喝酒罢了。您最好推辞了享礼，只接受酒宴。"

子家羁的意思，人贵在自知。你在人家屋檐下呆久了，很难受到尊重。即便人家表面上客气，你也要自觉推辞，免受其辱。

鲁昭公接受了子家羁的意见，向齐景公推辞享礼。齐景公一听乐了：好嘛，就照鲁侯的意思，咱们喝酒叙旧，不来那套虚的！于是将乐队和仪仗撤下，宾主相对而坐，放开肚皮喝。

三五杯酒下肚，齐景公有了醉意，随便指着一位陪客的大夫说："你，给鲁侯敬酒！"

这事如若发生在现在，不成为问题。但在当时，敬酒是一件很讲究的事，即便是随意喝，也要讲究个门当户对。换而言之，国君对卿大夫敬酒，可以派大夫代劳；国君对国君敬酒，那就得自个儿亲自动手，以显尊重。

鲁昭公的脸色当时就变了，但还是强忍着不满，接受了对方的敬酒。没想到，更气人的事还在后边。齐景公又喝了几杯，显然喝高了，抚着脑门说："寡人不胜酒力，要回后宫去歇息，先告辞了！"

这都什么事！鲁昭公铁青着脸，目送齐景公出去，刚想起身，齐景公又折回来了，满脸堆着笑说："您继续喝，喝好了再走，寡人派贱妾小重出来陪您喝。"

当年南蒯之乱，公子慭逃亡到齐国，将女儿小重嫁给齐景公为妻。

若论辈分，小重乃是鲁昭公的姑母。子家羁一看，这也太不像话了，赶紧拉着鲁昭公告辞出来。

公元前514年春天，自尊心大受打击的鲁昭公在临淄给晋顷公写了一封信，希望晋国能够接纳他。子家羁也同意他离开齐国，但是说：“您现在是有求于人，不能够在这里坐等人家来接，那样的话，谁还会同情您呢？还是先回到我国的边境上等着为好。”

鲁昭公不听，反而又派人去请求晋国来人迎接。等了十多天，等回来的是晋顷公的一封回信。信上半是指责，半是酸溜溜地说：“上天降祸于鲁国，让您滞留国外，寡人对此深表同情。但是您出来那么久了，也不派一个人来屈尊问候寡人，而是心安理得地居住在齐国，难道还要寡人派人到齐国来迎接你吗？”

话说得明白，你想到晋国不难，但是寡人对你先投靠齐国这件事深感不满，你最好是先回到鲁国，寡人才好派人来接你。

鲁昭公没办法，只好返回齐鲁两国边境，晋国这才派出使者，将他迎接至乾侯（晋国地名，今河北省境内）。

乾侯不是新田，离新田还有很远的距离。鲁昭公在乾侯呆了将近一年，也没见到晋顷公，自觉没趣，于公元前513年春天又回到了郓城。

齐景公倒是殷勤，马上派大夫高张前来慰问。见到鲁昭公，高张便叫他“主君”。所谓主君，是春秋时期卿大夫的家臣对主人的称呼。这样一来，高张算是把鲁昭公降到卿大夫一级来对待了。子家羁说：“齐国明目张胆地轻视您，再和他们打交道，只能自取其辱。”鲁昭公于是又回到乾侯。

往返几次折腾，把鲁昭公一行的盘缠都用得差不多了。接下来他们在乾侯过的日子，可以用“凄惨”二字来形容。本来季孙意如每年都会在国内买几匹好马，准备好随从人员的衣服鞋帽，派人送到鲁昭公的居所去。可是这一年，鲁昭公气急败坏之下，逮捕了季孙意如的使者，将马卖掉去换粮食。自此之后，季孙意如再也没有派人来送物资。

卫灵公为了表示慰问，将自己的乘马“启服”送给了鲁昭公。人倒霉起来，喝凉水也塞牙。启服刚送到乾侯两天，便不小心掉到坑里，摔死了。鲁昭公十分伤感，命人打造棺材，准备给马下葬。子家羁劝阻说："大伙都饿得不行了，请您让他们把马吃了吧。"

鲁昭公鼻子一酸，眼泪便掉下来了，说："你看着办吧！"

同年二月，鲁昭公将身边仅剩的两件宝贝——一张羔羊皮和一块龙纹美玉交给儿子公衍，要他前往齐国跑一趟。羔羊皮就当赏赐给公衍当盘缠，龙纹美玉则是献给齐景公。相比晋顷公的无情，齐景公的奚落就算不得什么了，鲁昭公希望齐景公在这个关键时刻能够不计前嫌，帮他渡过难关。

公衍是个好小伙子，一路省吃俭用到了临淄，不但献上龙纹美玉，还将羔羊皮也一并献给了齐景公。齐景公很高兴，大笔一挥，将阳谷赏赐给了公衍。

公衍和公为同父异母，两个人出生的时间相差无几。当他们快出生的时候，他们的母亲同在一个产房里待产。公衍先出生，公为的母亲耍了一个滑头，说："我们情同姐妹，既然一起待产，就一起去报喜，你等等我啊！"过了三天，公为出生，他的母亲却偷偷派人去给鲁昭公报了喜，结果公为就做了哥哥，当上了鲁国的大子。

公衍从齐国回来复命，鲁昭公听说齐景公给了阳谷，高兴得不得了，再想起鲁国的这段往事，说："如果不是公为，寡人就不会有今天的尴尬。"废除了公为的大子，让公衍接替。

有了阳谷的税收，鲁昭公在乾侯的日子就好过多了。这期间，晋国也发生了许多事情，韩起和晋顷公先后去世，魏舒接任中军元帅，晋定公即位。关于这些事情，后文即将讲到，在此不提。

新官上任三把火。公元前511年春天，年轻的晋定公提出，鲁侯在晋国呆了好几年了，这事总这么拖着不办，也不是个办法，最好派兵将他送回去。

士鞅说："那就把季孙意如召到晋国来问个清楚吧。如果他不敢来，说明他心虚，然后再讨伐他，如何？"

晋定公心想，先礼后兵，也有道理，于是宣召季孙意如。季孙意如本来不敢去，但是他收到士鞅差人送来的一封信后，又答应了前往晋国对质。

信上只有几个字：你来，我保你无事！

季孙意如于是来到晋国。晋定公派荀跞质问他："你为什么驱逐自己的国君？周朝的刑律规定，有国君而不侍奉，乃是大罪，你认真考虑一下吧！”

季孙意如早有准备。他去见荀跞的时候，头上戴的是服丧专用的“练冠”，身上穿的是麻衣，脚上也没穿鞋，一副悲悲戚戚的模样，伏在地上回答荀跞：“侍奉国君，那是下臣求之不得的，哪里敢逃避刑罚？国君如果认为下臣有罪，请把下臣囚禁在费邑，以待审问，下臣绝对服从。如果顾念先君的恩情，不使季氏断绝香火，那就算要下臣死，下臣也心甘情愿。如果能够跟随国君回去，那本来就是下臣的愿望，求之不得！”

荀跞一听，这个季孙意如还真会说话，没法问罪啊！那就让他求仁得仁，带着鲁昭公这个宝贝回去吧。于是将季孙意如带到乾侯，让他面见鲁昭公。

自公元前517年至今，这是鲁昭公和季孙意如六年来第一次见面。其实也没真正相见，是季孙意如跪在屋子外头，向鲁昭公发出了回国的邀请。

荀跞也说：“寡君派下臣责备意如，意如也认识到自己的错误，请您跟着他回去吧。”

鲁昭公此时感慨万千，同时也是纠结万分。回到鲁国，是他做梦都想的事，但不是杀回去，而是被季孙意如请回去，对他来说又是一种耻辱。子家羁劝他：“回去吧，一次耻辱不能忍受，呆在这里终身耻辱反而能忍受吗？”

鲁昭公心想，是啊，回去自然是耻辱，可总比一辈子寄人篱下强。但是其他人显然误判了形势，也不愿意跟着鲁昭公回国，对鲁昭公说：“能不能打倒季氏，就在您一句话，请您千万不要犯糊涂！”

大伙这么一起哄，鲁昭公还真犯了糊涂，以为只要自己说一句话，晋国人就会主持公道，将季孙意如抓起来问罪。于是对荀跞说：“感谢晋侯的恩惠，如果真的打算让我回国扫除宗庙来侍奉他，我就不能见那个人。我和季孙意如势不两立，请河神作证——我如果见他一面，就请河神降罪于我。”

荀跞完全没有料到鲁昭公会来这么一招，赶紧捂上耳朵，说：“寡君诚惶诚恐地想办好您的事，哪里知道反而会引起鲁国的内乱！下臣这就回去复命。”说着退了出去，对季孙意如说：“国君还在生你的气呢，别跪了，赶紧回去主持大局吧！”

季孙意如最想听到的就是这句话，他强忍着心中的狂喜，大声说：“既然是这样，下臣不敢违逆国君的意思，先行告退了。”爬起来，头也不回地跟着荀跞走了。

鲁昭公君臣面面相觑，目瞪口呆，老半天都没有回过神来。

子家羁偷偷对鲁昭公说：“您如果后悔，现在还来得及，驾一辆车追上季孙意如的队伍，他还是得带您回去。”

正所谓一语惊醒梦中人。鲁昭公马上起来，走到院子里，吩咐内侍备车。马还没牵过来，群臣们一拥而上，将他团团围住。

“您这是想干什么？”

“要把我们这些人都丢在这里吗？”

更有人拔出剑来，虚指着鲁昭公说：“谁也不许走，谁走谁就是罪人！”

鲁昭公吓得脸色发白，偷偷地看了一眼子家羁。子家羁摇了摇头，意思是，算了吧，走不成了。

公元前510年，《春秋》记载：“公在乾侯。”《左传》解释，鲁昭公既不能得到诸侯的承认，又不能得到国内的支持，还不能听取正确的意见，所以只能呆在乾侯虚度时日。屈指算来，这已经是他流亡国外的第八个年头了。

同年十二月，鲁昭公病逝。临终之前，将所有财物拿出来赠送给列位大夫，但是谁都不敢接受。赠给子家羁一对玉虎、一片玉环、一块玉璧和几件衣服，子家羁接受了。其他人这才敢接受。鲁昭公死后，子家羁又将这些东西还给库房，说：“我接受这些，是不敢违抗国君的命令。”其他人见状，也交还了赏赐的东西。

鲁昭公被季孙意如驱逐，最终客死他乡，将一百多年来的“三桓专鲁”推到了高潮。后世对季孙意如的评价，多持谴责的态度，认为他以下犯上，以臣逐君，是名副其实的乱臣贼子。但是在当时，人们显然不这么看。晋国的赵鞅曾就此事问大夫史墨：“季孙意如以臣逐君，国内的老百姓都服他，诸侯也接受他，国君客死他乡而不问其罪，这是为什么？”史墨回答很玄妙，但也不难懂：“天下万物的数理，有二，有三，有五。所以天上有日、月、星，谓之三辰；地上有金、木、水、火、土，叫做五行；物体有左右，互为依存。天子有公，诸侯有卿，便是这种关系。老天生了季氏，命他辅佐鲁侯，已经很长时间了。老百姓服他，难道不是很正常的事吗？几代鲁侯都耽于享乐，而几代季孙都勤于政务，老百姓早将国君忘记了，就算他死在外面，又有谁会觉得悲伤？所谓社稷，不是一家人的社稷，君臣的关系也不是一成不变的，古来如此。古代那些帝王的子孙，如今还有几个富贵，早都成为庶人了。诗上说，'高岸为谷，深谷为陵'。大地尚且如此多变，何况人世？您如果要问我从这件事中能够得到什么教训，只有一点——国君必须慎重对待器与名，不可以假借给别人。"

由此可见，器即礼器，名即名分，这两样东西都是国君专有的，也就是国君统治国家的合法性依据，千万不可让人家盗走。

伤不起的晋国内耗

公元前528年，晋国发生了一桩土地纠纷案：大夫邢侯和雍子争夺鄐（chù）地（地名，今河南省境内）的田产，打起了官司。

邢侯是楚国降臣申公巫臣的儿子，雍子也是楚国人，多年前因遭人陷害而逃到晋国。审判长士景伯当时正在楚国出差，两个楚国人的官司便交由叔向的弟弟羊舌鲋代理审判。

叔向兄弟五人，羊舌鲋是老幺。兄弟二人的品性迥然不同：叔向聪明睿智，敬业爱国，在历史上有"古之遗直"之称，与"古之遗爱"子产齐名；羊舌鲋则声名狼藉，被世人称为老饕。

老饕自然不会放过这样一个捞钱的好机会。

案子还没审，当事人雍子就给羊舌鲋送来一笔茶水费，羊舌鲋欣然收下。

邢侯则一竿子插到底，直接找到中军元帅韩起。韩起有没有收钱我们不知道，但是知道他给羊舌鲋递了一张条子，上面明确指示，要他判邢侯胜诉。

按常理说，中军元帅发了话，这个案子胜负已决，就算告到晋侯那里，也是邢侯获胜。但是羊舌鲋显然不是按常理出牌的人，只要有利可图，就算得罪韩起他也敢干。

他将雍子找过来，说：“事情不好办，有很厉害的人替邢侯撑腰，具体是谁我就不说了，反正很厉害。”

雍子说：“那按您的意思是，这官司打不赢了？”

“倒也不是。只是，确实很难。”羊舌鲋不停地搓着手，在屋子里走来走去，时不时瞟雍子一眼，欲言又止。

雍子很干脆地说：“我知道事情不好办，但我相信审判长的智慧，没有办不到的事。这样吧，我有一个女儿，年方二八，长得如花似玉，是我们老两口的心头肉，一直舍不得许人。如果审判长不嫌弃，我回去就和老太婆商量，将女儿嫁给您当个侧室，而且不用您下聘礼，我们家倒贴一笔嫁妆，如何？”

羊舌鲋说：“这恐怕不太好吧？”

雍子说：“有什么不好？羊舌家是晋国的名门，我这个楚国人能够将女儿嫁到羊舌家，感到非常荣幸。我说审判长，啊，不……姑爷，您就别推辞了。”

羊舌鲋说：“那，我就恭敬不如从命了。”

到了断案那天，羊舌鲋大笔一挥，果然判邢侯败诉！

邢侯本来以为自己胜券在握，一听这个结果，立马控制不住情绪，做了一件很不理智的事。他从腰间拔出佩剑，一个箭步冲到羊舌鲋面前，将羊舌鲋刺了个透心凉。雍子见势不妙，捞起下裳想跑，邢侯追上去又是一剑，将雍子也杀死了。

土地纠纷升级为人命案，震惊了晋国朝野，韩起不得不亲自审理此案，出于对叔向的尊重，他事先征询叔向的意见。

叔向的回答很明确：“三个当事人都有罪。杀人凶手应当处死，和那两个被杀的一起曝尸示众，以儆效尤。”

韩起没想到叔向会这样说。羊舌鲋是叔向的胞弟，曝尸示众的话，羊舌家的面子何在？

叔向平静地说：“雍子贿赂法官，羊舌鲋贪赃枉法，邢侯公然行凶，都是犯罪。他们一个行贿当局巧取豪夺，这叫做昏；一个贪图贿赂而败坏法纪，这叫做墨；一个行凶杀人而毫无顾忌，这叫做贼。《夏书》上说，昏、墨、贼者，都应当处死。这是自古就有的刑罚，请您照祖先的规矩来办吧！”

韩起最终按照叔向的意思，杀了邢侯，将三个人的尸首都挂在城门口示众。

孔夫子对这件事的评价很高，说：“叔向这个人无论治理国事还是处理案件，都不偏袒自己的亲属，可谓正直！”

其实，叔向与邢侯也不是一般关系。叔向的老婆，是申公巫臣的女儿，也就是邢侯的姐姐。

据《左传》记载，叔向娶申公巫臣的女儿，遭到过母亲叔姬的反对。叔姬认为，申公巫臣的老婆夏姬不是个好东西，“嫁了三个老公，害死了一个国君（陈灵公）、一个儿子（夏征舒）、两个卿（孔宁和仪行父），还导致陈国灭亡。”这样的女人生出来的女儿，能是好货？

叔向是个孝子，特别听母亲的话，当时就决定不娶了。但当时的国君晋平公是个多管闲事的人，听说这件事，说：“男才女貌，门当户对，有什么不好？”亲自作主，非要叔向把这门亲事给办了。

叔向和这个女人生了一个儿子，取名食我，字伯石。叔向去世后，食我继承家业，成为羊舌氏的族长。

公元前514年，晋国发生了一桩风流事儿。大夫祁盈的家臣祁胜和邬藏“通室”，也就是交换夫妻（真够新潮的！）。祁盈发现之后，要将这两个人抓起来治罪。祁胜赶快贿赂下军副帅荀跞，请他出面为自己说话。

当时晋国的风气，和现在大概也差不多。荀跞收了礼，便对晋昭公说：“祁盈也没向您报告一声，就抓了人，这是不对的。”

晋昭公哪里有什么主见？政事早由六卿把持，他连傀儡都算不上，顶多算是个影子。荀跞说祁盈做得不对，那他就是做得不对。晋昭公马上传旨：将祁盈抓起来问罪！

祁盈的家臣们得到消息，群情激愤，纷纷劝祁盈：“反正是一死，不如杀了那两个淫贼，至少图个痛快！”这是什么搞法！本来事情还没到最糟糕的地步，将那两个淫贼一杀，那不是公然和国君对着干吗？

祁盈却听从家臣的意见，杀了祁胜和邬藏。也许在他看来，处置家臣是自己的家务事，即便是国君也无权插手。但是他没想到，荀跞想要的就是这样一个借口。

同年六月，晋国六卿开会讨论祁家的问题，一致决定判处祁盈死刑，没收祁家的一切资产，充公入库。不仅如此，羊舌食我素来与祁盈交好，“祁盈之党也”，同样判处死刑，财产充公！这样的判决，用现在流行的话说，不如去抢好了。

据说，羊舌食我出生的时候，叔姬前往探视，还没到产房，听到食我的哭声，便走回去了，说：“这是豺狼的声音，这孩子狼子野心，羊舌氏怕是要断送在他手里了！”食我怎么狼子野心，史料没有记载，倒是记载了六卿如何赤裸裸地掠夺别人的家业，瓜分晋国的财产。

祁氏和羊舌氏的家业有多大？

这一年秋天，执政多年的韩起去世了，接替他的是魏舒，瓜分祁、羊舌两氏土地的工作自然落到了魏舒头上。

魏舒将祁氏的土地分为七个县，羊舌氏的土地分为三个县，分别任命司马弥牟、贾辛、司马督、魏戊、智徐吾、韩固、孟丙、乐霄、赵朝、僚安为县大夫。如此安排的理由：贾辛、司马督曾为王室服务，立下大功；智徐吾、赵朝、韩固、魏戊乃卿之庶子，能守其业，所以给予嘉奖；其余四人，是众人推荐的贤才，受封之前都没见过魏舒。

有一种观点认为，魏舒没有将土地分给六卿，而是直接委任县大夫管理，是晋国由封建采邑制向郡县制改革的一次尝试，旨在增强国家的力量。我觉得，这顶帽子扣得太大了。严格地说，这是一次表面公正，实际上具有政治目的的分配。

让我们先来了解一下当时晋国六卿的情况。

魏舒：魏氏，其先祖毕万，在晋献公年代崭露头角，获封魏地。其后有魏犨，以勇力闻名于世。魏犨之孙魏绛在晋悼公、晋平公年间多有建树。魏舒即魏绛之子。

赵鞅：赵氏，其先祖赵夙，是晋献公年代名臣。其后赵衰辅佐晋文公称霸天下，赵盾在晋灵公年代权倾一时，赵武在晋平公年代成为中军元帅，主持弭兵会盟。赵鞅乃赵武之孙。

韩不信：韩氏，其先祖韩简，曾经服务于晋惠公，在韩原之战中出力甚多。晋灵公年间，韩厥受到赵盾提拔，仕途一路走高，直至当上中军元帅。韩厥之子韩起也是名噪一时的风云人物，继赵武之后成中军元帅。韩起生韩须，韩须早死，韩不信继承韩氏家业。赵、韩两家世代相互提携，结成了牢固的政治同盟。

荀寅：荀氏，其先祖荀林父担任过晋文公的“御戎”（车夫），后来逐渐成长为晋军的重要将领。公元前632年，晋国扩军，在三军的基础上增加“三行”，荀林父被任命为中行主将，从此荀林父一族又以“中行”为氏。荀林父官至中军元帅，其后荀庚担任过上军元帅，荀偃担任过中军元帅，荀吴担任过中军副帅。荀寅即荀吴的儿子。

士鞅：士氏，因其先祖获封于范，又称为范氏。自晋文公年代开始，士氏家族人才辈出。士会五朝老臣，德高望重，享有崇高的声誉；士燮、士匄也多有出色表现。士鞅即士匄之子。从历史上看，士氏家族自士匄开始，门风有所下降。特别是士鞅这个人，年轻的时候就有些心术不正，喜欢煽风点火（公元前559年的栾盈之乱，就有他的一份功劳）。当上卿之后，又以贪财好货而闻名于诸侯，而且结党营私，跟荀寅打得火热。

荀跞：荀氏，其先祖荀首，是荀林父的亲弟弟，因战功被封于智地（地名，今山西省境内），所以又称为智氏。其后荀罃曾任下军副帅、上军元帅和中军元帅，荀盈曾任下军副帅。荀盈去世后，晋平公想趁机削弱智氏，打算安排自己的亲信接替荀盈的位置，后来因为屠蒯等人的劝阻，才不得不任命荀盈的儿子荀跞为下军副帅。那个时候，智氏家族相对衰落，有赖于同宗共祖的中行氏提携。

魏舒主持瓜分土地，智、赵、韩、魏四家都分到了赃，范氏和中行氏则一无所获，用意很明显：他希望通过拉拢智、赵、韩三家来打击范氏和中行氏，同时拉拢部分非卿家族来增强自身的实力。但是孔夫子似乎没看清这一点，他表扬魏舒“近不失亲，远不失举，可谓义矣”。

有一件小事可以说明魏舒其实多少有些心虚。他问大夫成鱄（tuán）：“我将梗阳县封给魏戊，人家会认为我这是在谋求私利吗？”

魏戊是魏舒的小儿子。成鱄回答：“怎么可能呢？魏戊这孩子品德很好，尊重领导，团结同事，见利思义，为人谨慎，给他一个县算什么？当年周武王得到天下，他们兄弟被封为诸侯的有十五人，姬姓建国的有四十人，这都是提拔自己的亲人，但是没人敢反对，为什么？因为他站在一个公正的立场上，择善而封，亲疏远近都没有区别。您现在做的事，也是择善而封，连那些不怎么熟的人都封到了，谁又会说您谋求私利呢？”

成鱄的话，正是魏舒想听到的。

另外一个故事则可说明魏舒也不像他自己标榜的那么高尚。

魏戊去了梗阳县后，有人打官司，魏戊拿不定主意，把案件上报给魏舒。一方当事人马上给魏舒送去一队歌女。魏老先生一看到十几个娇滴滴的女孩子，简直笑得嘴都合不拢，也不说推辞，也不说接受，将她们留在了府上。

倒是魏戊很着急，将大夫阎没、女宽找来说：“老头子以不爱贿赂而闻名于诸侯，如果接受梗阳人的这些女优，就没有比这更大的贿赂了！请你们两位一定要说说他。”

阎没和女宽答应了。第二天退朝，两个人先跑到魏舒的院子里等候。魏舒回来看见他们，招呼他们一起吃晚饭。等到饭菜摆上来，两个人三次叹气，欲言又止。魏舒看不下去了，说：“古人说得好，只有吃饭能够忘记忧愁，你们跟我吃饭，这样长吁短叹的，究竟是为哪般？”两人对魏舒说：“昨天晚上有人送了两瓶酒，我俩喝高了，因此没吃晚餐，今天早就饿晕了。刚刚饭菜摆上来，我们怕不够吃，所以叹气。菜上到一半，又责备自己说，难道元帅请吃饭，还能不够吃？于是再次叹气。等到菜全上来，满满一桌子，我们还没吃，光看着都由衷地感到很满足，所以又有一叹。唯愿君子的心也像我们小人的肚子一样（以小人之腹为君子之心），容易得到满足。”

魏舒脸一红，说：“我明白了。”命人将歌女全部退回。

后人常说“以小人之心度君子之腹”，但很少有人知道，“以小人之腹为君子之心”，完全是另外一种意义。

同年十月，贾辛将前往其封地上任，临行前向魏舒告别。魏舒很高兴，给贾辛讲了一个故事：

当年叔向出访郑国，郑国大夫然明想看看叔向，但又怕自己长得丑吓坏了客人，便装作是收拾器皿的仆人，站在堂下，说了一句话。当时叔向正准备喝酒，听到那句话，就把酒放下，说：“那肯定是然明！”

下堂来拉住然明的手，将他请到堂上，说：“古时候有个贾大夫，长得奇丑无比，娶了个老婆，人长得很漂亮，但是不苟言笑——整整三年没有说过一句话，也没笑过一次。直到有一次，贾大夫带着老婆去打猎，射中了一只野鸡，他老婆才开始笑着说话。贾大夫深有感触，说‘看来男人还是得有点本事，我如果不会射箭，你这一辈子就不说不笑了啊！’然明啊，你本来就貌不出众，再不说话，我就与你失之交臂了，能说不说害死人啊！”

魏舒讲完这个故事，对贾辛说：“你明白我的意思了吗？你对王室有功，我才保举你。现在要去上任了，那就快去吧，保持一颗诚敬的心，把工作做好，不要毁了你原来的功劳！”

孔夫子评价：“诗上说‘永言配命，自求多福’，魏老先生说的都是肺腑之言啊，他的后代必定兴旺发达。”

我以为，魏舒的话说得中肯，但这种慈父般的谆谆教导，无疑也是笼络人心的一种手段。

公元前513年冬天，魏舒派赵鞅、荀寅修筑汝城（今河南省境内），顺便收缴当地民间的铁器，得到铁四百八十斤。荀寅用这些铁铸造了一座刑鼎，鼎身上刻着当年士匄主持修订的刑法。

自郑国的子产铸刑鼎以来，铸刑鼎已经不是什么新鲜事。但这件事在当时引起了不小的轰动。

首先还是人治与法治之争。保守者认为，晋国自古恪守先祖唐叔订立的法度，长幼有序，尊卑有别。现在放弃古法而铸刑鼎，老百姓以后只看刑鼎就行了，哪里还会尊重领导？长此以往，贵族何以成其为贵族？贵贱无序了，国家哪里还像个国家？

其次，士匄主持修订的刑法，本来已经是弃置不用了的。刑法中的一些重要原则，还是公元前621年晋襄公举行“夷之蒐”的时候确定下来的。众所周知，“夷之蒐”是晋国众卿乱政的开始，“一蒐而三易中军帅”，国君完全被众卿摆布，根本没办法控制局面，而且导致后来的赵、狐之争和一系列乱局。这样一部刑法，本身就为人诟病，怎么还能刻在刑鼎上呢？

最后，也是最关键的，荀寅铸刑鼎，未请示魏舒。

据说，魏舒听说荀寅在铸刑鼎，大吃一惊，连忙派人命令荀寅停工。但是荀寅置若罔闻，反而加快了施工进度，同时还拉拢赵鞅跟他一起担责任。工程完工后，魏舒召集六卿开会，追讨责任，结果发现事情真正的幕后主使乃是士鞅！

六卿之中，荀寅和士鞅狼狈为奸，赵鞅被荀寅利用，荀跞与荀寅同宗共祖，韩不信又与赵鞅世代相好，魏舒只能偃旗息鼓，铸刑鼎之事最终不了了之。

当时大夫史墨对此事评论："范氏和中行氏快要灭亡了吧！荀寅不过是个上军副帅，却不遵从上令，擅自铸造刑鼎，胆子也太大了。范氏也难辞其咎，范宣子（士匄）修订的刑法本来已经废除不用，现在又搬出来实行，这是自取灭亡。至于赵氏，不过是被利用了，如若能够吸取教训，加强品德修养，或许可以免除祸患。"

六卿之间互相角力，直接导致晋国国际地位下降。公元前512年六月，晋顷公去世，晋定公即位。八月，晋国为晋顷公举行葬礼。郑国派子大叔前往新田吊丧并送葬。

当时的礼节，送葬和吊丧是分开来的，送葬重于吊丧，送葬者的地位必须高于吊丧者，方能体现尊重。以晋、郑两国外交史为例，晋悼公死，公孙夏吊丧，子产送葬；晋平公死，子大叔吊丧，罕虎送葬。现在晋顷公死了，郑国仅仅派来一个子大叔，一人身兼两职，无疑是降低了规格。

魏舒很不舒服，命士景伯责问子大叔为什么会这样。

子大叔回答："诸侯之所以臣服于晋侯，是因为晋国有礼。所谓礼，很简单，就是小国侍奉大国，恭顺听命；大国安抚小国，体恤周全。郑国居于大国之间，忠于职守，参与大国的守备，同呼吸共命运，怎么可能忘记吊丧送葬之礼？先王规定，诸侯的丧事，派士吊丧，大夫送葬，卿是不用出面的。然而晋国的丧事，郑国每次都派卿参与，不可谓不重视，但那也是条件允许的情况下才这么做。如果条件不允许，比如国有战乱的时候，别说卿，就是士大夫也派不出来。当年王室办周灵王的丧事，我先君郑简公正好在楚国，只派了下卿印段前往，王室也没发表意见，这就是体恤我们这些小国的困难。现在您说，'为什么不按原来的规格办？'老兄啊，原来的规格也是有丰有俭，我们到底是从丰还是从俭呢？从丰，寡君刚刚即位两年（郑定公两年前去世，郑献公即位），年纪还小，您总不好要他亲自跑一趟吧？从俭，那我这个当国已经来了，规格也不算低了。您实在要责备我们，那就看着办吧！”

士景伯无言以对。

公元前510年秋天，周敬王派大夫富辛、石张访问晋国，提出一个要求：自从王子朝叛乱，雒邑便变得破败不堪，王室只好搬到成周。但是成周地方狭小，城墙也不高，想请晋国号召诸侯帮助扩建成周并加高城墙。

所谓霸业，不外尊王攘夷。魏舒认为这是一个提高晋国声望的机会，更是一个提高自己声望的机会。毕竟，雁过留声，人过留名，他不希望自己在历史上留下一个软弱无能的名声。

于是同年十一月，魏舒、韩不信召集诸侯大夫在狄泉会盟，讨论修建成周的事情。指派士景伯为总设计师，负责计算城池的长、宽、高、深，测算所需的土方，进行建筑物资的比选，安排人工使用计划，确定后勤保障方案。士景伯将这一切都安排得井井有条，分配给各国的任务也很明确。韩不信则负责监督，确保各项任务落到实处。

事是好事，工作也安排得很到位，但是魏舒也许太急于确立自己的威信，在狄泉之会上做了一件傻事：他把自己的座位安排在坐北朝南的位置。

谁都知道，坐北朝南，那是天子的位置，连晋侯都不敢这么坐。当时卫国大夫彪徯（xī）就说：“魏老先生恐怕不能长久了。”

更离谱的是，魏舒将工程全权交给韩不信之后，自己就带着人马跑到大陆（地名，今河南省境内）去打猎。结果在回来的路上，突然疾病发作，死于宁城（今河南省获嘉县境内）。

晋国本来就影响力下降，魏舒这一死，参与筑城的诸侯可就有想法了。宋国的大夫仲几公然拒绝士景伯给他安排的任务，推给滕、薛、小邾几个小国去做。那几个小国当然不乐意，要士景伯给个公道。士景伯想和稀泥，对仲几说：“现在大家都齐心协力为天子筑城，请您顾全大局，先接受任务。有什么问题，以后再说。”仲几毫不买账，坚决不接受任务。士景伯毛了，晋国虽然问题多多，要对付你宋国，那还是绰绰有余！韩不信也很恼火，下令将仲几抓起来，关在雒邑的地牢里。

其实比仲几做得更过分的是齐国的高张。公元前509年三月，成周的修建工作完成，诸侯大夫都准备打道回国了，高张才姗姗来迟。但是晋国人对于这件事选择性失明，连一句当面批评的话都没给。

毕竟，齐国不是宋国。

晏子的故事：自古矮子有智慧

齐国不是宋国，因为齐国有个齐景公，还有个晏矮子。

《左传》记载，公元前516年冬天，一颗不知名的彗星划过齐国的夜空。齐景公有点紧张，想举行禳祭来消灾解难。

晏婴安慰他说："天上的彗星，是用来扫除人间的污秽的，不可能为谁而改变。您的品行如果有污秽，祈祷是没有用的，至多求得一点心理安慰；您的品行如果没有污秽，那就更不用祈祷了，纯属浪费。下臣平时说话刻薄，也没少批评您，但是今天要说一句表扬您的话——这么多年来，您的所作所为，没有违反原则。齐国在您的领导下，越来越强大，四方诸侯都等着来朝觐您，哪里用得着担心什么彗星？"

齐景公很受用，打消了举行禳祭的念头，拉着晏婴坐在自己的席子上说话。说着说着，齐景公长叹了一声，道："多漂亮的宫室啊！谁将成为它的主人呢？"

晏婴吃了一惊："您这话是什么意思？"

齐景公拍了拍晏婴的肩膀："你别装傻，寡人的意思你很清楚，寡人百年之后，谁会成为齐国的主人？"

晏婴不敢回答。

齐景公笑了，说："我倒是以为，天下之大，唯有德者居之，你就大胆说吧！谁，将成为齐国的主人？"

晏婴看着齐景公。君臣相处几十年了，他第一次打心底对这位国君产生了深深的敬意。人贵在有自知之明，贵在乐天知命，贵在泰山崩于前而面不改色，贵在知道大好江山不是你一家独有而是有德者居之。他向齐景公作了一个揖，一本正经地回答道："那我就直说了，所谓有德之人，也许是陈氏吧？陈氏虽无大德，但是乐善好施，他们向领地上的农民收租，故意用小的量器；借给人们粮食，则用大的量器。老百姓得到了好处，自然归顺于他们。诗上说，‘虽无德与女，式歌且舞。’陈氏的施舍，就是老百姓的歌舞啊！他的后代只要不是太懒惰，没有什么天灾人祸导致他家突然灭亡，齐国迟早是他家的。”

齐景公愣了半晌。陈氏的野心，他是看在眼里的。公元前532年栾、高之乱，陈、鲍二氏瓜分了栾、高二氏的家产，后经晏婴劝说，陈无宇又将分到的田地全部上交给公室，自己请求告老还乡，回到莒地去颐养天年。齐景公得了陈无宇慷慨捐献的田产，实力大增，站在这个角度而言，他是很感激陈无宇的。但是他同时也留意到，陈无宇回到莒地，并非真的是当起了寓公，而是继续暗中拉拢人心。此前齐国历年内乱中，流亡到各国的公子、公孙有十余人之多。陈无宇派人将他们一一召回，赠予地产、财物、房舍、用具乃至仆从的衣物。这些流亡者们在国外的时候微不足道，回到国内则是一股不容忽视的政治势力。在他们的极力鼓吹下，陈无宇的个人威信越来越高，隐然成为了齐国的在野党领袖。

“那依你之见，寡人该如何对待他？”齐景公问。

晏婴说：“很简单，以礼相待就可以了。自古以来，做国君的，只要把握好礼的原则，士、农、工、商便会各守其职，官吏和大夫也不敢轻慢，陈家无论怎么施舍，也难以动摇国家的基础。”

齐景公说：“真那么简单？”

晏婴说：“就那么简单。以礼定国，做到君令、臣恭、父慈、子孝、兄爱、弟敬、夫和、妻柔、姑慈、妇听，则国家能够长治久安，与天地齐寿，与日月同辉。”

齐景公很高兴地说：“今天我才知道礼的精髓啊！”

晏子的思想，简单地说，就是孔子说的那八个字：“君君、臣臣、父父、子子。”历史上甚至有一种说法，孔子那八个字，其实就是晏婴说的。

关于晏婴和齐景公，史上有很多故事流传至今。

有一个大雪纷飞的冬日，齐景公披着裘皮大衣在宫室里喝着小酒，正好晏婴前来觐见，齐景公很高兴地说：“怪了，这雪下了三天三夜，寡人竟然一点也不觉得冷。”

晏婴毫不客气地说：“您穿着裘皮大衣，喝着暖酒，自然不冷。我听说，古代的贤君，自己吃饱了会想到老百姓还饥饿，自己暖和了会想到老百姓还穿不暖，自己安逸了会想到老百姓还在辛苦地劳作，您却只知道自己暖和！”

齐景公很惭愧：“您说得对，寡人受教了！”马上下令，不论户籍，不问姓名，凡是有需要的人群，一律由国家进行救助。

还有一次，齐景公一匹心爱的马突然死了。齐景公震怒，下令把养马的人抓来处以车裂之刑。当时晏子在场，便对齐景公说：“杀人呢，也得有个讲究。请问当年尧、舜为了一匹马肢解人的时候，是从身体的什么部分开始？”

齐景公脸一红，说：“那就不车裂，砍头算了。”

晏婴说：“砍头好啊！比车裂好。但是这个人还不知道自己犯了什么罪，请让下臣说说他的罪状，让他死个明白，您说好吗？”

“好啊！”

晏婴于是对着马夫说开了：“你知道吗？你犯了三条死罪——为国君养马你却把马养死，这是其一；偏偏这马又是国君最喜爱的，这是其二；因为你的过失而使国君杀人，百姓听说之后一定有意见，认为国君重马轻人，诸侯听说之后一定轻视我国，这是其三。你知罪吗？”

齐景公听了赶紧说：“快把他放了吧！放了吧！你这是绕着弯子在骂我呢！”

诸如此类的故事，《晏子春秋》中多有记载，本书不一一复述，但是有一件事不得不提。

齐景公颇有其兄齐庄公之风，崇尚武功，好养猛士。当时齐国有三名高手，一个叫田开疆，一个叫公孙捷，一个叫古冶子，个个身怀绝技，勇猛绝伦，都被网罗到齐景公宫中，号称“齐国三杰”。俗话说养虎为患，齐景公刚刚把三杰网罗到身边，感觉还很不错，带出去有面子，放家里有安全感，但是久而久之，问题就来了。这三位本是江湖人士，性情桀骜，率性而为，对于宫中的种种规矩，高兴的时候就听，不高兴的时候抛在一边，谁要是敢劝一句，立马翻脸不认人。要知道，他们发起脾气来，那可不是一般的大，拆掉一两座房子，那是轻而易举的事，连齐景公也拿他们没办法。

晏婴对齐景公说：“这三个人上无君臣之义，下无尊卑之分，放在国内只会惹事生非，放到战场上也不过是匹夫之勇，还留着他们干啥？除掉算了！”

齐景公无奈地说：“寡人现在也很后悔啊，可怎么除啊？他们三个人加起来，就是一支军队也对付不了。弄不好的话，只怕惹火烧身。”

晏婴说：“些许小事，就交给下臣去办吧。”

某一天，鲁昭公访问齐国，齐景公设宴款待，鲁国的叔孙婼和齐国的晏婴作陪。三杰佩剑立于堂下，威风凛凛。

酒过三巡，晏婴命人端上来六个桃子，献给两位国君和叔孙婼吃，当然，他自己也吃了一个。至于剩下的两个桃子，他提出，就赏给堂下的三杰，“谁的功劳大，桃子就给谁”。

这明显是一个存心不良的建议，三个四肢发达、头脑简单的家伙却摩拳擦掌，要在两位国君面前争个你高我低。

公孙捷首先放炮：“有一次大王出猎，突然从林中跳出一头猛虎，扑向国君。我赶紧冲上去，挡在国君前面，与虎搏斗，将虎打死。这样的功劳，能不能吃个桃呢？”

“他真将那老虎打死了？”晏婴不相信似地看着齐景公。齐景公点头，表示承认有那么回事。

“太了不起了，这桃子该你吃。”晏婴说着，亲手将一个桃子交给公孙捷。

古冶子在一旁看了，很不服气地说：“打死老虎有什么了不起！当年国君前往晋国，经过黄河的时候，有一只大鼋（yuán）兴风作浪，一口吞下国君的一匹乘马。是我跳进河中，舍命杀死了大鼋，国君才得以安全渡河。这样的功劳，该不该吃个桃子？”

齐景公赶紧说：“当时形势万分凶险，若非此人斩鼋除怪，寡人性命堪忧。”

“英雄啊！”晏婴忙把剩下的一个桃子送给了古冶子。

田开疆眼睁睁看桃子分完了，气急败坏地叫道：“打虎、杀鼋有什么了不起！我奉命讨伐徐国，俘虏徐兵五千余人，吓得徐国国君俯首称臣，连郯国和莒国也望风而降。如此大功，反而吃不到桃子，在两位国君面前受到这样的羞辱，我还有什么面目站在朝廷之上呢？”说着拔出宝剑，寒光一闪，竟然自刎了。

公孙捷一看，脸涨得通红，也拔出剑来，道：“我的功劳确实不如田将军，我吃到了桃子，田将军却吃不到，我还有什么脸面活在世上？”说罢将剑锋往脖子上一抹，血溅三尺。

古冶子大哭道：“我们三人结为兄弟，不求同日生，但求同日死。他俩都死了，我还苟活着干什么？”说完，也拔剑自刎了。

这就是史上著名的“二桃杀三士”。

据说，三杰死后，共葬一处。到了东汉末年，诸葛亮曾经到此一游，写了一首《梁甫吟》：

步出齐城门，遥望荡阴里。里中有三坟，累累正相似。力能排南山，文能绝地理。一朝被谗言，二桃杀三士。谁能为此谋，国相齐晏子。

平心而论，诗写得不怎么样。

再后来，清人赵执信也就此事写了一首诗：

石父当年脱网罗，留将三士竟如何？孟尝坐食三千客，拼将桃园杀几多！

诸葛亮和赵执信，对三杰无疑是持有赞赏和惋惜的态度的。但也有人不以为然。清人崔象珏就曾这样写道：

勇士虽优兼智短，名心太重视身轻。仪延并用终为乱，诸葛何须笑晏婴！

“二桃杀三士”的故事，历史上流传甚广，然而考证起来，却是诸多漏洞，不足以信。如若此事为真，我个人以为，利用人的血性做文章，这样的政治智慧，对一个民族来说乃是真正的流毒。

关于晏婴，还有另外几个故事。

前文赵执信诗中所言“石父”，是指越石父。

《史记》记载，有一次晏婴外出，在路上遇到被人当作奴隶出售的越石父。晏婴见他相貌不凡，便下车与之交谈。说了几句话，不觉大吃一惊，原来是个人才啊！当即解开一匹拉车的马，将他赎出来，让他坐自己的车回家。

到家之后，车停在院子里。晏婴没有向越石父告辞，径直走进屋里，很久没出来。到了吃晚饭的时候，晏婴派人去请越石父，越石父却请求与晏婴绝交。晏婴大吃一惊，说：“我虽然不仁，好歹也将您从厄运中解救出来，为什么这么快就要跟我绝交呢？”越石父说：“作为君子，受到不知己的人的轻慢，是无所谓的；但是如果知己也轻慢他，那就必然恼怒。任何人都不能自以为对别人有恩，就可以不尊重对方；同样，一个人也不必因受惠于人，而卑躬屈膝，丧失尊严。您将赎我出来，既是您的好意，也是因为您通过对话，对我有了了解。既然了解我，又不尊重我，还不如让我回去做奴仆好了！”晏婴惭愧道：“您批评得对。”于是重新施礼，请越石父上座，待其为贵宾，而且积极向齐景公举荐。

还有一个故事可以窥见晏婴的人才观。有一次晏婴坐车外出，车夫的老婆从门缝偷看她的丈夫。只见车夫坐在晏婴前面，赶着四匹马，十分得意。车夫回到家里，老婆要求离婚，说：“晏子身高不满六尺，当了那么大的官，天下闻名。但我偷偷观看他外出，神态十分谦和。而你呢，虽然身长八尺，却不过是个车夫。但是你的神态说明你志满意得，再无上进心。”车夫被老婆教训了一通，果然就谦虚恭谨起来。晏婴感到奇怪，问他原因，车夫如实相告。晏婴认为这个人知错能改，是可造之才，就推荐他为大夫。当然，放在今天，高级领导的司机当上了干部也没什么稀奇。

晏婴向齐景公举荐的人才中，最出名的当属司马穰苴（ráng jū）。

司马穰苴不姓司马，而是姓田。当然，严格地说，他也不姓田，而是姓妫，田氏。

因为他是陈完的后人，与陈氏家族的陈无宇同宗。古音中，陈与田同音，陈完从陈国迁到齐国后，或许为了避祸，便将陈氏改成了田氏，但习惯上人们还常常称其为陈氏。因此，齐国的陈氏就是田氏，陈无宇也可以叫做田无宇，田穰苴也可以叫做陈穰苴。

话说某一年，晋国和燕国入侵齐国，齐军溃败。齐景公深为忧虑，晏婴便向他推荐田穰苴："此人虽为田氏子孙，但是文德可使部下亲附，武略可使敌人畏惧，希望您试用一下他。"

齐景公一听他是田氏的人，心里便不太乐意，但是国难当前，又碍于晏婴的面子，只好答应见一面。没想到，见面聊了两个时辰，齐景公就彻底被田穰苴的军事才能征服了，当场任命他为将军，率兵抵抗外敌入侵。

田穰苴说："下臣出身卑贱，又没有什么名气。现在您将我从民间提拔上来，地位在大夫之上，士兵们对我并不了解，百姓也不信任我，恐怕难以服众。如果您想要我打胜仗，就请派一名您信任的、有威望的人来监军，作为我的后台。"

齐景公一听乐了，心里直夸田穰苴善解人意。自古以来，将在外君命有所不受。当国君的，最怕就是大将心怀不轨，因此千方百计都要把自己的亲信安插在大将身边，是为监军。现在田穰苴主动提出要派监军，他哪能不答应？于是指派宠臣庄贾为田穰苴的监军。

田穰苴见到庄贾，和他约定："明天正午在军门外相会。"庄贾满口答应。

第二天一早，田穰苴先驰车来到军营，在门口树起日表，打开滴漏，等待庄贾。

庄贾是个不学无术的公子哥儿，靠着插科打诨的本领在齐景公身边混得如鱼得水，做什么事都漫不经心。因为当上了监军，亲戚朋友都来祝贺，摆开酒宴，胡吃海喝了一通，直到这天傍晚才姗姗来迟。

当他醉眼惺忪地来到军营门口，见到的是全副戎装的田穰苴。"咦，这个农民穿起军服，倒也蛮精神嘛！"庄贾暗自好笑。田穰苴虽是陈完的后人，却不是嫡系，跟陈无宇不可同日而语。庄贾压根没将他放在眼里，站在车上歪歪斜斜地朝田穰苴作了一个揖，道："不好意思，我来迟了。"

"你为什么来迟？"田穰苴冷冷地说。

“啊？”庄贾没听明白。

“你为什么来迟？”田穰苴又重复了一次。大风吹得辕门的军旗猎猎作响，田穰苴笔直地立在那里，像是一尊没有表情的石像。

庄贾一边下车一边说：“因为亲戚朋友相送，所以耽搁了。”

田穰苴说：“没有其他原因吗？”

庄贾说：“没有，我说的是实话，不信你可以问别人。”

田穰苴说：“所谓将领，从接受任命之日起就不顾家庭，从进入军营起就不顾亲戚，从拿起鼓槌就不顾个人安危。现在敌人深入我国，举国骚动，国君睡不安稳，食不甘味，百姓之命皆系于您一身，还顾得上什么相送呢？”不待庄贾回答，回头问军法官：“按照军法，迟到者应如何处置？”

军法官回答：“应当斩首。”

听到斩首二字，庄贾的酒一下子就醒了，连忙对车夫说：“快去宫中向国君禀报。”车夫一甩马鞭，绝尘而去。田穰苴也不阻拦，挥挥手，卫士们一拥而上，将庄贾绑住拖到营中。

等到齐景公的使者拿着节符驱车闯入营中的时候，庄贾的头颅已经悬挂在营中示众多时了。使者叫苦不迭，对田穰苴说：“您怎么那么快就将他斩首了，也不等等国君的命令？”

田穰苴说：“将领在军中，国君的命令可以不必完全照办。”又问军法官：“依照军法，擅自闯入营垒当如何处置？”

军法官说：“应当斩首。”

使者一听，吓得两腿发抖。田穰苴又说了一句：“国君的使者不可以杀，但是不能不惩罚。”下令斩了使者的车夫，杀死左边的马，示众于三军，三军无不肃然。

田穰苴派使者将事情的经过回报齐景公，然后命令部队出发。一路上，士兵安营扎寨，打井砌灶，饮水吃饭，看病抓药，他都亲自过问，以示关怀。而且不开小灶，把自己的粮食全部拿来与士兵共享。三天之后部队抵达前线，连那些老弱病残都奋勇争先，要去作战。还没有开战，晋军得到消息，撤兵而去。燕军连忙渡河而去，溃不成军。田穰苴乘胜追击，收复了全部失地。

齐景公喜出望外，早把庄贾被杀一事抛到了九霄云外，封田穰苴为大司马。因此，史上又称其为司马穰苴。

令人疑惑的是，司马迁对司马穰苴推崇备至，在《史记》中专门给他留下一篇“司马穰苴列传”，但是《左传》竟然对这个人毫无记载。而且，在齐景公年代，也没有发生过晋国和燕国入侵齐国的事，从常理推测也不太可能发生——晋国已经日薄西山，无暇东顾；燕国偏安一隅，齐国不欺负它就是万幸，怎么可能反过来侵略齐国？

但是有一件事却是毫无疑问的：在齐景公的领导下，齐国的国力大大提升，现在他已经不满足对晋国说不，而是要真刀真枪地跟晋国对着干了。

第三章
吴国崛起

楚平王好色酿大祸

现在来说说楚国的事情。

随着楚平王政权的逐渐稳固，新的矛盾也在产生。公元前528年九月，令尹斗成然被杀。斗成然是扶助楚平王上台的关键人物，一度深受信任，然而居功自傲，与楚国的望族养氏（养由基的后人）结党营私，贪得无厌。楚平王杀斗成然，并灭养氏满门。随后又立斗成然的儿子斗辛为郧公，以示不忘旧功。

楚平王还是蔡公的时候，在蔡国娶妻，生了一个儿子，取名为建。楚平王即位之后，立建为大子，命伍举的儿子伍奢为大傅，大夫费无极为少傅，共同负责教育大子建。

前面说到，伍举的父亲伍参与蔡国大师公子朝是好朋友，伍举与公子朝的儿子公孙归生曾经自幼相交，情同手足，两家乃是世交。公孙归生的儿子朝吴也是拥立楚平王的有功之臣，再加上有伍家这层关系，楚平工对朝吴格外恩宠，让其继续居住在蔡国，有事必问之。因此，朝吴在蔡国虽然只是大夫之职，地位却十分显赫。

天下本无事，自有来事之人，这个人便是费无极。

《左传》记载，费无极担任大子少傅，却不被大子建待见。这一来与他的人品卑劣有关，二来也与大傅伍奢过于强势有关。费无极既恨太子建看不起自己，且嫉妒伍奢得势，久而久之，怨念便变成了魔鬼。

公元前527年，费无极奉命出使蔡国，借机拜访了朝吴。

他对朝吴说："大王对您的信任，普天之下无人不知，否则的话，他也不会放心让您呆在蔡国。"

朝吴笑而不语。费无极说的是实话，以朝吴的才能和在蔡国的影响力，楚平王还能让他呆在蔡国，无疑是极大的信任。

"但是，"费无极话锋一转，"令人深感不平的是，您这样的人物，如果在楚国，至少是个卿，在蔡国却还只是个大夫，实在有辱您的身份。我愿意为您去做工作，让您在蔡国也有个合适的地位，如何？"

朝吴一下子警惕起来。无事献殷勤，非奸即盗，费无极向来无宝不落，怎么会无端端地替他考虑地位的问题呢？他立马站起来，朝费无极作了一个揖说："您的好意，我心领了。不过我现在过得很满足，一点也不操心所谓的地位问题，您还是请回吧！"

费无极讪笑道："我只是替您鸣不平，鸣不平。"告辞出来，就去了蔡国几位重臣的府上。

他对那几位说的又是另一套："楚王宠信朝吴，所以让他留在蔡国。你们几位在楚王心中的分量远远比不上他，爵位却比他高，难道不觉得很危险吗？"

那几位本来就内心复杂——推翻楚灵王，恢复蔡国的独立，无疑是朝吴的首功。但是在这个过程中，朝吴曾与楚平王联手作战，竟然成为了楚平王的亲信，事情就有点尴尬了。一个身居重位的蔡国人，怎么可以和楚王保持这么良好的关系呢？这对于蔡国的国家安全难道不是一个严重的威胁？这种亲密的关系使得朝吴在蔡国成为了受防范的人，本来他应该受到英雄般拥戴，即便当上蔡国的大师也未尝不可（这个职务他的祖父曾经担任过），可人们故意不提这茬，只让他继续当大夫——经过费无极这样一提醒，那几位似乎意识到问题的严重性，而且明白该怎么做了。

公元前527年夏天，蔡国人群起而攻之，将朝吴驱逐出境。朝吴也不生气，跑到郑国过起了优哉游哉的流亡的日子。楚平王得知此事，勃然大怒，责问费无极："寡人信任朝吴，所以将他安置在蔡国，日后还会有用得着他的地方。而且如果没有朝吴，寡人也就没有今天。你究竟是为了什么要挑拨蔡人将朝吴赶走？”

费无极说：“臣难道不想朝吴为楚国服务？然而臣早就知道，这个人只爱蔡国，对楚国并无忠心。只要他在蔡国，蔡国就会像鸟儿一样，很快飞离楚国的怀抱。我用计去除他，是想剪掉蔡国的羽翼，好让它飞不走啊！”

这样的解释，楚平王居然也接受了。

同年春天，吴王夷昧去世。前面说过，夷昧的父亲寿梦有四个儿子，老大叫诸樊，老二叫馀祭，夷昧是老三，老四就是那位“叹为观止”的季札。寿梦立下的遗嘱，是兄终弟及。因此诸樊死后，馀祭即位；馀祭被杀，夷昧上台；现在夷昧撒手而去，按道理应该轮到季札了。但是季札坚决不当这个吴王，群臣一定要他当，他便故伎重施，跑到乡下去种田。这种情况下，群臣只好改立寿梦的庶长子僚为君，也就是历史上的吴王僚。

吴王僚即位三年，率兵讨伐楚国。楚平王派令尹阳匄和司马公子鲂出战，在长岸（今安徽省境内）大败吴军，连吴王的乘舟“馀皇”也成为了楚军的战利品。

吴军大将、夷昧的长子阖闾为吴国挽回了一点面子，他对自己的部下说：“丧失了先王的乘舟，不是我阖闾一个人的罪过，你们大家都有份。让我们同心协力，把馀皇抢回来，以免除死罪！”部下都说：“我们听您的。”于是选派死士三人，穿上楚军的服装，混入楚军部队，潜伏在馀皇附近。阖闾亦率军尾随楚军，乘其不备发动攻击，里应外合，打了楚军一个措手不及，成功地将馀皇抢了回去。

长岸之战虽以楚军胜利而告终，但是吴军的战斗力也给楚平王留下了深刻的印象。长岸之战的第二年，公元前524年冬天，楚平王采纳左尹王子胜的建议，将居住在叶城（今河南省境内）的许人南迁至白羽，派重兵把守叶城，以防范晋国入侵。公元前523年春天，又派令尹阳匄修筑郏城（今河南省境内）。这也是当年楚庄王对付少数民族叛乱时采用的策略，先关好北大门，再腾出手来专心致志对付吴国人。当时就有人评论：“楚王的志向不在与晋国争夺诸侯，仅求自保而已。”

很难说楚平王是不是学着楚庄王依样画葫芦，关好北大门后，他马上派费无极前往秦国，向秦哀公求亲，为大子建迎娶秦哀公的女儿——回想当年，楚庄王平定百濮和庸人之乱，也是主动向秦国人靠拢，借助了秦国的力量才顺利完成的。

至此为止，楚平王作为一位君主的表现可圈可点。如若忽略其使用阴谋诡计诱使王子比和王子黑肱自杀这一史实，他甚至称得上是一位明君。可是，当他那位千娇百媚的儿媳妇千里迢迢从秦国来到郢都之后，他的人生出现了转折点。

费无极没有将她直接送到大子建的东宫，而是先安置在宾馆里住下，然后跑去对楚平王说："下臣白活了数十年，从未见过如此婀娜的女子。"

楚平王怦然心动，趁着夜色撩人，乔装改扮，跟着费无极去了宾馆偷看新媳妇。回来之后，他便不再说话，站在王宫的院子里，对着一轮明月沉默了足足半个时辰。

费无极看在眼里，喜在心上。等到楚平王踱回殿内，他小心翼翼地跟上去，试探性地问了一句："莫非，大王很喜欢秦国公主？"

楚平王斜着眼睛看了他一眼，欲言又止。

费无极说："喜欢的话，娶过来就是。"

楚平王说："这，难道可以吗？"

费无极说："有什么不可以？整个楚国都是大王的，大王想要什么就是什么。"

楚平王说："那大子怎么办？"

费无极说："大子又没见过公主，您再为他说一门亲事不就解决了？"

楚平王脸上竟然出现了一丝不易察觉的红晕。

在中国历史上，楚平王不是第一位也绝不是最后一位抢儿子老婆的人。现在听起来，这件事情虽然离谱，但在当时并未引起多大轰动。

同年夏天，楚平王派水军讨伐居住在今湖北石首附近的濮人。费无极建议楚平王："晋国之所以称霸多年，是因为地理位置靠近中原各国，而楚国偏远，所以未能与之争夺。如果趁这次讨伐的机会扩大城父（今河南省境内）的城墙，令大子镇守此地，加强与北方诸国的联系，而您则专心经略南方，天下唾手可得。”

明眼人一看便知道这事不正常。大子是未来的国君，按规定必须居住在国都，怎么能够派去戍边呢？但是楚平王很爽快地采纳了费无极的建议，命令大子建迁到城父去居住。原因很简单，据后宫传来的消息，嬴氏夫人，也就是秦国公主已经怀孕了。

同年冬天，楚平王和嬴氏的儿子熊珍诞生。

费无极非常体贴也非常及时地给楚平王送来一个情报：大子建和伍奢拥兵自重，密谋造反，并且与齐、晋串通，准备进攻楚国！

楚平王不假思索，立刻派人前往城父责问伍奢有没有这回事。

伍奢回答：“大王抢了大子的老婆，已经很过分了，现在居然听信这样的馋言，难道不是很可笑吗？”

使者当场将伍奢抓起来，送往郢都。

与此同时，城父司马（地方的军事长官，相当于现在的守备司令）奋扬接到了楚平王给他的密诏，上面只写了八个字：“大子叛国，执而杀之！”

奋扬派人将大子建护送去了宋国，然后将自己绑了起来，前往郢都谢罪。

楚平王十分恼怒，说：“命令是寡人亲手所写，是你亲眼所见，是谁走漏了风声，让大子逃跑了？”

奋扬如实回答：“是下臣所为。当初您命大子驻守城父，交代下臣说，要侍奉大子如同侍奉国君。下臣的智商有限，不能变通，严格执行了您的这道命令，对于您后来要杀大子那道命令，就不知道该怎么办了，只好将大子放走。后来下臣也很后悔，但已经来不及了。”

楚平王冷笑一声：“那你还敢来见我？”

奋扬说：“下臣没有完成您的使命，如果再不来向您请罪，那就是一错再错，逃到哪里都无处藏身。”

楚平王沉吟半晌，说：“你回去吧，就当这事没发生过。”

西汉刘向著《说苑》，其中有“立节”一篇，便将奋扬这件事收录其中。楚平王对奋扬的处理，说明人性的复杂：他听信费无极的馋言要杀大子建（实际上也是为了让熊珍成为大子），自是昏庸；有感于奋扬的忠义而宽赦其罪，又颇有明君之度。如果这件事到此为止，倒也没有酿成大错。但是，楚平王紧接着又做了一件事，导致楚国此后数十年的动荡不安，也为他本人死后被掘墓鞭尸埋下了伏笔。

他听从费无极的建议，处死了伍奢。

处死伍奢也不是问题，问题在于伍奢有两个儿子，其中一个叫伍员（yún），字子胥，历史上一般称其为伍子胥（xū）。

处死伍奢之前，费无极还向楚平王建议："伍奢的两个儿子都很有才，万一跑到了吴国，必为楚国之患。请以赦免伍奢为名，召他们前来郢都，一网打尽，否则后患无穷。"

楚平王同意了，派使者去找伍奢，要他写信给两个儿子，说："把他们叫过来，则放你一条生路，不然就要你死！"伍奢淡然一笑，提笔写了一封信交给使者，说："大王命令我写信，我岂能不从？只不过请你转告大王，知子莫若父。伍尚（伍奢的长子）为人仁厚，看到我的信必定会来；伍员为人刚戾隐忍，能成大事，他才不会轻易上当。"楚平王不听，还是派人将信送到了伍尚做官的棠地（今河南省境内），而且说："来，则免你们的父亲一死；不来，马上处死他。"

当时伍子胥也在棠地。看到伍奢的亲笔信之后，伍尚便收拾行装，准备出发。伍子胥说："大王召我兄弟，并不是真想放父亲一条生路，不过是想斩草除根，不留后患罢了。我们去或不去，父亲都难逃一死，何必让我们也白白送死？如果连我们都死了，还有谁能够替父亲报仇？不如投奔吴国，借吴国的力量回来为父报仇。"

伍尚说："我难道不知道这是个圈套？可是大王以父亲的性命为要挟，我如果不去，不就是抛弃了老父亲吗？天下人会怎么看待我们伍家？"

"可是……"伍子胥看着伍尚那张平静的脸，一时语塞。伍尚笑了，拍了拍伍子胥的肩膀说："你去吧，我不阻拦你。咱们兄弟二人，你能替父报仇，我能陪他赴死，这不是挺好的吗？"

伍子胥还想再劝，伍尚将一张弓和一壶箭交到他手里，说："你快走吧！"

伍尚跟着使者回到了郢都。楚平王听说伍子胥没来，派出十余名宫中卫士前去追捕伍子胥。

事实证明，他完全低估了伍子胥的能耐。

卫士们一度在一片沼泽地里追上伍子胥。伍子胥一看只有十几个人，三四辆车，不慌不忙地张弓搭箭，说："你们听好了，我现在要射最前面那个驾车的。"话音未落，弓弦响动，第一辆车的车夫惨叫一声，坠地而死。

其余的人吓得赶紧低下头，不敢再追。伍子胥又搭上一支箭："还有不要命的吗？"几辆兵车一齐调头，去得比来得还快。伍子胥大笑道："回去告诉楚王，如果想楚国不灭，就放了我父兄，否则的话，我会将楚国变成一片废墟！"说罢将箭插入壶中，从容离去。

卫士们回去报告楚平王，楚平王大为后悔，又派出一支数百人的部队前去追杀伍子胥，一直追到长江边上也没发现他的踪迹，无功而返。

据说，伍子胥在逃亡途中，遇到了好友申包胥。申包胥刚好从宋国访问回来，还不知道国内发生了这样的大事，见到伍子胥独自一人负弓而行，神情悲愤异常，不觉大吃一惊。问明了原委之后，申包胥同样感到愤怒，但是也不好说什么来安慰伍子胥，只能问他有什么打算。

伍子胥只说了八个字："不灭楚国，誓不为人。"

如果是别人说这样的话，申包胥会认为那是异想天开。毕竟，楚国不是一般国家，自楚武王称霸江汉以来，还没有任何一个国家或一个同盟敢说要灭掉楚国，即便是齐桓公和晋文公也不敢，因为会让人笑掉大牙。但是，当伍子胥咬牙切齿地说出那八个字，申包胥不禁打了个寒战，他知道这个人如果想要做一件事，就一定做得到。"你要灭掉楚国，我不能为你鼓劲，因为我是楚国人，不能背叛自己的国家；但是你身负杀父之仇，我也不能阻止你，因为我是你的朋友，你的痛苦我感同身受。"申包胥说，"你走吧，我不会泄露你的行踪，但是请你记住一句话——如果你能灭掉楚国，我一定会恢复它。"

现代人很难理解古人那种从容和坦然，更难理解他们那种举重若轻的说话方式。"你要灭掉楚国？那好，我会恢复它。"轻飘飘的一句话，没有"你不要不自量力"或"你要以大局为重"之类的说教，就如同说"你要掀翻桌子？那好，我会扶起它"那么简单。

倒是伍奢说了一句狠话。

据《左传》记载，伍尚一到郢都，便被拉去和伍奢一同斩首。伍奢在临死之前说："楚君，大夫，其旰（gān）食乎！"

楚君自然是指楚平王，大夫则是指费无极，当然也可以泛指楚国君臣。旰食即晚食，意思是你们等着伍员的报复来临，到时疲于奔命，想按时吃饭都难啰！

伍子胥的神奇复仇路

伍子胥的复仇，无疑是春秋战国史上最具有戏剧性的故事。众所周知，他后来借助吴国的力量，果然达到了消灭楚国的目的。但是关于这一段历史，《左传》的记载很简洁。比如说，伍子胥离开楚国之后是如何来到吴国的，《左传》仅有“员如吴”三个字，简洁之至。司马迁想必看了很不过瘾，于是在《史记》的“伍子胥列传”中加了很长一段传说。而东汉的赵晔更是煞有介事地整了一部《吴越春秋》，将伍子胥的故事说得有滋有味。另外还有一部至今查不出作者的《越绝书》，也对伍子胥多有描述。

综合各家之言，伍子胥的复仇之路应该是这样的——

他首先去到宋国，找到了流亡在那里的大子建。这个决定说明伍子胥是相当有政治头脑的。要想找楚平王复仇，手里头必须有一张王牌，而大子建无疑是他能拿到的最好的王牌。但是他的运气显然不太好，宋国当时正是宋元公时期，华、向二氏作乱，政局动荡不安，没有人顾得上大子建这位落魄的楚国王子。伍子胥和大子建商量，与其呆在宋国耗费时间，不如到其他地方碰碰运气，于是两个人又来到了郑国。

郑定公倒是相当礼遇大子建和伍子胥，让他们住在宾馆里，衣食住行都有专人照顾。也许在郑定公看来，大子建毕竟是楚平王的亲骨肉，说不定哪一天楚平王回心转意要大子建回去呢！这样的客人不能得罪，得好好供着。

但是对于大子建来说，锦衣玉食并非所求，寻回失去的地位才是最迫切的需要。他在新郑住了几个月，按捺不住寂寞，偷偷跑到晋国去见晋顷公。

这个时候的晋国，已经是日薄西山，根本没心思插手楚国的内政。晋顷公更是泥菩萨过江，自身岌岌可危，但他还是摆出大国元首的架子接见了大子建。倾听了大子建的哭诉之后，晋顷公提出一个相当坑爹的建议：“既然郑伯那么信任你，你何不回到郑国去发动一场政变？到时候晋国出兵帮助你，里应外合，把郑国给灭了，你就是郑国的主人。”

大子建怦然心动。回到郑国，他便紧锣密鼓地准备政变。郑定公发现不对劲，派人跟踪大子建的行踪，很快发现他在图谋不轨。结果大子建被抓起来砍了头，伍子胥侥幸逃脱，带着大子建的儿子熊胜偷偷离开了新郑。

以上遭遇使得伍子胥明白，要想报杀父之仇，宋国、郑国甚至晋国都靠不住，非得找吴国不可。但是去吴国的路途充满凶险，因为从河南到江苏，必须经过安徽的大部分地区，这一带，当时正是楚国的版图。而且楚国方面得知伍子胥从郑国逃出，也加强了搜查力度，严防他从眼皮底下逃脱。

诸多传奇故事发生在这一次冒险的旅途中。

在昭关（今安徽省含山县境内），伍子胥遇到了最严密的盘查。当地守将把他的画像挂在关前，过关的行人必须站到画像前，一个个接受对照检查盘问。伍子胥在附近的村落中躲了四五天，一直想不到过关的良策，急得头发都白了。正在这时，一个被称为东皋公的好心老头认出了他，将他和熊胜接到自己家里，又叫来自己的好朋友皇甫讷与伍子胥相见。

原来皇甫讷长得和伍子胥很相似，加上伍子胥一夜白头，使得皇甫讷看起来更像是正版的伍子胥。三个人商议好之后，由皇甫讷假扮伍子胥去过昭关。守关的士兵看到皇甫讷那副紧张的神情，再对照画像一看，立马认定他就是伍子胥，不由分说，将他抓了起来送到长官那里。而真正的伍子胥则趁乱跟着人群通过了昭关。

等到伍子胥走远了，东皋公才拄着拐杖慢慢悠悠地来到关里找守将，向他表示祝贺，并提出要看看伍子胥。东皋公在当地很有人望，守将和他也很熟，于是将“伍子胥”提出来。东皋公一看便笑了：“兄弟你搞错了，这个不是伍子胥，他叫皇甫讷，是糟老头我的好朋友，今天约好了去郊游，怎么被你给抓起来了呢？”

守将大吃一惊，盘问了皇甫讷几个问题，又对着画像反复看了几次，终于承认了一个他不愿意承认的事实：这个“伍子胥”是山寨版的。没办法，他只好把皇甫讷放了。

伍子胥带着熊胜继续东行，一路餐风宿露，还要躲避搜捕，艰辛自不待言。某一日来到长江边上，后有追兵，前有大江，两人只能躲在芦苇荡里，形势十分危急。恰在此时，伍子胥看到一叶扁舟，摇摇晃晃顺流而下。舟上一位渔翁，悠然自得地唱着当地的情歌：

日月昭昭乎寝已驰，与子期乎芦之漪。

芦之漪就是芦苇荡。歌词大意是，情哥哥你呀别着急，等到太阳下山月亮上来，妹妹和你相约在芦苇荡。伍子胥一听便明白了，于是在芦苇荡里一直躲到太阳落山。月亮刚刚挂上天幕，果然又听到渔翁摇着小船回来，这一次唱的是：

日已夕兮，予心忧悲；月已驰兮，何不渡为？事寖急兮，当奈何？

太阳下山了，我心悲伤；月亮高挂了，你怎么还不渡江？伍子胥带着熊胜走出来，上了渔翁的船。他朝着渔翁作了一揖，刚想说话，渔翁制止了他："我知道你是谁，我帮你不为别的，只是同情你的遭遇。"又问："饿了吧？"伍子胥和熊胜都不由自主地点头。从上午到天黑，他们粒米未进，何止是饿？简直是要饿晕了。渔翁说："你们还在这里再等一下，我先给你们弄点吃的来。"

渔翁去后半个多时辰仍没有回来，伍子胥越想越不对劲，这渔翁该不会是故意使诈，诱他们出来，然后去报官了吧？他不禁打了个冷战，想要离开，却又浑身乏力，估计也走不远，干脆又回到芦苇从中躲起来。又过了一会儿，听到渔翁的声音："芦中人啊芦中人，难道你已经离开了吗？"伍子胥不敢吱声，直到确认周围没有其他人，才又现身。

渔翁责备道："我看你们面有饥色，才为你们回去拿食物，你们却躲了起来，难道是看不起我？"

伍子胥连忙赔礼："在下的性命本来属于老天，现在全仗您相救，岂敢看不起！"

渔翁笑笑，奉上鱼汤泡饭。伍子胥和熊胜顾不得优雅，就坐在船头狼吞虎咽起来。渔翁荡起双桨，小船轻快地划开波浪，朝着江那边游去。等到船靠岸，伍子胥和熊胜也吃饱了。伍子胥解下随身佩带的七星宝剑送给渔翁，说："我现在身无分文，无以为报，只有这把祖传的宝剑，价值百金，就送给您做个纪念吧！"

渔翁看都没看那宝剑，说："我要是贪图回报的话，大王悬赏抓你，但凡活捉你的，赏谷五万石，封大夫爵，难道不比你这百金值钱？"伍子胥大为惭愧，将宝剑收起来，又问渔翁姓名。渔翁说："就叫我渔丈人吧！"伍子胥只好再三道谢。渔翁摇船离岸，伍子胥挥手作别，又嘱咐渔翁："请务必掩藏好我们用过的器具，免得被人发现。"

所谓用过的器具，不过就是几只陶碗，洗洗即可，哪里用得着掩藏？渔翁从伍子胥的话中听出：他还是不放心，怕我泄露他的行踪。渔翁长叹一声，道："我这样对你，你却不相信我，罢了罢了，我就让你彻底放心吧！"说罢弄翻渔船，自沉于江中。

伍子胥心思缜密，对人缺乏信任感，由此可见一斑。但是，这个故事，很有可能是后人编造的。《吴越春秋》写到这里，接着又写道：伍子胥来到吴国，在溧阳（今江苏省南部）城内沿街乞讨，有一个女人拿出食物让他和熊胜吃饱，他又对这个女人说了同样的话，"请掩藏好餐具，不要让别人看到了。"那个女人也受不了，毅然跳江自尽。这个故事的不合理之处在于，伍子胥在楚国境内说这样的话还情有可原，到了吴国还这样说就没有任何理由了——吴国又没有悬赏要他的人头，怕什么呢？

不管怎么样，伍子胥经历了千辛万苦，最终抵达了吴国的首都，而且很快见到了吴王僚，这是毋庸置疑的。

他向吴王僚陈述了进攻楚国的诸多好处。吴王僚本来就对当年长岸之战的失利耿耿于怀，一直想找机会挽回面子，听了伍子胥的分析，未免心动。如果不是阖闾从中插一杠，伍子胥的复仇计划似乎马上就能成为现实了。

阖闾对吴王僚说："这个人不过是想利用吴国的力量为自己报仇罢了，无缘无故讨伐楚国，对我们有什么好处？"

吴王僚被浇了一盆冷水，清醒了许多。伍子胥不由得多看了阖闾几眼，只见这个年轻人长着一张养尊处优的脸，白白净净，胡须打理得一丝不苟，穿着打扮十分华丽，一副公子哥儿的模样，很难让人联想到长岸之战中勇夺馀皇的吴军英雄。

“此人不简单。”伍子胥暗想。吴王僚确实是一个值得投靠的人物，但是相比之下，阖闾似乎更让伍子胥一见倾心。而且，从阖闾的眼神中，伍子胥还读到了一种旁人难以察觉的欲望：阖闾并不甘居于吴王僚之下，他想成为吴国的主人。

阖闾有这种欲望是不难理解的。按照吴国“兄终弟及”的传统，夷昧死后，王位本应由季札继承，但是季札拒不接受，那就应该按“父死子替”的原则，由夷昧的长子阖闾即位。没想到僚这个伯父捷足先登，以先王寿梦庶子的身份抢占了王位，阖闾怎么吞得下这口气？

没费多少思量，伍子胥便作出一个重大决定：他要成为阖闾的朋友，而不是敌人。于是话锋一转，对吴王僚说：“这位公子言之有理，您身为国君，确实不应该为了某一个人的私欲而兴兵。”

吴王僚很不悦：“你跟我说了一大通进攻楚国的好处，不就是要鼓动我讨伐楚国吗？”

伍子胥说：“国君是一国之人的国君，不能意气用事，军国大事尤其如此。如果为了下臣而兴兵，不是为君之道，请您三思。”

阖闾意味深长地看了伍子胥一眼，伍子胥的眼神和他一接触，赶紧闪开，装作若无其事的样子。这一看一闪，两个人便勾搭上了。吴王僚却没有注意到这一幕，更没有想到这次会面会给他带来灭顶之灾。

伍子胥见过吴王僚之后，便主动引退，带着熊胜过起了躬耕于野的隐居生活。当然，所谓躬耕，恐怕只是掩人耳目，每个月都有人从阖闾府上给他们送来吃用之物，日子过得还是蛮惬意的。

伍子胥给阖闾的回报是一个人。

这个人名叫专诸。据《吴越春秋》记载，伍子胥在逃亡途中，见到专诸在路上和人发生争执，对方人多势众，专诸浑然不惧，怒目圆睁，“有万人之气”，把对方逼得节节后退。然而就在这个时候，专诸的老婆倚在门口娇滴滴地唤了一声：“诸，你还不回家吃饭？”专诸立马泄了气，顾不得打人，老老实实回家吃饭。伍子胥觉得又好气又好笑，拦住他问："你一个大男人，刚刚还在大发雷霆，怎么老婆一句话就把你弄得服服帖帖了呢？"专诸横了他一眼："你看看我，看仔细点，我像是个傻瓜吗？""不像。""那你说话为什么那么粗鲁？告诉你，我是屈居一人之下，万人之上，明白吗？"伍子胥一听，满肚子不屑立马化为敬佩之情，当即向专诸赔礼道歉。专诸见伍子胥仪表堂堂，想必不是一般人，也请他到家中一叙，两人竟成莫逆之交。

自古以来怕老婆还振振有词的，专诸当属第一人。冯梦龙写《东周列国志》到这一节，也许觉得怕老婆这种事非英雄所为，便将那女人的身份改为专诸的老母。这样一来，百善孝为先，专诸头上的光环便又增加一圈了。

伍子胥将专诸引见给阖闾，阖闾天天给他吃好的喝好的，小心伺候着，甚为谦恭。如此过了一段日子，专诸终于对阖闾说："您有什么要我做的，尽管开口吧！我一介野人，能得公子如此礼遇，便是丢掉性命也在所不惜。"

阖闾等的便是这句"在所不惜"，当下屏退左右，直截了当地告诉专诸："吴王之位本该是我的，现在却被他人占据，我想请您杀了他，帮我夺回王位。"

阖闾说得轻松，专诸却知道这真是要拿他的性命去报答这段日子的养尊处优——吴王僚身边护卫众多，防备周密，无论刺杀成功与否，刺客活着回来的概率基本为零。他沉吟了片刻，一个大胆的计划出现在脑子里，问道："吴王最喜欢吃什么？"

阖闾说："鱼。"

专诸说："那就请您派我去太湖学厨艺吧，给我三个月时间，我一定做出吴王最爱吃的鱼。"

阖闾说："好。"

专诸从此在太湖学习厨艺，伍子胥依旧在装模作样地"躬耕"。

这期间，吴国加快了进攻楚国的步伐。

公元前519年，吴王僚亲率大军进攻楚国的州来。楚平王派令尹阳匄和司马薳（wěi）越带领楚、顿、胡、沈、蔡、陈、许七国联军救援，在钟离（今安徽省境内）与吴军相遇。大战在即，楚军统帅阳匄突然发病身亡，联军气势为之一挫。阖闾对吴王僚说："诸侯从楚者甚众，然而都是小国，害怕楚国迫害自己，所以不得不来。现在我军在人数上比敌军少，但是我听说，胡、沈之君年少轻狂，陈国大夫年富力强却顽固不化，顿、许两国早就对楚国心怀不满，七国同赴一役却各安心思，没什么可怕的。如果集中力量先打击胡、沈、陈三国军队，必定可以将他们击溃。三国先败，其他各国就动摇了，楚军也将失去控制。请派人装出防备不周的样子引诱敌军进攻，将精兵强将留在后方给予痛击。”

吴王僚接受了阖闾的建议。

同年七月，两军在鸡父（今河南省境内）交战。吴王僚从国内调来囚犯三千人，让他们作为先锋进攻胡、沈、陈三军。

囚犯哪有什么军纪？胡乱披着盔甲，乱哄哄地冲过来，刚一接触便溃不成军，有的还知道逃跑，有的竟然傻乎乎地站在那里等死。三国军队一看，原来是个软柿子，不由得喜出望外，也乱哄哄地跑出来抓俘虏和争抢战利品。就在此时，吴军突然发动进攻，以吴王僚为中军，阖闾为右军，公子掩馀（亦为吴王寿梦之子）为左军，猛扑向三国军队。三国军队措手不及，败下阵去。

吴军却不急于抓俘虏，将败军驱赶着冲击许、蔡、顿三国阵地，这三国军队也很快崩溃。楚国人一看大势已去，走为上计，不等吴军进攻便“大奔”了。

这一战，史称鸡父之战。吴国夺取了军事重镇州来，从此“去江路而阻淮为固，扼楚咽喉为进战退守之资”，在战略上对楚国处于攻势。

且说大子建被楚平王废黜后，他的母亲也被遣返蔡国的郹（jú）阳（今河南省新蔡附近）居住。这一年八月，这个女人给吴王僚写了一封密信，请吴国人进攻郹阳，她愿意当内应开启城门。于是同年十月，阖闾带兵奔袭郹阳，将楚国存放在当地的宝器席卷一空，而且将大子建的母亲迎回了吴国。

不难看出，鸡父之战后，吴军有了深入楚国腹地作战的能力，楚国的安全受到严重威胁。司马薳越率众追击阖闾。吴军来去如风，等他赶到新蔡，阖闾已经安然返回吴国了。

薳越作为司马，防备不周，追敌不及，按照楚的法律当处死。部下劝他讨伐吴国以求获胜免死，薳越却没有了勇气，说：“国君夫人都被人抢走了，我死罪难免。如果再跑到吴国去打一次败仗，就算是多死一次都不够抵罪了。”于是自缢身亡。司马尚且如此，可见楚国在遭受了连续两次重大打击之后，上下都弥漫在一种失败的情绪之中，士气萎靡不振。

阳匄死后，囊瓦接任令尹。囊瓦是公子贞的孙子（公子贞是楚共王的弟弟，曾在楚共王和楚康王年间担任令尹），这位贵胄之后生得玉树临风，却是外强中干。据说楚灵王年间，晏婴出访楚国，囊瓦当时担任楚灵王的戎车车夫，曾向晏婴挑衅：“我听说王侯将相，都有魁梧俊美之相，因而能立功当代，留名后世。您身长五尺，力不能缚鸡，不觉得羞愧吗？”晏婴回答：“当年侨如身长九尺，而被鲁国所杀；南宫长万神力盖世，却死于宋国。你长得那么高大，还不是只能为楚王御马吗？”将囊瓦弄了个大红脸。

囊瓦上台的第一件事便是加固郢都的城墙，这也是时势所逼——谁知道那些不要命的吴国人会不会突然杀到郢都来呢？但是左司马沈尹戌对囊瓦的未雨绸缪持批评意见：“子常（囊瓦字子常）这样做，不是保护郢都，而是灭亡郢都。如果人不能卫国，就算城墙加得再高也是无益。现在关键任务是提振士气，克服对吴国的恐惧之心，这个时候修城，不是加重了大家的恐惧么？”

囊瓦小心翼翼，楚平王却又过于冲动。公元前518年十月，楚平王亲率水军巡视吴楚边境，想为去年的两次失败挽回一点面子。沈尹戌又提出批评：“这一次行动，楚国必定失地。不安抚百姓而滥用民力，吴国动态不明而轻举妄动。如果吴军发动突袭，又没有应变的预案，怎么能够不吃亏？”

楚平王不理会这些，在豫章（今江西省境内）接受了越国人的犒劳后才返回楚国。吴国人趁其不备，突然袭击了钟离和居巢（今安徽省境内），将这两座城市焚为灰烬。

这一次，楚平王也吓坏了，马上派人加高州屈（今安徽省境内）和丘皇（今河南省境内）的城墙，修复居巢和卷地（今河南省境内）的外城。一时之间，楚国人心惶惶，如临大敌。这个自古以来给中原带来战栗的国家，现在第一次尝到了恐惧的滋味。

公元前516年九月，楚平王去世，他和秦国公主所生的儿子熊珍时年八岁。囊瓦想立楚平王的庶兄宜申为君，对群臣说："大子年幼，其母也不是先王的嫡妻，本来是先大子建的女人。子西（宜申字子西）年长，而且品德高尚，不立他立谁？"没想到第一个起来反对的便是宜申本人，他怒斥囊瓦："你这完全是乱来！大子是先王确立的，岂能说废就废？他的母亲乃是堂堂的秦国公主，可以为楚国带来强大的外援，不是嫡妻又有什么关系呢？你这不是为我好，是想把我往火坑里推。如果你再在这件事上说三道四的话，我就发动楚国人起来杀了你！"囊瓦被骂得狗血淋头，不敢反驳，最终决定还是立熊珍为君，也就是历史上的楚昭王。

俗话说，冤有头债有主。楚平王既死，伍子胥心头的怨恨本来也应该烟消云散，但是据《吴越春秋》记载，伍子胥得知楚平王去世，大笑三声，大哭三声，对熊胜说："没想到他现在就死了，我该找谁去报仇？不过没关系，只要楚国还在，我就没什么好担心的！"言下之意，楚平王死了没关系，他的账可以算到楚国头上。

熊胜听了，默然不语。

刺客助阖闾上位

公元前515年春天，楚平王尸骨未寒，吴国再度对楚国发动进攻。吴王僚的两个同胞弟弟——公子掩馀和公子烛庸奉命包围潜城（今安徽省境内）。此前连续几次重大军事胜利使得吴王僚信心爆棚，除了进攻楚国，还派一向不理政事的公子季札出使晋国，"以观诸侯"，大有问鼎中原之势。

然而他忽略了两个重要的问题：第一，此前的军事胜利，都是阖闾为他取得的；第二，阖闾觊觎王位已久，只是苦于找不到机会下手。

楚国人对吴国的进攻采取积极防御。莠尹然、王尹麇先行救援潜城，左司马沈尹戌亲率精锐的王卒作为后应，令尹囊瓦率领水师沿江东下。就在掩馀和烛庸犹豫不决之际，楚将左尹郤宛和工尹寿抄了吴军的后路，将他们包了饺子。

消息传到吴国，阖闾的第一反应是"机不可失，时不再来"。他将专诸找来说：“我听说中原有句古话，求人不如靠自己。自己不去索取，就不会有收获。吴王这个位置，本来就应该是我的，现在该是行动的时候了。”

专诸说：“为了这一天，我已经准备了两年，您再不动手，我就只好改行做厨子去了。但是有一件事必须提醒您，就算我杀了他，只要季札反对，您还是当不了吴王。”

季札在吴国德高望重，而且比阖闾更有继承权，他如果有意见的话，阖闾确实难以如愿。但是对于阖闾来说，这事早已考虑过了，而且不成为问题：“季札？他不是被派去出访晋国了么？等到他回来，生米已经煮成了熟饭，他还能废掉我？”

专诸说：“那就好。另外还有一件事，我上有老母，下有幼子，如果我不在了，谁来照顾他们？”

阖闾郑重其事地说：“我，就是你。只在我活在这个世上，就好比你活在世上。”

话说到这个份上，专诸想不干都不行了。同年四月，阖闾请吴王僚到家里赴宴：“下臣新近得了一个厨子，做得一手好菜，尤其善于做鱼，堪称天下一绝。恳请大王屈尊光临寒舍，尝尝他做的太湖烩鲤鱼，不是一般美味！”吴王僚欣然应允。

宴会那天，阖闾在地下室埋伏了数百名死士。吴王僚也不是吃素的，从宫中至阖闾府上，全线封路警备；阖闾家中从门至阶，从阶至户内，以至于户内之席，全部派有全副武装的王宫卫士守卫。厨子传菜进来，在门口先脱光衣服接受检查，然后穿上宫里带来的衣服，双手举案，跪行而入。而且两侧各有数名卫士，手执铜铍（一种双刃剑，外表类似于刀）夹送，刀刃直抵厨子的肌肤，只要厨子稍有异动，即刻可将其碎尸万段。

等到专诸将要上鱼的时候，阖闾上前给吴王僚敬酒，突然失足摔倒在地。吴王僚忙将他扶起来。阖闾致歉说：“昨日下车不小心崴了脚，医生给敷了药，今天还没有痊愈，请大王原谅，下臣出去叫医生再看一下，马上回来。”

吴王僚喝了不少酒，已经放松了警惕，道：“快去看看。”阖闾刚退下，室外飘来一阵鱼香，吴王僚一闻到那香味便食指大动，肚子里那条馋虫已经被勾了起来。只见专诸换好了衣服，在四名卫士的“挟持”下端着菜跪行进来。

吴王僚斜着眼看了专诸一眼：“你就是那个做鱼的专诸？”

专诸低着头说：“是。”

吴王僚又问：“这菜叫什么？”

专诸说：“是小人独创的太湖烩鲤鱼。”说着将案举高，给吴王僚详视。这鱼显然比一般的鲤鱼大，虽然已经被烹饪得香气四溢，却又栩栩如生，令吴王僚好不惊奇。四名卫士也放松了警惕。说时迟，那时快，专诸突然手一翻，从鱼嘴中抽出一把精光闪闪的短刃，送入吴王僚的咽喉，直至没柄。

吴王僚立刻断气，专诸则被一拥而上的王宫卫士剁成了肉酱。阖闾的伏兵从地下室冲出来，经过一场恶斗，将吴王僚的随从全部杀尽。从此中国的历史上多了一把名刃——“鱼肠剑”，后人写到此剑，无不将其说得神乎其神，即便是倚天屠龙也难望其项背。然而那仅仅是一把普通的剑，而且此后便杳无踪迹，如果有人宣称发现了鱼肠剑，定是山寨产品。

专诸若死后有知，应当感到欣慰的是，阖闾当上吴王之后，立刻将他那未成年的儿子专毅封为上卿，也算是言而有信了。而伍子胥也获封“行人”，即帮办外交的官员。但是这位行人可以自由出入阖闾宫中，参与军国大事，显然不是一般的待遇。

另外值得一提的是，果如阖闾所料，季札从晋国回来，对阖闾自立为王并没有发表什么意见，反而说：“只要先王的祭祀不断，社稷有人主持，国家没有被颠覆，就是我的君王，我能有什么怨言？只能哀悼死者，侍奉生者，听从天命的安排。”

有人说：“那阖闾以下犯上，弑君为王，您也能接受吗？”

季札说：“人又不是我杀的，我只知道服从现任君王，这也是先王之道。”于是到吴王僚的墓前哭祭复命，然后到阖闾的朝堂上听命。

毫无疑问，季札的这种姿态，对于稳定阖闾政权起到了极其重要的作用。

关于阖闾与刺客，还有一个故事流传甚广。

吴王僚在命掩馀、烛庸进攻楚国的同时，不但派季札出使晋国，还派自己的儿子庆忌出使郑、卫等国，以求外援。后来吴王僚被杀，庆忌开始并不知情，使命完成后如期回国。阖闾亲率大军在长江边上截杀，庆忌发觉不对劲，掉头就跑，速度之快，连马车都赶不上。阖闾急命弓箭手乱箭追射，庆忌头也不回，以手接箭，竟然没有一支箭能够射到他身上。

庆忌逃到卫国，成为阖闾的一块心病。但是要除去庆忌，比杀死吴王僚还难上一百倍。阖闾想来想去，没有别的办法，只好又去找伍子胥帮忙。

这一次，伍子胥表现得不太乐意，原因很简单：专诸只有一个，已经跟吴王僚同归于尽了，现在又要杀庆忌，那庆忌有万夫不当之勇，而且不在国内，怎么杀得了呢？于是对阖闾说："下臣使用阴谋诡计，为大王杀死了僚，今天又商量着要杀他的儿子，恐怕天理不容。"

伍子胥话说得很重，阖闾却毫不在意地说："当年周武王灭商，诛杀纣王，后来又处死了纣王的儿子武庚，天下有谁认为他做错了？庆忌一天不死，寡人一天不安，随时得防着他回来抢夺王位，还怎么为你报仇？"

这句话点中了伍子胥的死穴。他思索片刻，对阖闾说："大王一定要杀庆忌，那下臣再推荐一人。"《吴越春秋》记载，伍子胥就像一个兜里装满大杀器的哆啦A梦，只等阖闾来索取。这一次他推荐的杀手名叫要离。

要离是吴国人。但是要介绍要离，还得从一个名叫椒丘欣的人开始说起。

椒丘欣是东海人氏，受齐侯之命出使吴国。经过淮河渡口的时候，命人牵着马到淮河饮水。守渡口的官吏好心提醒："水中有神，特别喜欢吃马，您还是别在这里饮马，等过了淮河再说。"椒丘欣不以为然："怕什么，有我这样的壮士在此，神哪里敢动手？"于是坚持饮马。不料马刚碰到水，突然刮起一阵怪风，将四匹马席卷而去，沉入河中。官吏说："您看，不听我的，这下好了，马都被神拿走了吧！"椒丘欣大怒，脱了衣服，持剑入水，找神决战。一时间，江面上狂风大作，巨浪滔天，持续了三日三夜，等到椒丘欣从水中出来才平息。

人们关切地问："战果如何？"

椒丘欣得意地说："打了个平手。我斩断他的一只手，他刺伤我的一只眼。"人们这才留意到，椒丘欣的一只眼睛已经瞎了。

椒丘欣就这样睁一只眼闭一只眼地来到了吴国。有一天跟一群朋友坐在一起吃饭，说起在淮河大战水神的故事，椒丘欣洋洋得意，盛气凌人，言语之间对吴国的诸位君子多有冒犯。当时要离也在座，脸上露出不屑之色，对椒丘欣说："我听说勇士是这样的，与太阳作战面不改色，与鬼神作战毫不腿软，与人作战默默无声。要么战胜，要么战死，不受其辱。现在您与河神作战，马也丢了，眼睛也瞎了，落了个身体残废，徒有虚名。真正的勇士，是看不起您的。我实在不理解，您为什么不与河神作战至死，反而好意思在我们面前吹嘘？"椒丘欣闹了个大红脸，当场就要打要离，被大伙劝住，酒席不欢而散。

要离回到家，对老婆说："我今天得罪了一个狂人，他咽不下这口气，晚上肯定会来找麻烦，你千万别关门，关门就显得我怕他了。"

那天晚上，椒丘欣果然摸到了要离家。只见大门敞开，二门不闭，连卧室的门都没关，要离直挺挺地睡在榻上，睡得正香。椒丘欣拔出宝剑，抵着要离的咽喉说："你有三个必死的理由，现在我就来取你的人头，你还在这里装睡？"

要离嘴角露出一丝微笑，睁开眼说："哪三个？"

椒丘欣说："第一，你当着大家的面侮辱我；第二，夜不闭户；第三，睡觉不防备偷袭。这三条理由，够你死一千次了，别怨我。"

要离还是不慌不忙："我有三个必死的理由，你却有三大不肖之处，想听听吗？"

椒丘欣"哼"了一声，道："剑在我手上，什么时候杀你取决于我，你就说吧！"

要离说："第一，我当着那么多人的面侮辱你，你却没有当场杀死我，胆儿小；第二，你偷偷进我家的门，既不在门口咳嗽一声，也不故意放重脚步让我知道，形同窃贼；第三，我手无寸铁，你拿着宝剑还要抵着我的咽喉才敢跟我说话。有这三条理由，你敢说自己不是宵小之辈吗？"

椒丘欣大为惭愧，将剑扔在地上说："我自恃勇敢，别人都不敢正视我，您的勇气还在我之上啊！”

伍子胥跟阖闾讲了要离的故事，阖闾觉得这个人正是刺杀庆忌的不二人选——庆忌武功盖世，找高手去杀他是不现实的，一旦引起他的怀疑，连动手的机会都没有。倒是要离这种武艺平平的，胆大心细，很有可能接近庆忌，可以杀他个出其不意。

但是当阖闾见到要离本人，对他能否完成任务还是产生了怀疑。因为要离实在是太瘦了，一副弱不禁风的样子。要离看出了阖闾的担心，说：“下臣身体单薄，迎着风站一会儿就僵硬了，背对着风则一下被吹倒。但是只要大王有令，我就一定能完成。”

阖闾干笑两声，沉默良久，说：“庆忌的武勇，举世闻名，万夫莫当。先生有心替寡人解忧，寡人心领了，只不过这件事对您来说恐怕太难了。”

要离说：“说难也不难，只要您下定决心，没有办不到的事。”

阖闾说：“庆忌不但武勇，而且聪颖过人，警惕性很高，只怕您难以接近。”

要离说了一句此后遗臭万年的话：“我听说，安于家庭之乐，不为君王服务，乃是不忠不义之人。请让我装作得罪您，您杀了我的妻儿，斩断我的右手，再放我逃跑，这样的话，庆忌必定会相信我。”

读史至此，倒吸一口凉气。

阖闾却大为愉悦。对于统治者来说，需要的不就是这种视妻儿如草芥的“忠义之士”吗？他走下朝堂，对着要离深深作了一揖，道：“那就拜托先生了。”

不久之后，要离因为在朝堂上出言不逊顶撞阖闾，被斩断右手，驱逐出境。他的老婆和孩子也被逮捕，“焚弃于市”。

要离一路走，一路向别人诉说他的冤情，辗转来到卫国，求见庆忌，说：“阖闾无道，世人皆知，我不过是当面劝谏了他两句，便落得如此下场。”庆忌一看，这个人被阖闾整得家破人亡，半身残废，真是够惨的，便将他留下。过了一段日子，庆忌对要离越来越信任，让他跟在自己身边，寸步不离。

有一天庆忌乘船渡过黄河，只带了要离和几名卫士。庆忌立于船头欣赏黄河壮观的景色，要离有意无意站到上风的位置。趁其不备，悄悄拿起短矛，借着风势狠狠地刺穿了庆忌的身体。庆忌突然受此重创，竟然屹立不倒，反手抽出短矛，鲜血喷涌而出，迅速染红了船板。要离死死抓住矛柄，还想再刺。庆忌单手一使劲，将要离连人带矛提起，浸入河中，连浸三次，然后提上来，扔在甲板上。这时候，庆忌也因失血过多，快撑不住了。卫士们一拥而上，拿刀抵着要离。庆忌脸色苍白，不怒反笑，对左右说："天下敢行刺我的人，恐怕只有这小子了！"卫士们想杀了要离，庆忌阻止道："这是勇士啊，岂可一日而杀二勇士？我死之后，你们切不可为难他，让他回去复命。"

庆忌死后，要离果然被放走，庆忌的卫士还护送着一路南下。乘船渡过长江的时候，要离站在船头，默默无语，一副若有所思的样子。船到江心，他半是自言自语，半是说给旁人："我牺牲了自己的老婆孩子来侍奉君王，是不仁；为了新君而杀死旧君的儿子，是不忠；受了人家的恩惠而侥幸活命，是不义。有这三条罪状，我哪里还有脸活在世上？"说完跳江而死。

要离刺庆忌的故事，在中国历史上流传很广，而且常常被引为信史，但严肃的历史学家一般认为编造的成分居多，甚至可能完全是出自杜撰。

不管怎么样，阖闾最终铲除了国内的反对力量和潜在威胁，坐稳了吴王的宝座。伍子胥也因此立功，成了阖闾的亲信。

据说，阖闾曾经问伍子胥："寡人想要使吴国变得更加强大，称霸天下，您有什么建议？"伍子胥的反应是下跪，流泪，磕头，说："下臣不过是从楚国流亡而来的外乡人，抛弃了自己的父兄，让他们死无葬所，魂无祭祀。在楚国获罪受辱来投奔大王，您不加以责备就万幸了，哪里敢参与政事？"阖闾心想，别装了，你做梦都想着利用吴国的力量来为自己报仇，怎么突然谦虚起来了？但嘴里说得依然很客气："如果不是您，寡人现在还屈居人下。今天诚心向您请教，您怎么打起了退堂鼓呢？"伍子胥继续撒娇："下臣听说给君王排忧解难的人，看似风光，其实危险。只要问题解决了，就会被君王抛弃。"阖闾一听，有点不耐烦："您放心好了，寡人不是那种人。说正经事，吴国偏安东南，交通不便，沼泽众多，常闹水灾，国家无险可守，老百姓没有依靠，仓库里没有几颗存粮，田地都荒废在那里，该怎么办？”

伍子胥不敢再废话，老老实实回答：“治国之道，安君治民是上策。吴国的起步较晚，基础设施不完善，必须先修缮城池，加强守备，发展经济，整顿武库。”

阖闾很高兴：“寡人便将任务交给您了，大胆去干吧！”

伍子胥于是主持修建了吴国的首都，也就是后来的姑苏城。这座城的特别之处，不在于大，在于其因地制宜，暗合风水，借天地之气威慑邻国。据《吴越春秋》和《越绝书》介绍，伍子胥修建的姑苏城，其实是一大一小两座城。大城周长四十七里，设城门八座，水门八座。小城周长十二里，设城门三座，皆有门楼，分别位于西、南、北三个方位。小城的西门称为阊（chāng）门，因传说中的天门阊阖而得名，又名破楚门（楚国在吴国西面）；南门称为蛇门，门上有木蛇，头在北尾在南，象征着越国向吴国臣服（越国在吴国东南）。

姑苏城建好之后，吴国终于有了个像样的都城。阖闾又请来名匠干将为他铸造兵器。干将是吴国人，以善铸剑闻名于世，他的老婆莫邪也是铸剑高手，男女搭配，干活不累。夫妻二人接受阖闾的委托，要为他打造一把盖世神兵。他们使用上等好铁，采日月之精，集天地之华，炼了七七四十九天，竟然达不到沸点，无法使铁熔化。

干将很郁闷，心想碰到鬼了，不可能啊！莫邪也是百思不得其解，说：“您以善于铸剑而闻名天下，大王请您造剑，却是三月不成，难道是老天有意阻挠？”

干将垂头丧气道：“我也这是这么怀疑。”

莫邪说：“我听说自古以来，神物出现在世上，必须要有人点化，您是不是忘了这茬儿了？”

干将一拍脑袋：“是哦！当年我师傅造剑，也遇到过这种情况，最后他们夫妻两个都投入冶炉中，拿身体当燃料，才将金铁熔化。我们是不是少放了点什么？”说着脸上露出一丝古怪的笑容，直盯着莫邪看。

莫邪被他看得浑身不自在，说：“这有何难？”操起一把剪刀，刷刷剪下一把头发，又将手指甲剪下，一把扔在冶炉中。说来也奇，那火“腾”的一下就起来了。干将一看，有戏！连忙驱使童男童女三百人加炭鼓风。眼见火苗越蹿越高，那坨黑乎乎的金属物终于开始熔化。夫妻二人大喜，趁热打铁，日夜赶工，最终铸造出一对宝剑。人有夫妻，剑有阴阳，这对宝剑分别被名为干将、莫邪。干将略长，剑身装饰阳文；莫邪略短，剑身装饰阴文。

人干将留了点心眼，将剑莫邪献给了阖闾，偷偷留下了剑干将。阖闾是识货之人，一看这剑便喜欢上了，佩在自己身上。但是令人不解的是，有一年鲁国的权臣季孙意如访问吴国，阖闾竟然主动割爱，要将莫邪赠予季孙意如！更让人难以相信的是，季孙意如将剑拔出仔细端详，竟然发现剑锋居然有一粒黍米大小的残缺！但这残缺并不影响莫邪给季孙意如带来的震撼，他感叹道："即便是中原最高明的剑师，也不能造出这等好剑！此剑出世，吴国必成霸业。只不过剑有残缺，乃亡国之兆。我虽然爱不释手，哪里敢接受？"将剑奉还阖闾。

《吴越春秋》写的这个故事已经相当怪异，相比之下，《搜神记》的记载更为离奇。

《搜神记》中，干将、莫邪变成了楚国人，不是给阖闾铸剑，而是给楚王（也不是知道是哪一任）铸剑，花了三年功夫才铸成雌雄二柄。当时莫邪怀孕快要生产了，干将说："我知道楚王的为人，为了不让我给别人铸剑，他一定会杀掉我。孩子出生后，如果是男的，长大成人后让他给我报仇。"

干将拿着雌剑去见楚王。楚王叫人去仔细查看。验剑的人是个高手，看出了问题，说："剑有两把，一雌一雄，雌剑带来了，雄剑没有带来。"楚王大怒，就把干将给杀了。

莫邪生下的儿子叫赤。后来长大了，从莫邪那里听到了父亲的故事，成天想着要找楚王报仇。可巧的是，楚王做了一个怪梦，梦见一个男子，眉间广阔，约一尺宽（真够有面子），拿着干将铸的雄剑，要找他报仇。梦醒之后，楚王悬重赏捉拿这个男子。赤听说这件事，赶紧逃到山里（没办法，这副尊荣太好认了）。

赤在山里遇到一位侠客。侠客听说了他的遭遇，深表同情。侠客说："我也听说楚王以千金重赏购买你的脑袋，你想接近他就难了。但是如果把你的脑袋和剑都交给我，我一定可以为你报仇。"赤想都没想就说："太好了！"挥剑自杀，双手捧着脑袋和剑，交给了侠客。

侠客提着赤的脑袋去见楚王。楚王一看，正是梦中人，十分高兴。侠客说："这是勇士的头，应当用大汤锅煮。煮烂了，它才不会作怪。"楚王照他的做了，结果三天三夜也没煮烂。那头还不时跳出汤锅，瞪着眼睛充满愤怒地看着他，好不吓人！侠客说："请大王亲自到锅边一看，就一定能煮烂。"楚王信以为真，走近去看，侠客突然拔出雄剑，把楚王的脑袋也砍落了汤锅。两个头在锅里就互相咬起来。不等卫士们上前，侠客又将自己的头砍了下去。三个头咬了一阵，都煮烂了，没法分辨。人们只好把这锅肉汤分成三份埋葬了，笼统称为"三王墓"。据说到了东晋年间，这三王墓还在。这样的故事，姑妄听之吧。

《吴越春秋》还记载，阖闾得到莫邪后，还不满足，又命人在国中制造金钩，也就是大名鼎鼎的吴钩。他下令说，能够造出好钩的，赏百金。一时间，吴国全民造钩，大有当年大炼钢铁之势。

有一个人特别向往成功，剑走偏锋，将自己的两个儿子杀了，以血祭炉，造了两把钩，拿去献给阖闾，请求得百金之赏。阖闾说："这么多人给寡人献钩，只有你敢主动求赏，你这钩有什么特别之处吗？"那人说："我为了造这对钩，杀了自己的亲生儿子，您说特不特别？"阖闾将钩拿在手里左看右看，看不出名堂。那人长啸一声，对着钩呼喊两个儿子的名字："吴鸿，扈稽，我在这里，让大王看看你们的神奇。"话音刚落，两把钩从阖闾手中挣脱而出，飞向那人，贴在他的胸前。阖闾大惊，说："哎呀，寡人实在是对不起你。"于是赏了那人百金，将那两把钩佩在自己腰间，从不离身。

上述故事，荒诞不经，仅供参考。在此笔者想说的是，中国人其实没那么不择手段。

战神孙武的第一堂训练课

阖闾终于如愿以偿，铲除了国内外的政敌，稳稳当当地坐在了吴王的宝座上。但是，仍然有两个人让他不放心，那就是吴王僚的两个亲弟弟公子掩馀和公子烛庸。

吴王僚被杀的时候，掩馀和烛庸正带兵在潜城打仗，而且被楚军抄了后路，形势十分不妙。国内发生政变的消息成为压垮这支军队的最后一根稻草，掩馀和烛庸在混乱中逃跑，一个跑到徐国，一个跑到钟吾。

公元前512年夏天，阖闾即位第三年，派人向徐国和钟吾索要两位公子。两个人不约而同逃到了楚国。楚昭王时年十一岁，军政大权由令尹囊瓦把持。对于两位吴国公子的来奔，囊瓦表现出极大的热情，将他们安置在养城（今河南与安徽交界），赐予大量的土地和奴仆，还派左司马沈尹戌为他们修筑城池。

阖闾大怒，于同年冬天率军灭钟吾，伐徐国。徐国人拼死抵抗，吴军在城外筑堤，引山水灌城，留下了中国最早的筑堤引水攻城纪录。徐子章禹剪断自己的头发，带着夫人出城投降。吴越的风俗，男子不蓄长发（文身断发）。章禹此举，自是向阖闾表示臣服之意，与当年明朝遗民蓄起小辫子是同一个道理。阖闾倒也宽容，好言安慰了几句，就将章禹放跑了，还让章禹的几位近臣跟着他，一同逃向楚国。

楚国派沈尹戌率军救援徐国，但是又慢了半拍，只好将章禹迎至城父（地名，今河南省境内）安置下来。

阖闾问伍子胥："当年我想讨伐楚国，知道必能成功，但那是为他人做嫁衣，功劳都给了别人（指吴王僚）。现在我当国君了，您给我出出主意，该怎么对付楚国？"

伍子胥说："楚王年幼，囊瓦又是个无能之辈，难以服众。楚国现在是政局混乱，没有主心骨。咱们可以将部队一分为三，轮流袭扰楚国。楚国人不明里就，只要听说我军犯境，必定全师而出。他出我归，他归我出，搞不了几次，他们就疲劳了，就会放松警惕。到那时，咱们再全军出击，必获全胜。"

伍子胥分析得很对，楚国政局混乱，主要是因为囊瓦昏庸无能。

《左传》记载，楚国左尹郤宛正直温和，在老百姓中享有很高的声誉。右领（官名）鄢将师嫉妒郤宛，与费无极商量要除掉他。费无极便在囊瓦面前说郤宛的坏话。当然，光说坏话是不够的，费无极还有一套拿手好戏，当年用来对付朝吴，现在又用来对付郤宛。

他对囊瓦说："郤宛托我来跟您说，想请您到他家里做客。这小子，八成是知道您对他有意见，想讨好您吧！"囊瓦腆着个大肚子，笑眯眯地说："这个嘛，他愿意向我靠拢，我是不会拒绝的。"费无极说："您大人有大量，难怪能当令尹。"转身又跑到郤宛那里说："令尹主动提出要到您家里喝酒呢！”

郤宛正直温和，却缺少政治智慧，看不透费无极翻云覆雨那一套。听说囊瓦要登门拜访，觉得受宠若惊，说：“哎呀，我不过是一介下臣，怎么敢辱没令尹啊！”费无极说：“瞧您说的！什么辱没不辱没？您是楚国的重臣，在朝野又极具声望，令尹亲自上门，也是应该的。”郤宛说：“可是我家财微薄，拿不出什么像样的东西招待令尹啊！”“这样啊？”费无极抓耳挠腮想了一阵说，“也没关系，令尹这个人最好甲兵，您就准备几副盔甲兵器献给他吧！”

郤宛虽然穷，好歹也是一员武将，家里倒是不缺武备。当下带着费无极到仓库看了一圈。费无极挑出五副盔甲、五柄长戈，道：“将这些东西陈列在门道里。令尹来了看到，必定点评两句，您就顺势献给他。”

郤宛心想，都说费无极是个小人，果然有些小聪明。给领导送礼嘛，第一是要送对东西，第二是要找对时机，第三是要让领导收得自然。不仔细揣摩，谁想得出这么好的主意？于是按照费无极的建议，到了请囊瓦吃饭那天，以布为帷，将五副盔甲长戈陈列在里边。

囊瓦欣然前往郤宛家，半路杀出一个费无极，气喘吁吁地扒在车旁说：“我差点害了您！郤宛请您吃饭，原来是要对您不利，甲士都埋伏在门边了，请您赶紧回去！”囊瓦吓了一跳，派人前往郤宛家一打探，果不其然！他赶紧回到令尹府，把鄢将师叫过来交代一番。鄢将师早有准备，从令尹府一出来，便带着队伍直奔郤宛家，将屋前屋后包围得严严实实，还发动郢都百姓进行火攻。

郤宛情知上当，羞愧难当，拔剑自杀。老百姓素来喜爱郤宛，都不愿意听命于鄢将师。鄢将师宣布：“不参与火攻郤者，与其同死罪！”老百姓一听，没办法，必须得上啊！于是有的拿一叶枯草，有的拿一段秸秆，懒洋洋地扔在郤家院外。这火烧了半天，怎么也烧不起来。鄢将师恼羞成怒，命令“闾胥里宰之属”也就是街道办的主任们亲自动手，这才将郤宛的房子点着了（关键时刻，还是要靠干部啊）。郤宛全家都死在火海中，只有他的儿子伯嚭（pǐ）逃到了吴国，被阖闾封为大夫，与伍子胥共事。

城门失火，殃及池鱼。郤宛的朋友阳令终（前任令尹阳匄之子）

及其两个弟弟、大夫晋陈及其家属都在这次事变中被杀。晋陈的族人奔走相告："鄢将师、费无极欺我主年少，祸乱楚国，蒙蔽令尹，滥杀无辜。"一时间，朝野议论纷纷，囊瓦的声望降到了极点。

沈尹戌对囊瓦说："郤宛和阳令终有什么罪？您这么草率就杀了他们，导致流言四起，至今不休。我听说，仁者即便为了消灭谣言，也不至于要杀人。您却因为杀人而受到非议，又不想办法去弥补，让我觉得很难以理解。那费无极本来就是个小人，全楚国都知道，朝吴、大子建、伍奢等案，都是出自他的手笔。这个人遮蔽大王的耳目，使之耳不聪目不明。不然的话，以先王（指楚平王）的温惠恭俭，就算相比成王、庄王也有过之而无不及。先王之所以不能成就霸业，费无极罪不可赦！现在他又来祸害无辜，屠杀忠良，使您的名声也受到损害。您堂堂楚国令尹，怎么能够容忍这样的事？"

囊瓦听了，黯然无神。沈尹戌又说："而今吴国新君即位，一方面励精图治，一方面整顿军备，矛头直指楚国，战事迟早要到来。您如果不抓紧时间处理好国内的矛盾，一旦吴军攻进来，内忧外患，看您怎么应付？"

囊瓦紧张了："您说得对，这都是我的过失。"公元前515年九月，囊瓦杀费无极和鄢将师，灭其九族，这才将朝野的议论逐渐平息下来。

可以想象，这样一位囊瓦，面对伍子胥的车轮战术，是难以辨别其真实意图的。吴国犯境的警报一起，他便动员全国戒备，将主力部队派往吴楚边境待命，结果发现是虚惊一场。如此反复数次，楚国的军队被弄得疲惫不堪，老百姓怨声载道，农业生产也受到很大影响，整个国家都处于一种紧张的状态。

而就在此时，伍子胥给阖闾推荐了一个名叫孙武的人。

孙武是齐国人，据说也是陈氏后裔，为了躲避齐国的政治纷争而逃到吴国，在姑苏城外的穹窿山隐居，期间结识伍子胥，两人一见如故，交情笃深。

孙武给阖闾的见面礼是沉甸甸的十三卷竹简。

阖闾打开第一卷，首先印入眼帘的一句话是"兵者，国之大事，死生之地，存亡之道，不可不察也"。微微一笑，心里想，原来是推销兵法的，这话说得倒是实在，但是稀松平常。接着向下，读到“故经之以五，校之以计，而索其情：一曰道，二曰天，三曰地，四曰将，五曰法”（翻译成现代文：要从五个方面考察，对敌我形势进行分析，来判断战争的形势——一是道义，二是天时，三是地利，四是将帅，五是法度），阖闾的笑容便僵住了，换成一副惊讶的表情，胃口已经被吊起来。他继续向下，读到“道者，令民于上同意，可与之死，可与之生，而不畏危”（所谓道义，是要使民众和君主的意愿一致，可以让他们将生死置之度外，不畏惧危险），阖闾“腾”地站起来，对孙武说：“请先生将此书留下，待寡人细细研读后再向先生请教。”

阖闾本人就是兵法家，而且有丰富的实战经验，对自己的军事知识很自负。然而当他花三天三夜时间将孙武那十三卷七千多字的兵法细细读完，不禁对孙武佩服得五体投地。

在这部被后人称为《孙子兵法》的书中，孙武开门见山地指出，决定战争胜负的首要因素，是老百姓是否与君主意愿一致。这也就是我们现在常说的要统一思想。只有思想统一了，脑子洗干净了，自觉与君主保持高度一致了，紧密团结在君主周围了，君主才能得心应手地使唤老百姓，要他们生就生，要他们死就死。在冷兵器时代，不怕死的队伍几乎是所向无敌的。后世儒家，对孙武的这种思想颇不以为然，认为不够仁义道德，不够以人为本，把活生生的人都当作工具来使了——很显然，他们没有见识过更厉害的。

孙武又提出，所谓兵法，就是“诡道”，要想方设法迷惑敌人，让敌人搞不清楚自己的实力和意图；要“攻其不备，出其不意”，采用各种手段调动敌人，让敌人暴露出弱点，再发动进攻；要提前谋划，运筹帷幄，不打无准备的仗；要速战速决，不打持久战，更不能使用“添油”战术，多次征集士兵投入战争。

更让阖闾心服的是，孙武提出，“知己知彼，百战不殆；不知彼而知己，一胜一负；不知彼，不知己，每战必殆。”将准确掌握敌我情报作为战争胜负的关键性因素。孙武还提出，“上兵伐谋，其次伐交，其次伐兵，其下攻城”“百战百胜，非善之善者；不战而屈人之兵，善之善者也。”将战争理论提高到一个新的层次。回想当年齐桓公、晋文公称霸天下，可不就是以“谋交”为主、“攻伐”为辅么？

再读到“善守者，藏于九地之下；善攻者，动于九天之上”“胜兵先胜而后求战，败兵先战而后求胜”“激水之疾，至于漂石者，势也”“善战者，致人而不致于人”“备前则后寡，备后则前寡，备左则右寡，备右则左寡，无所不备则无所不寡”，阖闾不觉心潮澎湃，似乎有许多平时感到疑惑的问题，一下子找到了答案，而且能够举一反三，拓宽了思路。

孙武还写道，但凡用兵，“其疾如风，其徐如林，侵掠如火，不动如山。”说句题外话，日本战国时期有战神之称的武田信玄，便将这十几个字写在军旗上，作为自己的标志。黑泽明更是在其电影《影子武士》中，真实地再现了当年武田军疾如风、徐如林、侵掠如火的场景，而且将信玄不动如山的气势表现得淋漓尽致。只可惜，中国的导演拍古代战争，徒有热闹，没有精神。

谈到将领的素养，孙武写道：“将者，智、信、仁、勇、严也。”这是对将领的品格要求。又说：“将有五危：必死，可杀也；必生，可虏也；忿速，可侮也；廉洁，可辱也；爱民，可烦也。”作为将领，抱定必死的决心和贪生怕死一样有害，脾气暴躁更容易让敌人找到弱点。而过于爱惜名声或爱护百姓，也不是好事。换而言之，将领必须保持良好的心态和理性的态度，不能感情用事。

谈到战场上博弈，孙武说：“三军可夺气，将军可夺心。”（对于敌人的军队，可以打击其士气；对于敌军的将领，要搅乱他的判断，使其心神不定）“用兵之法，无恃其不来，恃吾有以待也；无恃其不攻，恃吾有所不可攻也”“利而诱之，乱而取之，实而备之，强而避之，怒而挠之，卑而骄之，佚而劳之，亲而离之，攻其不备，出其不意。”

三天之后，阖闾召见孙武，说：“您的十三篇兵法，寡人已经全部读过了，受益匪浅。然而理论是一回事，实践是另一回事，您可以为寡人小试牛刀，实地演习一番吗？”

孙武说：“当然可以。”

阖闾故意给他出了个难题：“那用在妇人身上也可以吗？”

孙武说：“没问题。”

阖闾于是从宫中挑选出嫔妃宫女一百八十人，让孙武操练。孙武将她们分为两队，让她们穿起盔甲，拿起长戟，又任命阖闾的两位宠姬为队长，便在操场上搞起了军训。

孙武拿着一面小红旗，站在那群女人前面，问道："你们知道前后左右吗？"

美女们都说："知道。"

孙武说："那么，我击鼓，你们听令而行。一通鼓，向前进十步；二通鼓，向左转；三通鼓，向右转；四通鼓，后退三步。听明白了？"

美女们说："听明白了。"

孙武站上兵车，左右各设刀斧手一名，又将规矩重复了一次，然后击鼓。美女们有的向前，有的不动，有的蹲下，嘻嘻哈哈，乱成了一团。孙武说："有令不行，是队长的过错，我再给你们一次机会，听清楚规矩，然后照做。"于是又嘚啵了一次。美女们被他这副一本正经的样子逗乐了，感觉很好玩，听到鼓声响起，集体大笑。阖闾在台上远远看到了，也忍不住大笑。

孙武说："我已经三令五申，你们还是做不好，那就别怪我不客气了。"命令刀斧手将两名队长绑起来斩首示众。阖闾大吃一惊，连忙派人跑去跟孙武说："先生善于用兵，寡人已经见识到了。寡人如果没了这两个宝贝，吃饭睡觉都不香，请先生放她们一马。"孙武说："大王命令我训练士卒，就是任命我为将了。将在外，君令有所不受。"还是将那两个女人给砍了头，又新任命了两名队长。

两颗血淋淋的人头挂在旗杆上，她们至死不明白，男人为什么如此残忍。但是那些活着的女人总算搞明白了，这事不是闹着玩的。于是按照孙武的指示，前后左右，跪起坐下，中规中矩，一丝不苟。更重要的是，没人再敢嬉笑，整个操场上只听到孙武的鼓声和整齐的脚步声。

如是演练了半个时辰，孙武派传令兵向阖闾报告："兵已经练好了，大王可以下来看一下，只要大王一声令下，她们就算是赴汤蹈火也没有问题。"

阖闾正心疼呢，说："请先生回去休息，寡人今天有点累了。"

孙武听到回报，笑道："原来大王也是徒好其言，不能用其实啊。"

话虽如此，几天之后，阖闾还是任命孙武当了将军。或许，在阖闾的心中，本来就有几分残酷的本质，和孙武不谋而合罢了。

在伍子胥、孙武、伯嚭等人的辅佐下，阖闾的事业蒸蒸日上，加快了入侵楚国的节奏。

公元前511年，吴军侵楚，直抵城父、潜城、六城一带。楚将沈尹戌率师救援潜城，吴军撤围而还。沈尹戌刚回师，吴军又包围了弦城（今河南省境内）。沈尹戌不得不再度出师救弦，吴军还是避而不战，主动撤走。

同年十二月，发生日食。日食前夜，晋国的赵鞅梦见一群小孩光着屁股在大街上唱歌跳舞，醒来后很紧张，问大夫史墨："我做了这样一个怪梦，今天又发生日食，该不会是我将有什么不测吧？"

史墨掐指一算，说您别紧张，您的梦跟日食完全没关系，就是个梦而已。这一次的日食，预示着六年以后，吴国将攻入楚国的郢都。

赵鞅吓了一跳："吴国竟然能够灭亡楚国？"他马上想到是，吴国如果能够灭亡楚国，那晋国也不在话下，迟早会遭到吴国的侵略。遥想当年，晋国派巫臣帮助吴国发展经济，训练军队，没想到短短数十年，吴国就已经强大到让楚国朝不保夕，也让晋国这个老师感到震撼。

史墨又算了一番，道："吴国入郢不假，但是灭亡楚国倒未必。"赵鞅大大地松了一口气。

阖闾的战车滚滚向前。公元前510年夏天，吴国讨伐越国，这也是吴国首次对越国用兵。史墨夜观天象，预测道："不到四十年，吴国将被越国消灭。今年岁星照耀越国，而吴国对其用兵，这是违背天命的。"

公元前508年秋，楚国令尹囊瓦率师讨伐吴国。同年十月，吴军大败楚军于豫章，顺势攻克巢城，俘获守将公子繁。阖闾意气风发，准备长驱直入，进攻郢都。孙武制止了他的行动，说："这几年连续用兵，百姓疲惫，还不是时候。"

国难当头，囊瓦不但不思进取，反而变得更加贪婪。公元前507年冬天，蔡昭侯来到郢都访问，带来两块玉佩和两件裘皮大衣，将其中一玉一裘献给楚昭王，另外一套则留给自己。楚昭王很高兴，穿上裘皮大衣，配上玉佩，设宴招待蔡昭侯。囊瓦见了，艳羡不已，厚着脸皮向蔡昭侯索要。蔡昭侯不答应，囊瓦便将他"留"在了郢都。

同时到访的还有楚国的附庸小国——唐国的君主唐成公。囊瓦看中了他的两匹肃爽马（肃爽，马名），索要不成，便将唐成公也“留”了下来。

唐成公的手下，有几个特别大胆的，用酒将唐成公的亲信灌翻了，把两匹宝马偷出来献给囊瓦。囊瓦一手收钱，一手交货，马上将唐成公释放。那几个偷马贼将自己绑得严严实实，跪在庭院中向唐成公请罪：“您为了马，诸侯也不想做了，国家也不想要了。我们几个却不能体谅您的爱马之心，将它们拱手让人。如果您能给我们一次机会，我们一定找到两匹同样的好马补偿给您。”唐成公一听，这哪里是请罪，分明是问罪嘛！亲自给他们松绑，说：“这都是寡人的过错，害你们受委屈了。”又给予他们重赏。

蔡国使团得到消息，也开了窍，跑去劝说蔡昭侯。开始蔡昭侯很拧巴，宁可被软禁，坚决不愿意向囊瓦低头，后来经不住大伙苦苦相劝，只答应将玉佩送给囊瓦。至于裘皮大衣，蔡昭侯还得穿在身上，郢都的冬天又冷又湿，不是闹着玩的。

第二天囊瓦上朝，见到蔡昭侯手下的人，就对外交部官员说：“蔡侯在我国逗留了那么久，都是因为你们没有准备饯别的礼物。如果到了明天还没办好礼物，让蔡侯开心回国，就处死你们。”官员们听了，敢怒而不敢言。蔡国人又好气又好笑：价值连城的玉佩被你强要去，居然还赖我们贪恋你那点象征性的送别礼，脸皮可真够厚的。

蔡昭侯冒着凛冽的寒风，踏上了归途。裘皮大衣依然暖和，但他心里却是凉飕飕的。坐船渡过汉水的时候，蔡昭侯将一双白璧沉入河中，发誓道：“我若再南渡汉水，便不得好死！”回国后不久，他便又启程前往晋国，将儿子送到晋国做人质，请晋国出兵讨伐楚国。

让人意想不到的是，晋国居然答应了他的请求。

伍子胥灭楚鞭尸

公元前506年三月，在晋国的号召下，齐、宋、蔡、卫、陈、郑、许、曹、莒、邾、顿、胡、滕、薛、杞、小邾各路诸侯齐聚召陵，准备讨伐楚国。周天子也派卿士刘文公到会，代表王室进行声援。

召陵在今天的河南省境内，临近楚国。公元前656年，齐桓公率领诸侯伐楚，最终就是在召陵和楚国人签订了和平条约，史称“召陵之盟”。事隔一百五十年，晋定公又在召陵大合诸侯，扛起讨伐楚国的大旗，其用意不言而喻。

然而，十七国联军在召陵逗留了十几天，连个像样的盟约都没有签订，便匆匆散伙了。原因是晋国的荀寅向蔡昭侯索要贿赂未果，便对士鞅进言：“现在国家面临危险，诸侯已有贰心，不是发动战争的时候。再说，自弭兵会盟以来，我国数次对楚国用兵，从来没有讨到便宜，每次都是劳民伤财，无功而返，何必多此一举？”

魏绛死后，士鞅继任中军元帅，主政晋国。荀寅作为士鞅的政治盟友，也因此得道，隐然成为晋国的二把手。二人狼狈为奸，索取无度，全然不把其余四卿放在眼里，更不会考虑晋定公这个末世国君的感受。荀寅向蔡昭侯索贿，士鞅必然知情，甚至还有可能牵涉其中。他很轻易地接受了荀寅的建议，于是一声令下，将十七国联军解散。众多诸侯，十余万大军，顶着春寒料峭，倏然而来，倏然而返，聚散却只在一两人的贪念之间。这也是晋国最后一次组织诸侯会盟。自晋文公以来，一直是以霸主身份凌驾于中原各国之上的春秋第一强国，终于在一片虚假的花火中走到了尽头。

最惨的是蔡昭侯。他因为不肯向囊瓦行贿而得罪楚国，又因为不肯向荀寅行贿而失去晋国的帮助。召陵之盟曲终人散，大家都可以各自回去抱老婆孩子，他却要战战兢兢地防备楚国的报复。

同年秋天，楚国不出意料地发动了对蔡国的进攻。蔡昭侯也学聪明了，不再向晋国求援，而是将公子乾送到吴国作为人质，请求阖闾出兵救蔡。

阖闾很干脆地答应了蔡昭侯的请求。他和晋定公完全不同，后者徒有其名，他却是实权在握；后者虚情假义，他却是真心实意地想攻打楚国。最重要的，晋国暮气沉沉，吴国却有如一轮朝阳，正在冉冉上升。

伍子胥也觉得是时候了。五年来，吴国一直采用他的车轮战策略，不停地骚扰楚国。他很有耐心地看着楚国人疲于奔命，但又无一日不想着即刻杀回郢都去替父兄报仇。现在，楚国疏于防范，蔡昭侯急于当向导，还有唐成公也在蠢蠢欲动，伍子胥内心深处的复仇之火也被煽动起来了。

孙武也认为可以出兵。这几年来，吴国军队在他的训练之下，战斗力比以往有了大大的提升，他希望通过一场大的战争来进一步证明自己的价值。

于是同年冬天，吴国联合蔡、唐两国，向楚国发动进攻。吴军渡过淮河，弃舟登岸，前进至豫章。楚军则在令尹囊瓦的统帅下抵达汉水，与吴军隔江相望。

囊瓦是个草包，但不代表楚军中没有能人。左司马沈尹戌向囊瓦建议："您留在这里监视吴军，不要让他们过河。我率领一支奇兵，从北边绕到敌后，焚毁吴军的战船，截断他们的后路。然后您再渡河进攻，我则从后方袭击，前后夹攻，必可大获全胜。"囊瓦答应了。于是沈尹戌引军北上，囊瓦坚守汉水。

沈尹戌这招很毒，如果囊瓦能够忠实地执行这一策略，吴军至少将陷入进退两难的困境。但是囊瓦手下有两员副将，一个叫武城黑，一个叫史皇，都劝囊瓦不要听沈尹戌的。

武城黑说："吴军的战车以纯木制成，我军的战车包裹了皮革，虽然坚固，却不耐雨湿，长期暴露在外，容易脱落。如果长期呆在这里静坐，我们的优势就不存在了，不如速战速决。"

史皇说得更直接："国人本来就爱戴左司马而厌恶您。如果这一次他成功焚毁吴军战船，切断吴军后路，战功就都是他的了，您更加抬不起头来。您一定要速战速决，否则即使打了胜仗也对您没有任何好处。"

史皇的话说到了囊瓦的心坎上。吴国进攻楚国，自是蓄谋已久，但是楚国的舆论认为，正是因为囊瓦贪婪，导致蔡国和唐国背叛，才引发吴国大举入侵。囊瓦急需一场军事上的胜利来平息非议。但是，如果这场胜利被归功于沈尹戌，对他来说则适得其反，还不如不胜。

囊瓦听从了武城黑和史皇的建议，率领楚军主力渡过汉水，寻找吴军决战。楚军自小别山一直摆到大别山（小别山、大别山均为淮南汉北之山，非湖北的大别山），声势极为浩大。

同年十一月，吴楚两军在柏举（今湖北省麻城）会战。开战的那天早上，阖闾的胞弟夫概请战："囊瓦不仁不义，贪财好货，手下没有人愿意为他卖命。请让我当先锋，直取囊瓦中军，您率领大军紧随其后掩杀，必克楚军。"

阖闾没有答应。孙武也认为这样做太冒险，以他的军事理论，"胜兵先胜而后求战，败兵先战而后求胜。"这种战而求胜的仗，他是不愿意去打的。夫概遭到斥责，心里很不服气，出来后对自己的亲随说："我们身为臣子，只要做得符合道义就行，不一定要听命于君王。为了攻入郢都，我今天就算是战死也在所不惜。"也不跟阖闾打招呼，带领部属五千人向楚军发动攻击。

事实证明，孙武是个理论家，而夫概是个实干家。当理论家瞻前顾后的时候，实干家已经勇往直前了。夫概没有任何战术，他只是认准了囊瓦所在的方向，将手中的宝剑一挥，五千人如同车轮滚滚，向楚国中军杀去。

囊瓦的中军果然像块豆腐，一碰即碎。

中军的溃败引发了楚国全军的混乱，还没等吴军主力上场，楚军便开始败退。等到阖闾明白发生了什么，楚军已经跑得只剩下背影了。他大喜，连忙发动全军追赶。

囊瓦跑得最快，而且跑得最远——他一口气逃到了郑国，确认吴国人不会再追上来才停下。史皇在乱军中战死。楚军在司马薳射的带领下，开始还算有序，退到了清发（水名，今湖北省安陆县境内），准备船只渡河。

吴军尾随而至。阖闾将要发动进攻，夫概说："困兽犹斗，何况是人？如果逼得太紧，楚军怀有必死之心，有可能反败为胜。如果让他们先渡一部分，先上船的知道自己可以活命，没上船的就想着要上船，都不想作战了。这个时候我们再发动进攻，可以事半功倍。"

这一次，阖闾听从了夫概的建议。楚军船只有限，刚上去不到四分之一的人，吴军杀过来了。一时间，没上船的拼命向船上跑，上了船的急于开船，相互之间甚至拔刀相向，没等吴军靠近，楚军已经开始自相残杀起来，薳射根本弹压不住。吴军追到岸边，又一阵砍杀，楚军死伤无数。

薳射好不容易逃得性命，带领楚军残部渡过清发，又累又饿。眼看已是凌晨，料想吴军要收拾战场，应该没有那么快跟上，于是埋锅造饭。没想到饭刚煮熟，吴军杀到。眼看热腾腾的饭菜让吴军抢去饱餐一顿，楚军彻底崩溃了，有序地败退变成了四下逃散，薳射也被乱箭射中身亡。

这一战后，吴军长驱直入，抵达郢都城下。

有史以来，郢都第一次因为外敌入侵而紧闭城门。但是，再坚固的城门现在也抵挡不住吴国人了，因为楚军的主力已经消耗殆尽。侥幸活下来的，也斗志全无。唯一给吴军造成麻烦的，是沈尹戌的部队。他在息县听到囊瓦败退的消息，日夜兼程赶往救援，在雍澨（shì，今湖北省境内）与吴军大战一场，颇有斩获，然而寡不敌众，最终被吴军包围。沈尹戌在战斗中受伤，他命部下砍下自己的脑袋，免得被吴军得到他的尸首。

关键时刻，年轻的楚昭王倒是临危不乱。当时长江流域还有大象生活（直到战国年代也还有，秦之后逐渐绝迹），楚国宫中素有豢养大象的传统。楚昭王命人在大象的尾巴上绑上火绳，点燃后驱向吴军。吴军从来没见过这种“火象阵”，进攻势头为之一挫。趁着这个空当，楚昭王带着他的妹妹季芈（mǐ）和一批大臣冲出郢都，渡过沮水（今湖北枝江境内），又渡过长江，进入云梦（今湖北省中部）。

史墨预言吴国人终将进入郢都，果然变成了现实。然而，吴国人在郢都的表现，有点像李自成进了北京，让人不敢恭维。《左传》记载，“吴入郢，以班处宫”，也就是按身份高低，入住楚国的宫室。《吴越春秋》更说得明白：阖闾霸占了楚昭王夫人，伍子胥、孙武、伯嚭等人也分别霸占了囊瓦、沈尹戌等人的妻妾，以羞辱楚国。伍子胥和伯嚭对楚国有刻骨仇恨，做得出格便也罢了，孙武堂堂一代宗师也混水摸鱼，真是让人无语。

《列女传》对这段历史也有记述：阖闾进入郢都之后，将楚国后宫的女人一一奸淫。轮到楚平王的夫人、楚昭王的母亲、秦穆公的女儿伯嬴的时候，伯嬴坚决不从，拿着小刀说："妾听闻，天子是天下的表率，公侯是国家的表率。天子没有规矩则天下乱，诸侯失去节操则国家危。夫妇之道，是人伦的基础，教化的起点。所以先王定下规矩，男女授受不亲，坐不同席，食不共器，以示区别。如果诸侯侵占人家老婆则削爵，卿大夫偷情则流放，士和庶人发生奸情则阉割。您身为一国之君，不做好表率，拿什么来教育自己的人民？妾还听闻，生而受辱，不如死得光荣。您不做好表率，就当不好国君；妾和您通奸，就没有脸活在这个世界上。一举而两辱，所以妾以死相抗，不敢承命。再说了，但凡男人搞女人，图的就是快乐。您只要再进一步，妾就自杀，您何乐之有？"阖闾听了，大感惭愧，默然退出——故事讲得有板有眼，然而经不起推敲。秦穆公死于公元前621年，至此一百多年，就算他晚年得女，伯嬴也是一百岁以上，有什么搞头！

《左传》还记载，阖闾的儿子子山抢先进入囊瓦的家里，屁股还没坐热，夫概叔叔来了。夫概喝了点酒，脸红红的，加上这段时间没休息好，眼睛也是红红的，直瞪着子山，一句话不说，就做了一个手势，意思是"你出去"。子山装作没看见，顾左右而言他。夫概大踏步走上来，一只手已经放在了剑柄上。子山的左右一看不好，连忙搭成一堵人墙，十几支长戈直指夫概，挡住他的去路。

夫概视而不见，直往前走。人墙被他逼着不断后退，一直退到子山前面，退无可退才停下。夫概轻蔑地看了看差不多顶到鼻尖的长戈，脸上露出一副高深莫测的笑容，然后伸出手指，轻轻地弹了弹其中一支。长戈发出一声悦耳的长鸣，夫概仰天大笑，转身离去。

半个时辰之后，夫概又回来了。这一次他带来了自己的部队，将囊瓦府团团围住。"你不走，我就赶你走。"他叫人传给子山一句话。夫概的五千名部下，本来就是吴军中的精锐，这次又立下赫赫战功，更是不可一世。子山掂量了一下自己的实力，乖乖让出了令尹府。

阖闾将这一切看在眼里，没有发表任何意见。

伍子胥终于如愿以偿，以征服者的身份进入了郢都。如果将首都沦陷作为一个国家灭亡的标志，他已经实现了当初“必灭楚国”的誓言。这种事情如果发生在现在，人们会将他称为汉奸，强烈批评他将个人欲望凌驾于国家利益之上，但是在当时，人们更多认为，他也许只是做了应该做的事。

真正的问题是，伍子胥对这个结果仍然感到不满足。他派人四处搜寻楚昭王的行踪，悬赏捉拿楚昭王。他的逻辑很简单，父债子还，既然楚平王已经去世，那就该让楚昭王来代父受罪，接受他的惩罚。

那么，楚昭王究竟在哪里呢？

前面说过，他在云梦。当时江汉平原湖泊密布，湿地众多，总称云梦，又称为云梦泽。跟在楚昭王身边的，只有寥寥几个亲随，而且个个都衣冠不整，面有菜色，在茫茫云梦中显得分外凄凉。

有一天楚昭王实在太累，靠着一棵大树睡着了。随从们也昏昏沉沉，东倒西歪。不知从哪里冒出一伙强盗，蹑手蹑脚地靠近，看看楚昭王，觉得像是个头儿。一个强盗举起长戈，猛地向楚昭王刺过去。睡在楚昭王身边的王孙由于突然醒过来，不及细想，飞身扑上，用自己的肩膀挡住了这一戈。由于当场晕厥。大伙也惊醒了，一边拔剑抵抗，一边掩护着楚昭王逃跑。

强盗们偷袭不成，也不敢硬拼，瞅准了这群人中唯一的女人——季芈，渐渐围了上去。季芈很年轻，长得也不赖，气质又高贵，抢回去做压寨夫人，自然是最理想不过了。眼看季芈就要落入敌手，大夫钟建一声暴喝，冲入圈中，一手将季芈扛在肩上，一手挥舞着宝剑，健步如飞，杀出了重围。

强盗们被钟建的气势吓坏了，不敢再追。楚昭王一行由此得脱。由于苏醒过来，也顺着脚印追上了楚昭王。

受了这次惊吓之后，一行人不敢耽搁，强打精神，日夜兼程，终于来到了郧县。

当年楚平王杀令尹斗成然，又将其子斗辛封为郧公，也是郧县的县长。斗辛的弟弟斗怀对杀父之仇一直念念不忘，对斗辛说：“平王杀了我们的父亲，现在我们杀他的儿子，也没什么不可以吧！”斗辛不同意：“国君以罪讨臣，天经地义，谁敢记仇？你如果还在打这个主意，我就先杀掉你！”

斗怀唯唯而退。斗辛越想越不放心，带上另外一个弟弟斗巢，护卫着楚昭王等人又逃到随国。

消息传到郢都，阖闾派使者给随侯送去一封信，上面写道："江汉平原的姬姓子孙，楚国差不多将他们全部消灭了。现在老天惩罚楚国，命寡人攻占郢都，将楚王赶到了贵国。诸位若是顾念周朝的旧情，帮助寡人完成上天的使命，寡人感恩不尽。汉阳的土地，全部划归你们！"

前面说过，随国是周朝在汉水流域建立的最大的姬姓国家（汉东诸国随为大）。吴国也是姬姓，因此阖闾打出这样一张亲情牌，对于随国人来说是很难抗拒的。

当时吴国使臣住在随宫之南，楚昭王一行住在随宫之北，相隔不到一里。楚昭王的哥哥公子结意识到情况不妙，穿上楚王的服饰，对楚昭王说："形势危急，请让我假扮成您，将我交给吴国人带走，您可趁机逃跑。"君臣几个一合计，也只得如此。便让公子结坐上车，簇拥着送入随宫，表示不想为难随国人，愿意将楚王交给吴国人。

吴国人想要，楚国人愿意给，随侯倒犹豫起来了。他找人算了一卦，给果是：如果交出楚王，将大大不利。当然，还有一种可能，算卦只是托词，实际上是对吴国没有信心，担心楚国人有朝一日卷土重来。总之，经过谨慎的考虑之后，随侯给了吴国使臣一个答复："随国偏僻狭小，又近于楚国，能够保持现在这个样子，是因为楚国的好意。我们和楚国世代有盟约，至今没有改变，如果趁乱而抛弃楚国，又如何侍奉吴国？大王所担忧的，也不只是楚王一人。如果能够安抚楚境，让百姓都臣服，我们也随时听命。"

吴国使臣只好空手而归。

楚国君臣感激涕零。楚昭王与随侯郑重盟誓，拿刀在公子结胸口割出血，滴入酒中。双方喝了人血酒，宣誓要长久和平共处。楚国人也确实信守了盟约，直到战国时期，随国都还安然存在。据考证，湖北出土的曾侯乙编钟（随国即曾国，此事学术界多有争论，本书从一国二名说），其中最大的镈钟即楚国所赠，足可见当时两国关系之密切。

伍子胥得到使者的回报，大为恼怒。据《吴越春秋》记载，他带人挖开楚平王的墓穴，将尸体拖出来，足足打了三百鞭。还左脚踏其胸腹，右手掘其眼珠，讥笑道："谁让你听信谗言，杀我父兄，就没有想到会有今天吗？”这就是历史上有名的“掘墓鞭尸”。这个故事流传很广，是否确有其事，已经无从考证。作者在此想说的是：如果不能适时放下仇恨，惩罚的不是别人而是自己。

此后不久，伍子胥收到了昔日老友申包胥的一封信，信上说：“您要为父兄报仇，现在也算可以了。楚国的都城在您手里，平王的尸体也被您拿来出气，难道还不能满足您的欲望吗？请速速引兵东还，还楚国一个安宁，否则的话，我必将实现自己的诺言，将您和您的吴国朋友赶出楚国。”

伍子胥冷笑一声，将信扔进了火炉，然后对送信人说：“这就是我的答复。”

得知伍子胥是这样答复自己，申包胥长叹一声，背起行囊，独自一人前往秦国。他在雍城见到了秦哀公，说：“吴国就好比野猪、长蛇，贪得无厌，吞食大国。楚国首当其冲，深受其害。寡君失守社稷，藏身于草莽，特派下臣来贵国告急。如果让吴国就此吞并楚国，则下一个受害者将是秦国。请君侯看在亲戚的份上，帮助楚国夺回郢都，楚国世代感恩。”

自秦穆公去世后，秦国偏安一隅，根本无心过问中原事务，更懒得操心楚国的存亡。在秦哀公看来，吴国要灭楚国，那就灭吧，秦国地势险要，连晋国都攻不进来，还担心吴国有什么不良企图？他对申包胥说：“贵国的请求，寡人听到了。您远道而来，姑且到宾馆中休息，容我们从长计议。”申包胥说：“寡君藏身于草莽，连个睡觉的地方都没有，我哪里敢休息！”抱着朝堂的柱子大哭，人家拉他也不走，送饭给他也不吃，一连哭了七天七夜。

申包胥给后世竖立了一个榜样——当你要求人办事，当人家说要研究研究，你千万不可以当真，必须死死盯住人家。人家如果住宾馆，你就搬张椅子守在大堂；人家如果在上班，你就每天准时去他办公室报到；人家如果要休假，你就跑他家里去拦截。否则的话，事情肯定是办不成的。秦哀公在后宫听到申包胥的哭声，开始不为所动，后来就难免动了恻隐之心，对大臣们说：“你们看看，楚国有这样的臣子，吴国还要灭亡它，真是天理不容！”于是出来接见申包胥，赋了一首《无衣》之诗。这是秦国一首著名的军旅之歌，里面有这样的句子：“岂曰无衣，与子同袍。王于兴师，修我戈矛，与子同仇。”古人表达自己的意思，往往借用歌诗，显得自己有文化。

申包胥当然也有文化，立刻不哭了，向秦哀公行九顿首之礼。按照周礼，最隆重的礼节，也就是磕三个响头。申包胥救国心切，听到秦穆公要出兵，特别多磕几个以示感谢。

公元前505年夏天，秦哀公派大将子蒲、子虎带领兵车五百乘救楚。子蒲要申包胥带领楚军残部为前锋，向吴军挑战。阖闾派夫概应战。夫概哪里将申包胥放在眼里？也不打探情报，见面就开打。申包胥败下阵去，夫概奋力直追。秦军突然杀出，打了夫概一个措手不及。夫概遭受重创，看到是秦军的旗号，情知不妙，连忙指挥部队撤退。子蒲、子虎穷追不舍，又在沂城（今河南省境内）和军祥（今湖北省境内）两次大败夫概，顺便将唐国灭掉。

夫概吃了败仗，也不回郢都向阖闾复命，径直从水路回到吴国，纠集部众，自立为王。

夫概素有反心，阖闾是知道的。吴国的传统是兄终弟及，夫概历来将自己当成阖闾的继承人。但是阖闾显然并不想将王位传给他，而是想传给自己的儿子终累。夫概对此愤愤不平，只是苦于找不到合适的机会动手。现在吴军主力深入楚国内地，秦国又派兵插手楚国事务，势必有一场恶战，胜负难以预料。夫概找这个时候回国发动叛乱，可以说是最好的选择。

夫概没有想到的是，对于阖闾、伍子胥和孙武来说，这个时候国内有叛乱，正是一个最好的台阶。吴军进入郢都已经有九个月，楚国各地一直没有平定，反抗运动风起云涌，楚国的附庸国也没有见风使舵支持吴国，楚昭王仍然在随国发号施令，再加上秦军的介入，吴军面临的是一场没有胜算的战争，他们必须尽快从郢都撤出，以免陷入全军覆灭的境地。

同年九月，阖闾率领大军回到吴国，将夫概的乌合之众一举击破。然后回师向西，在雍澨迎击秦、楚联军。孙武的兵法显然没有发挥作用，楚军先是在雍澨附近的麇地发动火攻，将吴军赶出了雍澨，又在浊水（今湖北境内）大败吴军。

当年史墨预言吴军入郢，但是不能灭楚，现在全部变成现实，仿佛冥冥之中已有定数。然而天道远，人道迩，吴军之所以这么快便被赶出楚国，不是因为命中注定，而是因为他们自身有问题。这个问题在他们刚进郢都的时候就暴露了——斗辛听说吴国人在郢都争抢宫室，一针见血地指出："不让，则不和。不和，则不可能成就远大目标。吴国人这样干，必定会出乱子。出了乱子，就只能回家，怎么可能平定楚国？"

楚昭王又回到了郢都。他离开的时候有如丧家之犬，回来的时候却受到满城空巷的迎接。出于对大子建的怀念，郢都百姓本来对楚昭王不甚感冒，但是经过吴国人带来的浩劫之后，人们将最美好的愿望都寄托在了这位年轻的君主身上。他被化身为一个符号，承载了全体楚国人的爱国热情。从楚昭王回来后的表现来看，倒也对得起大伙的期盼。他重重赏赐了勤王有功的九个人，其中包括斗辛、申包胥、王孙由于、钟建和斗怀。王叔宜申对此不能理解："在郧县的时候，斗怀想加害于您，因为斗辛的阻止才没有得逞。这样的人，不受惩罚就不错了，怎么还给他赏赐？"楚昭王回答："居大德者，不计小怨。"有这句话就够了。当领导的，最重要的是气度。

有人不愿意接受赏赐，那就是恢复楚国的第一功臣申包胥。他说："我所做的一切都是为了国君，不是为了自己。既然国君已经安定了，我哪里还有什么要求？再者，有斗成然的教训在先，我还是不要跟他犯同样的错误。"遂不辞而别，不知所终。但是据《战国策》记载，申包胥后来隐居在磨山，是否就是今天武汉的磨山，则不得而知。

也有人心理不平衡。楚昭王呆在随国的时候，王叔宜申穿着楚昭王的衣服，打着楚昭王的旗号，在脾泄（今湖北省江陵境内）建立了临时政权，对于安定楚国的民心，作出了突出贡献，但是他不在重赏之列，心里多少有些失落。要知道，当初楚平王去世，囊瓦本来是想立宜申为王，是宜申本人强烈反对才没有得逞，否则楚昭王根本不可能继承王位。宜申心里不痛快，对于获赏的九人，就颇有些微词。王孙由于奉命监督修筑麇城，修成后回来复命，宜申故意问他："新修的城墙有多高多厚？"由于答不上来。宜申说："这都不知道，你怎么监督？你就不应该接受这份差使。"由于说："我推辞了多次，大王一定要我去，我只能从命。人各有所长，也各有所短。大王在云梦遇盗的时候，是我替他挡了一戈，伤口还在肩上。"说着脱下衣服给宜申看，说："这就是我能做的事，至于假扮大王安抚民心，那不是我能做到的。”宜申无言以对。

不久之后，楚昭王的一纸委任状消除了宜申所有的不快——他被任命为楚国令尹。

另外还有一个人值得一提，那就是阖闾的弟弟夫概。叛乱失败后，夫概逃到了楚国。楚昭王认识到这个人的重要性，不计前嫌，赐给他土地，封其为堂溪氏。

最有意思是季芈。楚昭王给她挑了一个女婿，准备将她嫁掉，她坚决不同意，说：“身为女人，本该与男人保持距离，而我已经被钟建抱了。”楚昭王大笑，于是将她嫁给钟建，并封钟建为乐尹（大乐官）。

勾践卧薪尝胆

郢都光复后，几乎所有的楚国人都产生了这样一种念头：直捣姑苏，踏平吴国，活捉阖闾，一雪前耻。群情激愤中，只有令尹宜申保持了冷静。他知道，吴国虽然遭到失败，实力仍然不可小觑，而且吴国地形复杂，易守难攻，要打到姑苏谈何容易？倒是楚国要吸取教训，加强戒备，防着吴国人再度入侵。但是在当时这种情况下，他也不敢表达自己的意见，说出去没准被人叫做“楚奸”，不是闹着玩的。

在这种全民复仇的思想指导下，公元前504年夏天，楚昭王派出水陆两路大军讨伐吴国。阖闾派大子终累率军迎战，大破楚国水军，俘获楚军统帅潘子臣、小惟子以及大夫七名。消息传到国内，连最好战的人都不敢再说话了。郢都城内人心惶惶，不少人都收拾好了家当，准备第二次逃亡。接着又传来噩耗，公子结率领的陆军也在繁阳（今河南省新蔡境内）被击败，全军逃散。楚昭王急忙召集群臣商量对策，大伙儿面面相觑，谁也不敢发表意见。楚昭王只好将头转向宜申，希望他说两句。宜申不慌不忙，清了清嗓门，说了两个字：“迁都。”

如果是半个月前说这两个字，宜申会被人视为疯子。现在这个时候说这两个字，几乎所有的官员都松了一口气，楚昭王脸上也露出释然的笑容。但有人马上问了一个新的问题：“迁到哪？”于是所有的眼光又都看着宜申。

“都。”宜申说。

都在今天的湖北省宜城境内，相对于郢都来说，地理位置偏北，离吴国更远。此后数百年，楚国还将有多次迁都，但每一次都将新都命名为郢。因此，都在历史上又称为北郢。

楚国迁都之后，吴、楚之间果然消停了，双方都忙着修养生息，恢复经济，整整八年未动刀兵。

公元前496年春，楚国的附庸顿国不知道出于什么考虑，居然决定背叛楚国，投奔到晋国门下。楚昭王震怒，派兵消灭了顿国。就在这一年的夏天，吴国也有了动静，阖闾亲自指挥大军南下，准备将越国夷为平地。

越国的先祖无余，据说是夏帝少康的子孙，被封到会稽一带建国，负责祭祀大禹。越国和吴国一样，长期与中原隔绝，经济文化都十分落后，在中原各国眼里有如蛮夷。

春秋中后期，吴国得到晋国的帮助，迅速崛起，一跃成为南方大国。越国则依附于楚国，吴国几次与楚国交战，越国都站在楚国这一边。特别是公元前505年阖闾占领郢都的时候，越王允常还派兵袭扰吴国，企图从后方牵制吴军。越国对于吴国来说，就像是脚背上的蚂蝗、饭桌上的苍蝇，不除不快。

阖闾选择这个时候进攻越国，其实不太厚道——允常刚刚去世，其子勾践即位，正是国有大丧，新君立足未稳之时。虽然两国交战，讲不了那么多仁义道德，但是这样乘人之危，显然不是君子所为。

吴越两军在越国的檇（zuì）李（今浙江省嘉兴境内）相遇。吴军衣甲鲜明，装备精良，队列整齐，士气高涨。相比之下，越军的装备简直就是叫花子，越军的战斗经验也与吴军不可同日而语。但是勾践有他的秘密武器。据《墨子》记载，勾践好勇，花三年时间训练了一支敢死队，这些人个个武艺高强，而且能够一丝不苟地执行勾践的命令，就算是让他们走进火堆，也不会眨一下眼睛；即便被烧死，也不会吭一声。

两军交战，勾践令敢死队在前，企图撕破吴军的阵线。不料吴军经过孙武的严格训练，阵形十分严整，敢死队虽然杀伤和俘虏了一些吴军，却不能阻止吴军如铁流一般滚滚而来。孙武的战术思想很简单，不计较皮毛的损失，保持整体的协调一致，让敌人无机可乘，让自己立于不败之地。虽然此时孙武不在军中，但是伍子胥和伯嚭深得孙武真传。他们一个率领左军，一个率领右军，拱卫着阖闾的中军徐徐向前，一步一步接近越军防线。

突然间，越军阵中跳出数百名衣衫褴褛、蓬头垢面的人。他们手里拿着短剑，怪叫着冲到吴军跟前，却又停下来，松松垮垮地排成三行，齐声道：“我等乃是越国战士，因为触犯军令，其罪当死。”说罢都将短剑横在脖子上，只等越国军中一通鼓响，数百人齐齐自刎，鲜血飞溅，如同数百朵鲜花一齐开放。吴国人身经百战，从来没有见过这种搞法，个个都看得呆了。就在此时，对面又是一通鼓响，还没得吴国人回过神来，越军已经冲入吴阵，发疯似的砍杀。越将灵姑浮挺着一柄长戈，也不披甲，也不坐车，健步如飞，直奔阖闾。阖闾的卫士们想要阻挡，灵姑浮纵身一跃，轻巧地跃过人墙，长戈直刺阖闾的心脏。阖闾连忙用剑去格。灵姑浮知是宝剑，长戈倏然收回，又往阖闾下盘一扫。阖闾避之不及，一只脚趾头连同战靴都被斩下，当场晕厥。

灵姑浮还想取阖闾性命，伍子胥赶到，刷刷两剑将其刺退。伍子胥一手挽住阖闾，一手持剑与灵姑浮恶斗，且战且退。卫士们也逐渐围了上来。灵姑浮见势不妙，抄起阖闾遗落下的那只战靴，长啸一声，绝尘而去。

这一战，越军大获全胜。吴军仓皇撤退，行至离槜李不到七里的陉关，阖闾失血过多，撒手西去。

阖闾在世的时候，立终累为大子。终累文武双全，本可大有作为，却于数年前因病去世。因此，在伍子胥和伯嚭等大臣的主持下，立终累的弟弟夫差为新一代吴王。伍子胥被封为相国，伯嚭则封为大宰。

夫差是个记性很差的年轻人，有《左传》为证——

夫差专门派了一个人站在庭中，无论何时，只要他出入，那人便大喝一声：“夫差，你忘了越王杀你父亲的大仇了吗？”夫差听了，浑身哆嗦，恭恭敬敬地说：“不敢忘！”

这样过了两年，到了公元前494年，夫差终于率领吴国大军又杀回了越国。这一次，无论越国人要什么把戏，都没能阻挡吴军的铁蹄。夫椒山（今浙江省绍兴境内）一战，越军大败。吴军长驱直入，将会稽城团团包围。

此时会稽城内只有将士五千人。如果吴军发动总攻，估计支撑不到一天。

勾践手下有两位大夫，一个叫文种，一个叫范蠡，被勾践倚为左膀右臂，三个人组成了越国的政治局，开会商量如何应对当前的形势。

范蠡说："要想国家盛而不衰，必须谦虚谨慎；要想挽救国家危难，必须卑躬屈膝；要想勤俭致富，必须因地制宜……"

勾践打断了他的话："范大夫你就别长篇大论了，现在该怎么办，说点实际的吧！"

范蠡说："没有别的办法，只能求饶。"

勾践说："好嘛！人家要是不答应呢？"

范蠡说："那就只能给他当奴隶。"

勾践长叹："难道我就这样完蛋了吗？"

文种安慰他说："商汤曾经被关押在夏台，周文王曾经被拘禁在羑里，晋文公曾经逃亡到翟人居住的地方，齐桓公也曾经亡命莒国，但他们后来全都称王称霸。从这些人的遭遇来看，我们说不定也是面临一场好事。"

勾践心想，范蠡的主意等于没出，文种说的尽是废话，看来真是走投无路，只能投降了，于是派文种出城去向夫差求和。

文种到达吴军大营后，跪行着来到夫差跟前，叩头说："您的臣下勾践派他的仆人文种来向您禀告，勾践请求当您的奴隶，他的妻子请求当您的小妾。"说着眼泪就流出来了，不是演戏，而是感觉到屈辱。

夫差的记性确实不好，看文种说得可怜，竟然将三年来每天都提醒自己要记住的父仇给忘了，想答应越国人的请求。伍子胥劝道："现在是老天要将越国赐给您，您怎么可以为了区区几个奴婢，放弃整个越国呢？"夫差一想，也有道理啊！命令文种回去，暂时不给答复。

文种失望地回到城内，把事情的经过报告了勾践。勾践立刻受不了，准备杀死妻儿，烧毁珍宝，与吴军决一死战。文种说："且慢！人家也没完全拒绝，还是有机会的。我听说吴国的太宰伯嚭很贪婪，我们可以收买他，让他为我们说话。"于是勾践又命文种带着财宝和美女去找伯嚭。

伯嚭的态度完全和伍子胥不一样，他很爽快地收下礼物，带着文种再去找夫差。

文种还是跪着跟夫差说话："恳请大王宽恕勾践的罪过，他将向您献出越国全部的宝器。如果您不答应，他只好杀掉妻儿，烧毁宝器，率领五千人和您决战。虽然明知会战败，但吴国也要付出代价，何必呢？"

伯嚭在一旁帮腔："越国已经臣服于您，如果宽恕他们，对国家有利。"

夫差心里又动摇了。

正在这时，伍子胥闯了进来。他看了跪在地上的文种一眼，对夫差说："今天如果不把越国灭掉，将来肯定会后悔。勾践非等闲之辈，文种、范蠡的才干不可小视，如果放过他们，必将成为祸患。"

夫差大笑："您太高估他们了。如果真像您说的那样，他们怎么会向寡人俯首称臣？"

最终，吴国还是从会稽撤军了。

《吴越春秋》记载，吴军回国后，勾践带着自己的老婆和范蠡前往吴国，兑现给夫差当奴隶的承诺。

勾践见到夫差，自称"东海贱臣"，说："东海贱臣勾践，上愧皇天，下负后土，自不量力，污辱大王的军士，劳烦大王亲征。大王宽厚仁慈，保全了贱臣危在旦夕的性命，还让贱臣有机会拿着簸箕扫帚为您服务，贱臣深感惭愧。"

夫差故意问："你难道就不记得吴越两国之间多年的恩怨了么？"

勾践说："岂敢，贱臣死不足惜，只求大王原谅。"

勾践低三下四到这个份上，夫差也无话可说了，让勾践夫妇留在宫中，为自己驾车、养马。至于范蠡，夫差很想用他，曾经对他这样说："寡人听说，贞洁妇女不嫁破落户，贤能之士不做亡国奴。现在越王无道，国家差不多灭亡，社稷也无人祭祀，为天下人所耻笑。像你这样的人才，沦落到这个地步，岂不是太不明智了吗？寡人想赦免你的罪过，你洗心革面，归顺吴国如何？"当时勾践也在场，很紧张地看着范蠡，生怕他答应。范蠡回答："败军之将，不敢言勇；亡国之臣，不可语政。越王自不量力，与大王相抗，下臣有很大的责任。承蒙大王鸿恩，让我们君臣得以保全性命，已经是感恩戴德。下臣只求为您洒洒水，扫扫地，跑跑腿，就心满意足了，哪敢做官？”勾践暗中松了一口气。夫差见范蠡态度坚决，倒也佩服他有骨气，而且欣赏他说话得体，便不再强求。

勾践在吴国一住就是三年。三年来，勾践的工作就是劈柴养马种菜，他老婆则浇水除粪清扫，日子过得艰苦，但也很快乐，如果再有一所面朝大海春暖花开的房子，那就更诗意了。夫差在宫中登台远望，看到他们夫妇在劳动，范蠡坐在马粪旁侍候，“君臣之礼存，夫妇之仪具”，不禁感触良多，对伯嚭说：“勾践不过是孤家寡人，范蠡不过是一介之士，在这样困苦的环境中仍然不失君臣之礼，寡人看了都很伤感啊！”伯嚭不失时机地说：“愿大王以圣人之心，哀穷孤之士，把他们放了吧。”

伍子胥听说夫差要释放勾践，连忙跑去劝阻：“当年夏桀囚禁商汤，商纣囚禁周文王，都是拘而不杀，放虎归山，结果反被他们夺了天下。今天大王要放走勾践，难道是想步桀、纣的后尘吗？”伍子胥将夫差比为桀、纣，话说得很难听，但是确实起到了作用。夫差便将释放勾践的事搁置下来。

接着发生了一件重口味的事。

夫差得了病，三个月未愈。勾践前去问疾，正好夫差在大便，也不避讳，就坐在便桶上跟勾践说话。大便完了，勾践说：“贱臣从幼习得些医道，能从粪便中得知病情。”没等夫差反应过来，他已经用手捞起一坨臭臭，放在嘴里咀嚼了几下，然后说：“祝贺大王，您的病情已经基本解除，不出七日即可痊愈。”

夫差捂着鼻子说：“你怎么得知？”

勾践说：“粪便的味道与时气相关，逆时气者病，顺时气者愈。现在是春夏之交，贱臣尝过大王之粪，有酸苦之味，正应春夏之气，所以知道您的病就快要好了。”

夫差很感动。过了些日子，他的病果然好了。

经过这件事后，谁都挡不住夫差放勾践回国了。夫差还亲率群臣将勾践送到蛇门之外，说：“寡人虽然放你回去，但心里始终是舍不得的。你到了越国，寡人也会十分想念，有空常来信。”

勾践叩首说：“上天苍苍，贱臣怎敢辜负大王！”

夫差长叹一声，说：“我听说君子好话不说第二遍，你们走吧！”牵着勾践的手登车，然后将缰绳交到范蠡手里，看着他们缓缓离去，直到背影消失——这哪里是送刑满释放人员，简直是长亭相送，执手相看泪眼嘛！

勾践回到会稽，没有住进宫殿，而是住在一间茅屋里。屋里没有其他家具，只有几捆柴禾，那就是勾践的床。每天上午，他都扛着农具去田里和百姓一起干活，他老婆则在家里织布。吃饭以素为主，鲜有肉食；穿衣以麻布为主，没有任何装饰。下午处理政事，对大夫们都毕恭毕敬，对来访的宾客礼遇有加。国中有贫苦的百姓，夫妻俩一起去看望；谁家里有丧事，也会收到他的慰问。

在勾践的屋子里，吊着一颗苦胆。早上醒来尝一口，吃饭之前尝一口，睡觉之前还要尝一口，问自己：“勾践，你难道忘了为奴之耻了吗？”这就是所谓的“卧薪尝胆”。史上一般认为，他这是怕自己耽于享乐，忘记仇恨。我个人以为，勾践这是在跟斯德哥尔摩综合症[①]作战。想想看，他被迫在吴国当了三年奴隶，主人夫差对他也不差，临走还依依不舍，这一主一奴之间，产生点感情也不是不可能。他必须时时提醒自己，夫差是自己的敌人，在吴国的经历是他人生中最大的侮辱，千万不能因为夫差的“善意”而心软。

如何对付吴国，是一件难事。纵使勾践励精图治，奋起直追，吴国对于越国来说，仍然是一座难以逾越的高山。关于这一点，勾践本人有着清醒的认识。他很悲观地对几位亲信大臣说：“寡人受辱于外，怀忧于内。内惭朝臣，外愧诸侯，心中迷惑，精神空虚，不知道如何才能报仇。”

大夫文种说：“下臣有九条计策，可以助您实现抱负。”

勾践说：“不可能吧？”

文种说：“下臣这九条计策非同一般，商汤和周文王就是靠了它

---

① 又称斯德哥尔摩综合征，是指犯罪的被害者对于犯罪者产生情感，甚至反过来帮助犯罪者的一种情结。

取得天下，齐桓公和秦穆公靠它称霸诸侯。用它来攻城略地，易过脱鞋。”

勾践心想，又来了，姑妄听之吧。

文种便献了他的“九术”：第一，尊天地，敬鬼神，自求多福；第二，多给夫差和吴国大臣们送礼，让他们高兴；第三，满足夫差的欲望，扩大他的胃口，让吴国的老百姓疲惫；第四，送给夫差美女，乱其心智；第五，向吴国输送能工巧匠，帮夫差修建宫室，让他把钱花在享乐上；第六，收买以伯嚭为首的贪官；第七，离间伍子胥这样的良臣；第八，发展越国经济，富民强国；第九，积极备战，等待时机。

勾践接受了文种的建议。此后数年间，勾践不停地给夫差送去金银、珠玉、奇木、乐器、巧匠，当然还有众所周知的美女西施。

据说夫差见到西施之后，惊为天人。伍子胥则认为不可接受，说：“下臣听说，贤士乃国家之宝，美女乃国家之祸。夏朝灭亡，是因为妹喜；商朝灭亡，是因为妲己；周朝灭亡，是因为褒姒。”夫差很不高兴，心想这老头成天嘚啵嘚啵，拿老子和夏桀商纣相比，把老子惹毛了，有他好看的！

相比之下，伯嚭就聪明多了。他总是笑眯眯地站在一边，夫差想做什么，他便说什么好，而且总是夸奖勾践有孝心，是个好干部。夫差听了很高兴，他不知道勾践每年送给伯嚭的财礼，甚至比给他的还多。有一年越国闹饥荒，派人向吴国请求支援，伍子胥强烈反对，伯嚭强烈支持，最终还是将粮食借给了越国。第二年收成好，越国人将粮食蒸熟晒干，偿还给吴国。夫差见了，还以为是越地的水土好，谷物的品种优良，命人将那些谷物作为种子发给农民去种植，结果可想而知。

就在吴、越二国拉拉扯扯之际，楚国也回过神来了。公元前494年，楚国出兵包围了蔡国的首都，以报当年蔡国跟随吴国入侵之仇。

经历了多次失败后，楚国人变得谨慎多了。他们在离城一里的地方建设了一道高达两丈的围墙，还修筑了堡垒，准备打持久战。蔡国人一看，知道楚国人是动真格的了，于是全城男女，都用长长的绳子将腰系起来，相扶着出城投降。楚昭王占领了蔡国，命令蔡人迁徙到长江以北、汝水以南去开荒种地，另谋生路。蔡昭侯表面答应，等楚军一撤，便派人向夫差请求，将蔡人迁到吴国境内。夫差当然乐意，但是蔡国人都不同意这样做。蔡昭侯便与夫差商议，将吴军暗暗放进来，等到蔡国人反应过来，吴军已经控制了局势。蔡国人就这样被绑架到了吴国，被安置在州来居住。

同年秋天，吴军入侵陈国，理由是当年吴国进攻楚国，曾经请陈国助战，遭到了陈国人的拒绝。楚国群臣得知吴军入陈，十分担心，在朝堂上说："当年阖闾雄才大略，差点灭我楚国。没想到他的儿子更厉害，我们该怎么办啊！"令尹宜申听到，说："各位多虑了。当年阖闾吃饭只吃一道菜，睡觉只睡一重席子，用的器皿不雕刻花纹，宫室不筑亭台楼阁，车船不加装饰。一切衣服物品，只取实用，不求花哨。在国内，亲自巡视安抚百姓；在军中，煮熟的食物必须等将士们都吃到了自己才食用；他如果吃山珍海味，士兵们也都有一份。他与百姓同甘共苦，因此百姓甘于为他送命。现在听说夫差住的是华丽的宫殿，睡的是越国美女，看上了什么就一定要得到，根本不在乎百姓为此要付出多大代价。他是注定要失败的，你们完全不用担心他能给楚国造成什么威胁，倒是要操心自己不团结给楚国带来危害。"

应该说，宜申完全看透了夫差的弱点。

第四章

儒家思想的形成

阳虎乱鲁：诸侯权力逐渐下移

公元前505年春天，当吴国大军还在郢都逗留的时候，一小队乔装改扮的周朝武士奉命潜入楚国，趁着兵荒马乱，刺杀了寓居楚国多年的王子朝。

王子朝因叛乱失败流亡到楚国，是公元前516年冬天的事，距此已经整整十年。王室之所以对他痛下杀手，主要是因为他自己不甘寂寞。据《左传》记载，王子朝虽然人在楚国，却一直和雒邑的余党保持联系，期望有朝一日可以卷土重来。公元前506年，他遥控周朝大夫儋翩在雒邑发动叛乱，而且说服郑国出兵相助。郑国一股脑儿攻下冯、滑、胥靡、负黍、狐人、阙外六城，王室为之震动，派人向晋国告急。晋国一方面派兵戍守雒邑，一方面指示鲁国出兵进攻郑国。

鲁昭公客死他乡之后，他的弟弟公子宋被立为国君，也就是历史上的鲁定公。公元前505年，“三桓专鲁”的政治格局有了新的变化。这年六月，季孙意如巡视自家的领地东野，突然发病身亡。同年七月，叔孙不敢去世。

季孙意如长期把持鲁国国政，权倾一时。鲁国宫中有块宝玉，名为玙（yú）璠，乃历代鲁侯在正式场合佩戴的宝物。自鲁昭公离开鲁国，季孙意如便将玙璠佩在自己身上。意如死后，家臣阳虎提出要以玙璠陪葬，遭到另一位家臣仲梁怀的反对。仲梁怀的意见是"改步改玉"，当年鲁昭公不在国内，季孙意如佩戴玙璠署理国政，也无可厚非。后来鲁定公即位，意如理应归还玙璠却一直未还，现在还要将它带到坟墓中，岂不是太过分？

这里有必要解释一下什么叫"改步改玉"。

第一，周人以玉为身份的象征，什么级别的干部佩戴什么样的玉饰，都有明确的规定，不容僭越。

第二，步即走路的步长。周礼规定，诸侯步行"接武"，即第一步迈开后，第二步徐行过前半步；卿大夫步行"继武"，第一步与第二步紧接；士则"中武"，两步之间须留一足之地。总之越是尊贵的人，走得越慢，步伐越短。如果你穿越到周朝见到男人走路像小脚女人，千万不要嘲笑，否则后果自负。

由此可知，季孙意如本当行继武之步，因为鲁昭公被逐，他便行了接武之步。鲁定公即位，他又行回继武之步。以继武之步，佩玙璠之玉，还要以其陪葬，显然是不合适的。

阳虎说不过仲梁怀，这事只好作罢。但是阳虎不是善罢甘休的人，他找到费邑的长官公山不狃（niū），提出要将惩办仲梁怀。前面说过，费邑是季氏家族最重要的领地，公山不狃自是季氏家臣中的实力派，他对这件事的态度很明确："仲梁怀这样做，也是为了咱们的主人好，您何必生怨呢？"

然而仅仅几天之后，公山不狃的态度便发生了一百八十度的变化。原来季孙意如死后，季孙斯继承家业。新官上任三把火，季孙斯上台之后第一件事，便是在阳虎和仲梁怀的陪同下巡视领地（可见仲梁怀不是一般人）。当他们来到费邑，公山不狃大老远跑到郊外去迎接，恭恭敬敬地向季孙斯和仲梁怀致以问候之情。季孙斯倒是很尊重公山不狃，仲梁怀则高高在上，对公山不狃爱理不理。公山不狃当天晚上就对阳虎说："您不是要惩办仲梁怀吗，怎么到现在还没有动静？"

阳虎的回答是一个意味深长的笑。

同年九月，阳虎在曲阜发动政变，囚禁了季孙斯和他的一批亲随，驱逐了仲梁怀。

同年十月，阳虎和季孙斯在曲阜的南门盟誓。在强人季孙意如去世仅仅四个月之后，鲁国的实际控制权便转入了身为家臣的阳虎之手。

公元前504年二月，在阳虎的主持下，鲁国响应晋国的号召，派兵入侵郑国。鲁、郑并不交界，鲁军去的时候途经卫国，未行借道之礼；回来又经过卫国首都帝丘，阳虎指使季孙斯和仲孙何忌自帝丘的南门进入，从东门出来，然后驻扎在东门外的豚泽村。卫灵公大为震怒，命宠臣弥子瑕带兵袭击鲁军。

卫国老臣公叔发当时已经八十多岁了，让人抬着自己来见卫灵公，说："因为人家的无礼而效仿他，是不对的。当年鲁昭公流亡在外，您对他礼遇有加，现在却因为小小的愤恨而掩盖过去的恩德，未免太不划算。鲁、卫本是兄弟之国，理应和睦相处，不能因为阳虎这个小人从中作梗就刀兵相见。"

卫灵公说："难道咱们就这样咽下这口气？"

公叔发说："这是老天为了惩罚阳虎，让他多积累一点罪行，您大可拭目以待。"

卫灵公听从了公叔发的建议。

同年夏天，阳虎又指使季孙斯到晋国献捷。当时的规矩，小国派使臣朝觐大国诸侯，也要向诸侯的夫人行聘问之礼，以示尊重。阳虎为了讨好晋国，强迫仲孙何忌与季孙斯同行，专门向晋定公夫人致以问候。仲孙何忌乃是三桓之一的孟孙氏啊，怎么咽得下这口气？他来到晋国，对士鞅说："如果阳虎不能在鲁国呆下去而来到晋国，我希望晋国能给他一定的位置，比如中军司马这样的职位就很不错。我以先君的名义发誓，请您一定答应我的请求！"

仲孙何忌的话看似含蓄，其实很直接。士鞅装作没听明白，说："这个……晋国的官吏任用，都是由国君决定的，我哪里敢表态？"转身便对赵鞅说："鲁国人已经很讨厌阳虎了，孟孙氏指天发誓要将他赶出国，而且认定他将会逃到晋国来，在给我们吹风呢！"赵鞅的眼中闪过一丝异样的光芒，没有说什么。

同年八月，阳虎又在曲阜的周社与鲁定公及季孙斯、仲孙何忌、叔孙州仇（叔孙不敢之子）举行盟誓，在亳社与曲阜的居民举行盟誓——鲁国是周公的后裔，周社即周朝的社稷神位；鲁国所在的地区又有大量商朝遗民，因此立亳社以示尊重。阳虎在两社举行盟誓，等于是强迫朝野一致认同他的地位，而他的公开身份仍然是季氏家臣，这也是史无前例的。

这次盟誓后，阳虎干脆不再遮遮掩掩。公元前503年春，齐国向鲁国归还了郓城和阳关（今山东省泰安县南）两地。阳虎将两都纳入自己的名下，并将郓城当作自己的居城，在那里开设官署，号令全国。鲁国正式进入了阳虎当政时期。

公元前503年四月，周朝卿士单武公、刘桓公在晋国人的帮助下，在穷谷（今河南省洛阳境内）打败叛军，雒邑的形势趋于安定。郑献公意识到，晋国下一步肯定是要对郑国开刀，追究其进攻王畿之罪。

在历史上，郑国是出了名的墙头草——得罪了晋国，便投靠楚国；得罪了楚国，便投靠晋国。但这次郑献公显然没有瞄上楚国，一则楚国不久前刚被吴国欺负，险些灭了国，属于泥菩萨过江，自身难保；二则另外一个大国正在东方崛起，吸引了郑献公的眼球。

《左传》记载，公元前503年秋天，齐景公、郑献公在咸地举行会盟，而且派使者前往帝丘邀请卫灵公参加。卫灵公很想去——去年鲁国人在帝丘城下的无礼举动一直使得他心里很不痛快，考虑到鲁国那次军事行动是受晋国所指使，不难理解他为何会对齐景公抛来的媚眼怦然心动。但是卫国的群臣都反对。卫灵公没办法，只好派大夫北宫结前往齐国，又私下给齐景公送一封信，说："请您装作震怒，将北宫结抓起来，派兵讨伐卫国。"齐景公当然不会拒绝。事实证明这一招很奏效，齐国大军从临淄出动的消息刚传到帝丘，卫国的群臣便立刻改变态度，同意跟齐国结盟了。于是，齐、郑、卫三国在琐地结成了同盟。

齐景公敢作敢当。琐地之盟后，马上派上卿国夏率军入侵鲁国。阳虎也尽起鲁国之兵抵御。有意思的是，阳虎现在贵为鲁国第一实权人物，却仍然以季氏家臣自居，亲自为季孙斯驾车，准备夜袭齐军。国夏得到情报，将计就计，让部下装作毫无防备的样子，暗地里设下伏兵，只等鲁军前来上钩。

公敛（复姓）处父为仲孙何忌驾车，意识到齐国人的阴谋，在军事会议上对阳虎说："你如果不考虑这样做的后果，必死无疑。"大夫苫夷也说：“你如果让他们两位（季孙斯和仲孙何忌）陷于危险，不用军法官审判，我将亲手杀死你！”阳虎害怕起来，于是引兵而还。

从这件事不难看出，阳虎虽然大权在握，反对他的还大有人在，这种“以下剋上”的统治并不稳固。

第二年春天，急于立威的阳虎鼓动鲁定公亲自率军讨伐齐国，以报去年之仇。鲁军包围了阳州（今山东省东平境内），然而斗志不高。阳虎动员大伙去攻城，大伙都坐在地上，说：“要我们去干啥啊？颜高的弓有一百八十斤呢！”

颜高是鲁国著名的武士。说他的弓有一百八十斤，并非重量，而是拉满弓需要一百八十斤的力量。当时大伙都拿着它传看，试试能不能拉开，结果是没人能够拉到一半。鲁国人正在吵吵闹闹，阳州城的大门突然打开，齐军蜂拥而出。

大伙都看着颜高，指望他去迎敌。颜高左顾右盼，找不到自己的弓，只好随手从别人车上抢过一张弓，刚搭上箭拉开，弓就被拉断了。齐将籍丘子鉏眼明手快，“刷刷”两箭射过来，将颜高和身边那人都射倒在地。子鉏抢上来想割颜高的首级，颜高突然打了个滚，从地上又拿起一张弓，向子鉏一箭射去，射穿了他的脸颊，将他射死。

颜高的弟弟颜息也不是好惹的，弯弓搭箭，射中一名齐将的眉心。鲁军大声欢呼，他却很惭愧地说：“不好意思，我本来想射他的眼睛，没想到射偏了。”

一两个人的勇猛没能挽救鲁军的失败。战斗开始不到一个时辰，鲁军就溃散了。大夫冉猛跑在了最前面。他的哥哥冉会见了，大声骂道：“冉猛，你小子给我殿后！”

一个月后，鲁军卷土重来，进攻齐国的廪（lǐn）丘（今山东省境内）。这一次鲁军来势汹汹，齐国人放火焚烧攻城的冲车，鲁国人便用麻木短衣沾湿了灭火，很快攻破廪丘的外城。外城既毁，内城亦将不保，廪丘守军干脆打开城门冲出，要跟鲁军拼个鱼死网破。

奇怪的事情发生了。鲁国人一看齐国人冲出来，立马放弃进攻，纷纷后退。冉猛自然又是跑在最前面。阳虎在指挥车上看得真切，故意大声对左右说：“如果冉猛在这里，怎么会让齐人如此嚣张？”冉猛听到了，如同打了鸡血一般，突然雄起，掉转车头就向齐军冲去。眼看就要冲到齐军阵前，冉猛回头一看，哎呀！原来只有他一个人在冲锋，其余的人都在看热闹呢！要说冉猛的演技，那真不是盖的，当场大叫一声，装作跌倒在车上，不省人事，一只手暗中猛拉车夫的袖子。车夫会意，将手中的缰绳一抖，战车在齐军阵前划了一个美丽的弧线，又跑回去了。阳虎气得直摇头，骂道："尽是些假心假意的家伙！"这句话的原文是："尽客气也。"这也是客气一词最原始的意义。当我们说"您太客气了"的时候，也许不曾想到，在古代，那就是"您太假惺惺了！"

阳虎一季两度侵略齐国，自然是为了讨好晋国，最根本的目的则是希望晋国成为自己的后台，稳固自己在鲁国的地位。他的努力得到了回报。同年夏天，齐景公派国夏、高张率军进攻鲁国，晋国则以士鞅、赵鞅和荀寅为帅救援鲁国。鲁定公亲自跑到瓦地去犒劳晋军。在这次会面上，发生了一件有趣的事：按照周朝的礼仪，诸侯卿大夫相见，手里抱着一只羔羊，叫做"执羔"。但是晋国人为了突出中军元帅的尊贵，仅仅由士鞅执羔，赵鞅和荀寅则执雁（家鹅），贵贱等级一目了然。鲁国人觉得这个做法很不错，也学了来。自此之后，唯季孙氏执羔，叔孙氏和孟孙氏（鲁国三桓的族长称为某孙氏）执雁。

晋国兴师动众而来，自然不只是为了救援鲁国，同时也是想瓦解齐景公刚刚建立的齐、郑、卫三国联盟。士鞅派人给卫灵公送去一封信，命卫灵公前来会盟。

晋国大军都到家门口了，卫灵公怎敢不从？于是顶着烈日来到晋军大营会见士鞅。卫国虽小，却也是周朝分封的诸侯，又与晋国同为姬姓子孙，卫灵公以诸侯的身份拜会晋国的卿，本来已经是纡尊降贵，晋国人却仍然感到不满足，仅仅派了大夫涉佗、成何去与卫灵公盟誓。

按照当时的规矩，两国结盟，如果用到牛耳，则地位低者端着盆子（执牛耳），地位高者动刀。卫灵公心想，我好歹是个侯，你们只是大夫，这执牛耳的事，理应由你们来担当吧！但是晋国人显然不这样认为，成何私下对涉佗说："卫国，就好比是晋国的郡县，不能将其视为诸侯。"涉佗想都没想就说："是啊，咱们可不能丢了晋国的面子。"

到了那天，将要歃血为盟，涉佗突然抓住卫灵公的双手，强迫这老头去端盆子。卫灵公怎肯就范，双方争执之中，盆子被打翻，牛血浸湿了卫灵公的手腕。

卫灵公脾气再好，也忍不住发火。卫国大夫王孙贾见状，连忙上来护主，对涉佗说："盟誓是为了伸张礼义，就像咱们的国君所做的那样。卫国虽小，岂敢违反礼的精神来接受这样屈辱的盟誓？"双方不欢而散。消息传到卫国国内，连那些一直因为害怕晋国而不主张卫国与齐国结盟的大夫，现在都纷纷要求卫灵公与晋国绝交。

卫国人一硬起来，晋国人反倒害怕了。士鞅马上派人去帝丘，要求重新与卫国结盟。但是已经晚了，卫国现在上下一心，很干脆地拒绝了晋国的要求。

同年秋天，晋国出兵入侵郑、卫二国。阳虎再一次听从晋国的号召，派兵入侵卫国，这也是他当政一年多来第三次发动战争，鲁国上下都对他感到极度厌恶。在这种情况下，阳虎决定不再遮遮掩掩，直接拿三桓开刀，确立自己在鲁国的绝对统治地位。

当时阳虎的手下有五名死党，分别为季寤、公鉏极、公山不狃、叔孙辄和叔仲志。其中季寤是季孙意如的庶子，叔孙辄是叔孙婼的庶子。阳虎的如意算盘是，用季寤取代季孙斯，叔孙辄取代叔孙州仇，他本人则取代仲孙何忌，将三桓全部置于自己的控制之下。

同年十月，阳虎邀请季孙斯到曲阜东门外的蒲圃赴宴，准备在席中刺杀季孙斯。同时命令属下的战车部队进入一级戒备，打算在刺杀了季孙斯之后大举进攻叔孙、孟二家。

阳虎的异动引起了公敛处父的警惕。他对仲孙何忌说："我发现季氏的战车部队正在集合（实则为阳虎控制的季氏部队），不知道是为了什么。"仲孙何忌还蒙在鼓里，说："我没发现有这事啊！你不要乱讲。"公敛处父说："如果季氏有乱，您也必定受到影响，请早作准备。"于是暗中命令孟氏族兵戒备。

十月二日，阳虎提前抵达蒲圃。季孙斯从家里出发，为他驾车的是阳虎的亲信林楚，前后左右有数百名全副武装的武士，还有阳虎的弟弟阳越殿后——这不是护送季孙斯赴宴，而是押送季孙斯去刑场。

季孙斯再迟钝，也知道事情不对了。他看看前面，东门已经遥遥在望；看看后面，阳越正板着一副脸，警惕地戒备着四周。季孙斯做了一个深呼吸，突然对林楚说："你的祖先世代都是我们季家的良臣，我希望你也能跟他们一样。"

林楚肩头一震，回答说："您对我说这话，已经晚了。阳虎把持国政，鲁国人都听命于他，顺之者昌，逆之者亡，就算我能够为您而死，恐怕也挽救不了您。"

季孙斯说："哪里晚了？你能将我载到孟家吗？"

林楚说："我倒是不怕死，只怕您就算到了孟家里，也难免一死。"

季孙斯说："去吧！"

林楚微微点头道："您扶稳了。"

当时仲孙何忌"碰巧"挑选了三百名精壮奴隶在自家门外修房子。林楚驾车经过孟家路口，忽然扬鞭，策马冲向孟家。这一变故来得太突然，等阳越反应过来，张弓去射时，马车已经冲进了孟家的大门。

孟家的奴隶早有准备。季孙斯的马车刚过孟家大门，他们便一拥而上，将大门牢牢关上。阳越赶到门口，大呼开门。一支箭从门楼上射来，正中其咽喉。

阳虎得到消息，连忙赶到公宫，将鲁定公与正在上朝的叔孙州仇绑架，然后讨伐仲孙何忌。危急时刻，公敛处父带兵从曲阜的北门进入，突入阳虎阵中，将其部队击破。

一场蓄谋已久的政变，因为季孙斯的急中生智和孟氏的早有准备，就这样土崩瓦解。阳虎脱下盔甲，跑到公宫中取出璵璠宝玉和祖传的大弓，带着少数亲信趁乱逃出曲阜。天黑下来后，阳虎停下脚步，命令随从埋锅造饭。大伙都说："您还是快逃吧，别让人追上了。"阳虎大笑说："鲁国人听说我不在了，高兴还来不及，哪里会来追我？"大伙说："哈，您想得倒美，那公敛处父可不是吃素的。"阳虎说："没事，吃饱了再赶路。"

果然，听到阳虎遁逃的消息，曲阜城内一片欢呼，家家户户都张灯结彩庆贺，只有公敛处父向仲孙何忌请求追击。仲孙何忌轻轻地说了一句："这个人，走了便好，何必去追？"拒绝了公敛处父的请求。

阳虎逃到了自己的领地阳关。

公元前501年夏天，阳虎派人将自己从宫中盗走的宝玉和大弓归还给公室。《春秋》记载："（鲁）得宝玉、大弓。"左丘明解释：但凡获得器用之物，称作"得"；获得俘虏和生物，称作"获"。幸好我们不是活在春秋时期，这语文也未免太难学了。

同年六月，鲁军讨伐阳关。大军将阳关围得严严实实，日夜攻打。眼看城池将破，阳虎突然焚毁城门，带兵直冲鲁军阵营。趁着鲁军没回过神来，阳虎已经突破包围，投奔齐国而去。

他见到齐景公便说："请给我一支部队，再给我三次进攻的机会，我就帮您拿下鲁国。"

别人说这样的话，齐景公会认为是吹牛。但是阳虎这样说，他认为是完全可能的。盘算了一番之后，他决定答应阳虎的请求。当时老臣鲍国已经九十多岁，对齐景公说："阳虎受恩于季氏，却想杀死季孙斯，现在又拿着不利于鲁国的计划来讨好您，这样的人您也敢相信？对于他来说，道义不过是空话，利益才是一切。他既然敢颠覆鲁国，便也敢颠覆齐国。鲁国人正因为除掉他而额首称庆，您却要收留他，就不怕他祸害您？"

齐景公听了鲍国的话，下令将阳虎囚禁起来，安排他到齐国东部去居住。阳虎心想，齐国东部乃东夷聚居之地，邻近大海，想逃也逃不了啊！于是装作欢天喜地的样子，对看守说："太好了，我求之不得，正想去东方养老呢！"看守将这事向上汇报，齐景公一听，心里便犯了一个嘀咕：这小子不会有什么阴谋吧？于是又改变主意，让他居住在西部某地。

阳虎在那里住了两个月，瞅准了一个机会，将自己藏在装满衣物的车里，逃到了宋国。又从宋国辗转逃到晋国，投奔了赵鞅。据《韩非子》记载，赵鞅对这位叛逆之臣颇为重视，亲自将其迎至府内，让他当了自己的首席家臣。左右对此不理解，问道："这个人实为窃国大盗，您为什么要如此厚待他？""没错啊！"赵鞅说，"这个人最善于窃取权力，可我最善于巩固权力，他能把我怎么样呢？"果然，在赵鞅的领导下，阳虎不敢胡作非为，老老实实为赵氏家族服务。后来赵氏家族日益强大，成为"三家分晋"中的一家，阳虎功不可没。

如此看来，阳虎就是孙悟空，赵鞅则是会念紧箍咒的唐僧，这样说不知道合不合适？

关于阳虎，《论语》里还记载了他和孔夫子的一段往事：阳虎当政的时候，听说孔丘很有学问，就很想见见他。孔丘却摆起了知识分子的臭架子，认为阳虎以下欺上，不是好人，因此拒而不见。阳虎也不生气，派人给孔丘送去一块猪肉。孔丘正好不在，家里人便将猪肉收下。孔丘回来之后，见到那块猪肉，嘴里流着口水，心里非常高兴，得知是阳虎送的，不由又感到惭愧，于是前往阳虎家拜谢，正好在路上遇到了阳虎。

阳虎摆出一副很亲切的样子："哎哟，你就是孔丘啊，快过来快过来，我想向你请教几个问题。"

知识分子最顶不住这种攻势了，孔丘跑过去，站在阳虎面前。阳虎说："空有一身本领却不为国家服务，称得上'仁'吗？"孔丘摇摇头。阳虎又问："胸怀大志，想做一番事业，却不知道把握机会，称得上'智'吗？"孔丘又摇摇头。阳虎拍拍孔丘的肩膀，说："老弟，日月如梭逝去，年岁不等人啊！"孔丘恭恭敬敬地说："您批评得对，我明天就到府上来上班。"

据说，孔夫子后来说过一句很有名的话："逝者如斯乎！不舍昼夜。"可能就是得自阳虎的启发。

孔圣人的二三事

现在该说说孔丘这个人了。

在中国历史上，尚无一人承载了孔丘那么多的荣誉和溢美之词，也无一人像孔丘那样被骂得狗血淋头罪大恶极。他是最好的人，"天不生仲尼，万古如长夜"，耶稣也不过如此；他是最坏的人，是长期压在中国人民头上的封建主义的最大代表，死后两千多年还被拉出来接受批斗。爱他也罢恨他也罢，赞美也罢贬低也罢，无可否认的是，他已经成为了中华文明的符号，他所创立的儒家学说也已经深入每一个中国人的灵魂。

本书前面已经介绍过，孔丘的先祖，可以追溯到春秋初期宋国的司马孔父嘉。当年孔父嘉被华父督所杀，其后人逃至鲁国，遂以孔为氏，建立了孔氏家族。鲁襄公年间，一位被称为叔梁纥（名纥，字叔梁）的孔氏后人作风不太检点，在野外与一位颜氏女子行了苟且之事。事后叔梁纥提上裤子就走了，浑然不知自己刚刚干了一件改变中国的大事。

颜氏女子却感受到了身体里的奇异变化。十个月后，她生下了一个相貌不凡的男婴。说是相貌不凡，倒也不见得有多奇特，只不过头形四边隆起，中间低陷，好像一座小山丘，于是就叫他孔丘，字仲尼。从这个“仲”字后人可以得知，孔丘在家里排行第二，因此又称为孔老二。

孔丘的童年也许不太幸福。三岁的时候，叔梁纥便去世了。叔梁纥是鲁国有名的大力士，能够双手举起重逾千斤的城门，他如果不死，说不定能将孔丘培养成为一名举重运动员。然而没有如果。事实是，当周围的小朋友骑着竹马玩打仗游戏的时候，孔丘却热衷于玩过家家，只不过他这个过家家也与众不同——摆几个破碗儿，装模作样地叩首行礼，幻想自己是王公贵族，正在大庙里举行祭祀，或是在朝堂上接见来访的贵宾。终其一生，孔丘对“礼”的热爱到了痴迷的程度。

所谓礼，简而言之就是周礼，本书中多次出现的“礼也”“非礼也”，说的便是这个礼。千万不要将周礼与金正昆的商务礼仪等而视之，它指的是关于周朝封建统治的一整套学说。礼仪和礼节，不过是它最表层的部分。

十九岁的时候，孔丘有了自己的第一份工作，给季家担任管理田产、仓库的小吏。也就这一年，他娶了宋人亓（qí）官氏的女儿为妻。这个时期的孔丘，没有给后世留下太多历史记录，人们只知道：第一，他很好学；第二，他郁郁不得志，生活困窘；第三，他生了一个儿子，朝廷给他发了一条鲤鱼作为贺礼，他便给儿子命名为孔鲤。

二十七岁的时候，郯国的国君郯子来到曲阜朝觐鲁昭公。郯子虽是边远地区的小国君主，学问却非同小可，尤其是对上古时代的官制有很深的研究。孔丘特别跑去向郯子请教，回来之后就很有感慨地说：“我听说，天子那里已经失去了古代的官制，但那些学问还是保存在了四夷地方，今天总算见识了。”自此之后，孔丘更加潜心治学。他也陆续收了一些门徒，开始传播自己的学问。随着门徒越来越多，他的名气也越来越大，但他始终保持了一种谦逊的态度。

孔子对弟子说：“我述而不作。”意思是他仅仅是复述古圣先贤的学说，自己无所建树。事实当然不是这样。孔丘通过这样的方式，给自己的学说增加了一分宗教意味（虽然他号称不语怪力乱神）。他的所有理论是不容置疑的，也没办法置疑，因为那是古人规定的东西。而他本人在这个理论体系中，充当了先知的角色，负责将这些所谓的古代学问传播给世人。

很多人相信了孔丘的说法，但也有世外高人对孔丘的这套把戏不屑一顾。传说孔丘曾专门跑到雒邑去见老子。老子是王室的图书馆长，知识渊博，高深莫测。孔丘毕恭毕敬地向老子请教关于礼的学问，满以为会得到满意的答复，没想到老子只是轻轻地吁了一口气，说："你来问礼啊？你说的那些故事，编造它们的人连骨头都已经腐朽了，只剩下他们的那些话还在世上流传，你觉得可信吗？作为一个正人君子，运气好的时候就坐车当官，运气不好的时候就像蓬草一样随风飘荡。我听说，一个好的商人，应该将自己的财货深藏起来，就跟什么都没有似的；君子虽然有良好的品德和智慧，表面上看起来却像个蠢人。你应该去掉身上的骄傲与贪婪，以及好看的外表与不切实际的欲望，这些东西对你来说都是有害的。我的话就这些。"

顺便说一句，孔丘身高一米九，玉树临风，确实是个翩翩美男子。被老子这样数落了一通之后，他的脸红一阵白一阵，不知所措。回去后便对自己的弟子说："鸟，我知道它会飞；鱼，我知道它会游；兽，我知道它能走。地上走的可以用网去捉，水里游的可以用线去钓，天上飞的可以用箭去射。至于龙，我就拿它没任何办法了，它能够乘风驾云直冲九霄。我今天见到老子，这个人可不就是一条龙么？"

话虽如此，孔丘还是坚持走自己的路，让老子说去吧！他扩大了招生的范围，将自己定位为职业教育家（虽然他在政府里还干着一份差事），对外宣称："只要拿十条腊肉当见面礼，我就教他！"准入门槛真够低的。正因为如此，他的弟子数量与日俱增，号称门徒三千。很多政府公务员也拜他为师，还有外国人慕名前来，他的影响力远远超出了他在政府中所处的地位。

一般人到了这个层次，便会考虑下海，跳到体制外去干一番事业。但孔丘不是这样，他坚持认为，"学而优则仕"。学了一肚子学问，如果不去当官，有如纸上谈兵，没有任何意义。恩格斯在马克思墓前说的那番话，完全可以用在孔丘身上：他不满足于当理论家，他要做的是改变这个世界，将它改造成他认为是正常的模样。

孔丘三十岁那年，在曲阜见到了来访的齐景公和晏婴。据说他们之间发生了一次短暂的对话，齐景公对他的观点表示十分赞同。这次对话成为五年后他奔赴齐国的契机。

孔丘三十四岁那年，孟氏的族长仲孙貜去世，临终前将两个儿子——仲孙何忌和南宫敬叔托付给孔丘，让他们跟随孔丘学礼。这也是孔丘收过的地位最高的学生。

孔丘三十五岁的时候，鲁国发生内乱，鲁昭公被季孙意如赶到了齐国。仲孙何忌当年十四岁，孟氏的家政由家臣们把持，他们站在季孙意如那边，参与了进攻鲁昭公的行动。对于这种做法，孔丘肯定是不能赞同的，他选择用脚投票，也步鲁昭公的后尘，来到了齐国。他一开始在高氏家族中担任家庭教师，希望通过高氏再度见到齐景公。经过一段漫长的等待之后，他终于如愿以偿。这里必须说明的是，他不是那种浪费时间的人，等待的过程中，他找到齐国的大乐师学习古代的音乐，而且完全沉迷进去，以至于“三月不知肉味”，一时传为美谈。

齐景公见到孔丘，问了一个问题：如何治理国家？这个问题很大，孔丘却只用了八个字来回答：“君君，臣臣，父父，子子。”齐景公猛拍大腿，说了一句大实话：“讲得太好了，如果不是那样，就算仓库里有粮食，我恐怕都吃不到了！”

这八个字在现代常被人诟病，认为是封建思想的集中体现。作者个人之见，封建不假，但是八个字的背后透出的“正名”思想，却是放之四海皆准的原则。试想，君有君的样子，臣有臣的原则，既是对臣的约束，更是对君的约束，难道有什么错吗？一个社会，如果“公仆”养尊处优，颐指气使，“主人”朝不保夕，噤若寒蝉，是不是也该想想孔丘那八个字，好好地正一下名呢？

几天之后，齐景公又接见孔丘，再度就如果治理国政征询他的意见。孔丘的回答仍然很简单：“节省财用。”那钱都是老百姓的血汗钱，你别今天开运动会，明天搞赛歌会，把个办公楼修得比周天子的还气派。花钱的时候多思量，把钱用到点子上，那就OK啦！齐景公听了很高兴，便想赏给孔丘一块封地，让他安心为齐国服务。没想到晏婴站出来强烈反对：“这些儒生尽瞎扯些没边的事，说得好听，却没人愿意去执行。他们举止傲慢，自以为是，谁也指挥不了。他们特别爱办丧事，破产也要厚葬，这种风气不可助长！他们到处游说，推销过时的政治主张，求官求财，这样的人怎么可以委以重任？周朝礼崩乐坏已经多年，他却还在那里大放厥词，说什么穿衣戴帽要合乎礼，上车下车要怎么优雅，那一套东西让人一辈子都学不透，多少年也掌握不了。您如果要用他的理论来治理齐国，只怕适得其反。”

晏婴无疑是个很有智慧的人，但是从前面的“二桃杀三士”和现在对孔丘的态度，不难看出他其实也有狭隘的一面。齐景公历来对晏婴言听计从，再见到孔丘时，虽然还是很尊重，却不再提有关治国的问题了。孔丘感觉到了这其中的变化，不久之后就离开齐国，又回到鲁国。

公元前509年，鲁定公即位，孔丘四十二岁。鲁国的政局依然不稳定。也许是受了老子的启发，也许是经受了时间的历练，孔丘现在对于做官这件事，态度就淡定多了。他对学生说：“国有道，其言足以兴；国无道，其默足以容。”国家政治开明，我就说两句；政治不开明，我就马上闭嘴，不给政府添乱。这种圆滑的态度，和当初那个信誓旦旦要为世界正名的孔丘判若两人。他又说：“道不行，乘桴浮于海。”这是更进一步的表态：如果实在没人爱听我唠叨，我就乘条小船，漂流到海上去隐居吧！

这一时期的孔丘，确实是韬光养晦，将注意力转移到与政治无关的事情上来。公元前505年，季孙意如去世，季孙斯继承家业。有一天季家在院子里打井，挖出了个罐子，里面有一只类似于羊的小动物。有几个好事者故意到孔丘那里诈他：“我们挖到了一只狗。”孔丘问明了情况，很肯定地说：“以我所知道的，应该是只羊。”人们大吃一惊：“你是怎么知道的？”孔丘说：“书上说了，山林中的怪物叫夔，水里头的怪物叫龙，土里的怪物叫坟羊。如果是挖井得到的怪物，必定是羊。”那些人讨了个没趣，悻悻地走了。

还有一个故事。吴王阖闾出兵讨伐越国，在会稽城得到一根骨头，仅骨节就能装满一车，谁也不认得。他听说孔丘博学多才，便专门派人到曲阜来问孔丘。孔丘说：“当初夏禹召集天下的神仙鬼怪到会稽山开会，防风氏迟到了，禹就杀了他，陈尸示众，他的一节骨头就有一辆车子那么长，我估计你们得到的就是防风氏的骨头。”吴国人很惊讶，又问："那神仙鬼怪又是怎么回事呢？"孔丘说："山川之神能够纲纪天下，而主管祭祀山川的人就叫做神，祭祀社稷的便是诸侯，他们都归周天子管辖。"吴国人听得晕晕乎乎，追问道："那防风氏管什么呢？"孔丘说："祭祀封山和禺山。"吴国人问了最后一个问题："那防风氏有多高？"孔丘笑了："僬侥氏高三尺，这是最矮的人。最高的人不能超过十倍，顶多也就是三丈吧。"吴国人佩服得五体投地，满意而归。

空有那么多古怪的知识，孔丘没写本《魔戒》，实在是太可惜了。当时正是阳虎祸乱季氏的时期，如本书前一节所述，孔丘似乎还出来帮阳虎做过事。但很快他便认识到这是一个政治漩涡，站在哪边都有很大的风险，于是又回到家里，专门从事《诗》《书》《礼》《乐》的整理工作。相传他在这段时间还开始着手修订鲁国的史书《春秋》，这也就是本书大部分内容所依据的史实。

如果孔丘确实做过那些工作，那他对中国文化的传承确实作出了不可磨灭的贡献。众所周知，春秋时期兵荒马乱，礼崩乐坏，上古的典籍残缺不全，再加上周朝遭遇了王子朝之乱，大量古籍遗失损毁。孔丘几乎是力挽狂澜，一方面考查夏、商、周三代的礼乐制度，一方面整理残缺的文字。据说他将上起尧舜，下至秦穆公时期的皇家档案文件都编排起来，形成了完整的资料。后人读到的《尚书》和《礼记》都是由他编定的。另外他还对古代流传的诗歌进行了删选，形成了现在人们看到的《诗经》，而且他给这三百多首古诗都配上了乐谱，以便于人们传唱。

也就是这段时间，他的学生的数量和质量有了突飞猛进的发展。据孔丘后来自述，他的学生中"受业身通者七十有七人"，其中特别出名的有：

颜回，字子渊，鲁国人，孔门首席大弟子。颜回似乎没有什么过人之处，就是心态很好。孔丘曾经称赞他："一箪食，一瓢饮，在陋巷，人不堪其忧，回也不改其乐。"简单点说，穷开心。

冉雍，字仲弓，贱人之子。孔丘不嫌其出身贫贱，认为他长于政事，可以坐北朝南，听政于朝廷——这个评价很可怕！

冉求，字子有，曾任季氏家族的大管家。孔丘认为他可以治理千户人家的城池，也就是个县长的资质。

仲由，字子路，也是季氏家臣，生性纯朴，武艺高强。据说曾经欺侮过孔丘，后为其学问折服，遂改穿儒服，做了孔丘的学生。孔丘认为他可以管理千乘之国，那是当诸侯的料。

宰予，字子我。此人牙尖齿利，善于辩论，不太招孔丘喜欢。有一次孔丘看到宰予白天睡觉，评价：“朽木不可雕也！”

端木赐，字子贡，卫国人，同样长于辞令，孔丘常说他狡猾，但是他更有才——曾经做过鲁国和卫国的宰相，富可敌国。

曾参，字子舆，以孝道而闻名，著有《孝经》。不要小看这本书，自汉朝以下，中国历朝历代皇帝都是以孝治天下，实为两千年中国政治的理论基础。

公冶长，字子长，齐国人，孔丘的女婿。

那个年代没有报纸电视，学生多了，掌握的话语权就多了。在世人眼里，孔丘的形象越来越高大。颜回就曾经这样公然吹捧自己的老师——颜渊喟然长叹（请注意，喟然长叹，多么传神），说：“先生的思想和人格，我仰着脸越看越高，越是钻研越觉得难以赶上，一会儿觉得就在眼前，一会儿又像是在身后。他是那么循循善诱，扩大了我们的知识面，又用礼仪来约束我们，使得我们欲罢不能。我们就算是倾尽全力，那个高大的身影还是耸立在前面。我们不停地靠近他，却又没办法企及他的高度。”

孔丘是如此出名，以至于街头巷尾都有人议论：“孔子是多么伟大啊！他的知识如此渊博，却又不能说他究竟是属于哪一家。”这话说到了点子上，他本来就是自成一家，只不过拿着前人的典籍来印证自己的思想罢了。孔丘听到这个议论，狡黠地一笑，自嘲似的说：“是啊，我究竟是干哪一行的呢？赶大车的？还是射箭的？大概就是个赶车的吧！”但是他对学生说过的一句话道破了天机：“我是因为没有被国家重用，才学了这些破玩意儿的啊！”

公元前501年，孔丘五十岁。后来他总结自己的一生，曾经这样说：“吾十有五而志于学，三十而立，四十而不惑，五十而知天命，六十而耳顺，七十而从心所欲，不逾矩。”至于天命是什么，却又总是语焉不详。后人只能从字面上推测，所谓天命，就是上天赋予一个人的使命吧。

这一年，阳虎企图消灭三桓事败，出逃齐国。阳虎的同伙公山不狃还占据着费邑，负隅顽抗。他派人来请孔丘过去帮忙。稍微有点头脑的人都不会答应这个要求，但是到了知天命之年的孔丘，居然心动了！为什么会这样？

首先，你得理解他，憋在家里太久，想做官想疯了。当然，司马迁说得很含蓄：孔子得道已经很久，一直没有机会施展，因为没有人能够重用他，所以得到机会便不想放弃。

其次，孔丘对“三桓专鲁”早就深恶痛绝，有《论语》为证：

“八佾舞于庭，是可忍，孰不可忍？”前面已经说过，这是骂季孙意如。

“三家者以《雍》彻。子曰，相维辟公，天子穆穆，奚取于三家之堂？”三桓祭祀祖先，撤除祭品的时候，唱着《雍》的诗篇。孔丘很有意见，那是天子祭祀的诗篇，用在三桓的祠堂里，合适吗？

“季氏旅于泰山。子谓冉有曰，女弗能救与？对曰，不能。子曰，呜呼！曾谓泰山不如林放乎？”季孙斯要去泰山拜祭，把自己当作了天子。孔丘要冉有去劝阻，冉有认为做不到。孔丘便哀叹：“难道泰山之神还不如我的学生林放懂礼，会接受季孙斯的祭礼吗？”

再次，孔丘早年在季氏家族做官，一直没有受到重用，郁郁不得志，对季氏更是积怨已久。

有这三条理由，阳虎请他做官，他至少在口头上答应了；公山不狃在危难时刻请他出山，他也愿意赴汤蹈火。他对学生说：“当年文王、武王就是在小地方起家而后成大事的，今天的费邑虽小，也许能够干出一番大事来吧！”收拾好行装就准备出发。

学生们都不同意，仲由更是坚决反对。孔丘反过来劝说他们：“你们别把人心看得那么坏，那些请我的人，难道就没一个好东西？再说事在人为，只要他们重用我，我就给他们建立一个东方的周朝！”

话虽如此，他考虑了一个晚上，终于冷静下来，最终还是没有去。如果去了，估计他也活不到耳顺，更不可能从心所欲，不逾矩。

事实也证明，他没去是对的。不久之后，费邑陷落，公山不狃和公孙辄逃到了齐国，后来又逃到吴国。而孔丘因为政治立场坚定，被鲁定公任命为中都的地方官。由于在中都任上工作成效突出，后来又被提升为鲁国的司空，又由司空改任大司寇，也就是首席大法官。

儒家思想的源头

曾经有一次，颜回问孔丘："什么是仁？"孔丘回答："克己复礼。"意思是克制自己的欲望，约束自己的行为，使之符合礼的规范，这就是仁。

礼和仁，是孔丘学术思想中最重要的两个范畴。礼是外在的秩序，仁则是内心的修为，可以说仁和礼是一体两面，互相依存。仁是在生活和实践中不断提炼而得到的，孔丘本人也是到了七十岁才敢说自己"从心所欲，不逾矩"，也就是思想和行为都已经达到了仁的最高境界，随心所欲也不会违反礼的原则。但是，随着儒家思想的影响不断扩大，后人对仁的阐释也越来越多，众说纷纭，莫衷一是。有的认为仁是一种本能，有的认为仁是一种天理，还有人看到刚出壳的小鸡那副毛茸茸的样子，自称领悟到了什么是仁。再到后来，仁逐渐和慈挂上了钩，变成了仁慈，被赋予了同情和慈悲的含义。事实上，在孔丘这里，仁更是一种坚忍，一种智慧。

公元前500年春天，齐鲁两国达成和平意愿。同年夏天，鲁定公来到齐国的夹谷（今山东省莱芜境内），与齐景公举行了会晤。

按照周礼，诸侯相见，均有相礼大臣陪同，负责安排会务工作。相礼大臣的地位极其重要，非卿不能担任。鲁国自鲁僖公以来，担任相礼大臣的都是出自三桓。但这一次，鲁定公带来的是齐景公的老熟人——孔丘。

《史记》记载，鲁定公出发之前，孔丘对他说："有文事者必有武备，有武事者必有文备。"建议他做好两手准备，带上足够的卫兵。鲁定公同意了。

盟誓那天，齐景公和鲁定公相携登台，互相敬过了酒，齐国的官员过来请示说："请欣赏四方的乐舞。"齐景公说："好。"于是一群东夷地方的武士，光着膀子，披着头发，拿着弓矛剑戟等十八般武器，怪叫着拥到了台前，还想上台来表演。孔丘马上拔剑在手，大声呼道："鲁国的卫士们，拿起武器，准备战斗，绝不要手软！两国君主为了友好而会面，远方的东夷俘虏却用武力来捣乱，这难道就是齐侯的待客之道?自古以来，蛮夷之人不能扰乱我华夏子孙，武力不能强迫友好——这是欺骗神灵，丧失道义，丢弃礼法，我相信齐侯不是这样的人。”齐景公听了，脸色很难看，连忙挥挥手，让那些人退下。

将要盟誓的时候，齐国官员将早就拟好的盟书交给孔丘过目。孔丘一看，所有条款都是原来双方商定好的，只不过齐国人单方面又加上了一条：“如果齐军出境，鲁国不以甲车三百乘相从，必遭天谴！”孔丘不觉微微一笑，对齐国人说：“那我们也加上一句：如果齐国不交还汶阳的土地，让我们用来满足齐国的需求，也当如此！”

夹谷之会，因为孔丘应对得体，齐国没有占到任何便宜。齐景公回去之后便责备大臣们：“孔丘用君子之道辅佐鲁侯，你们却尽给寡人出些馊主意，用小人之道来对付他们，这下丢脸丢大了吧！”那时候，晏婴已经去世了，群臣们战战兢兢，不敢回应。最后终于有人出来说：“小人做错了事情，说几句好话赔罪；君子做错了事情，那得拿出点实际的东西来弥补。您若真想向鲁侯道歉，就把汶阳的土地还给他们吧。”

所谓汶阳的土地，是当年阳虎叛逃时献给齐国的领地。齐景公想，只要能够分化晋国的同盟，将鲁国拉到自己这边来，区区几座城池不是问题，于是同意了这一建议。会后，齐国人果然向鲁国归还了郓、讙（huān）和龟阴三城。

夹谷之会使得孔丘的个人威信急剧提升，他在鲁国政坛的影响力也越来越大。到了公元前498年，他已经强大到可以实想自己的夙愿，向深恶痛绝的三桓开刀，通过鲁定公颁布了“堕三都”的命令。

三都，即三桓最大的采邑，分别是季氏的费邑、叔孙氏的郈邑和孟氏的成邑。堕三都，即摧毁三都的城墙，使三桓失去与公室相抗衡的根据地。

问题是，三桓会轻易就范吗?

孔丘找到了一个极好的突破口。

据《左传》记载，叔孙不敢在世的时候，想立儿子州仇为继承人，一度遭到郈宰（郈邑长官）公若藐的反对。因为这件事，州仇对公若藐很有意见，等到他继承了家业，便命令郈邑的马正（主管军事的官员）侯犯杀掉公若藐。侯犯不愿意，但又不想得罪大老板，总是推说找不到机会。

侯犯不想杀自己的直接领导，他手下的圉人（马夫头子）却认为这是个上位的好机会，主动找到叔孙州仇说："我拿着剑经过公若藐的衙门，他必定会问这是谁的剑，我就说是您的。他必定感到惊奇，要求拿给他看看。我就装作不懂规矩，将剑尖对着他递过去，趁机刺杀他。"州仇说："好啊！你如果做到了，我必重赏。"

圉人依计而行，拿着一把剑有意经过公若藐的衙门。公若藐是识货的人，看到马夫头子竟然拿着一把精光四溢的宝剑，果然问道："这是谁的剑？"

圉人说："叔孙老爷的。"

公若藐更加疑惑："他老人家的剑，怎么会在你手里？快拿过来给我看看。"

圉人走上堂，顺持宝剑递过去。公若藐勃然变色，说："你把我当成了吴王吗？"

吴王僚被专诸以鱼肠剑刺杀，举世皆知。公若藐此言，说明他已经意识到圉人这是意图行刺自己。但是已经晚了，圉人闻言，急忙将剑送出，将公若藐刺了个透心凉。

侯犯听说公若藐被刺，知是叔孙州仇指使，一怒之下，在郈城扯起了反旗。叔孙州仇和仲孙何忌联合出兵围郈，攻而不克。后来又请齐国出兵相助，仍然拿不下，由此亦可见郈邑建得何等坚固。

在军事进攻不力的情况下，叔孙州仇将郈邑的工师（掌管工匠之官）驷赤找来说："郈邑叛乱，不仅仅是我叔孙氏之忧，也是鲁国之患，你何去何从，看着办吧！"

驷赤回答："下臣何去何从，就在《扬之水》最后一章了。"

《扬之水》见于《诗经·唐风》，最后一章是："扬之水，白石粼粼。我闻有命，不敢以告人。"意思很明白，您的命令我听到了，不敢告诉别人。

叔孙州仇听了，稽首相谢。

驷赤回到郈邑，对侯犯说："郈城居于齐、鲁之间，您现在背叛了鲁国，又不投靠齐国，这样是很危险的。长此以往，百姓担惊受怕，迟早会造反。俗话说得好，背靠大树好纳凉，您何不请求归顺齐国？”

侯犯觉得有道理，于是派使者跟齐国联系。齐国使者来了之后，驷赤就在城中散布谣言：“侯犯将拿郈邑和齐侯交换土地，你们都将被迁到齐国去居住。”郈邑人一听，要咱们背井离乡，那不可能！于是吵吵嚷嚷，要去找侯犯说理。驷赤又对侯犯说：“乡亲们听说您要投靠齐国，群情激愤，都不答应啊！”侯犯说：“那我该怎么办？”驷赤说：“您不如和齐侯交换土地吧！齐侯一直想得到这片土地，好威胁鲁国。您如果愿意交换，他一定会给你一片更大的土地。另外，请您多备盔甲，置于门内，以备万一。”侯犯又答应了。

几天之后，齐国派了一队人来查看郈邑的土地。驷赤在城楼上看见了，派人到各条街道大喊：“齐军来动迁啦！”对于中国人来说，没有比“动迁”两个字更为可怕的了。郈邑的居民惊惶失措，纷纷拥到侯犯府上讨说法，正好看见门内的盔甲，于是抢过来穿上，将侯犯围在了门楼上。

驷赤站在侯犯旁边，拉开弓，装作要向下射箭。侯犯将他拦住，说：“不要对自己人动武。你下去跟他们谈判，让他们放我一条生路。”

驷赤下去跟居民谈判，大伙都同意让侯犯离开。于是驷赤先行出城，侯犯跟随其后。侯犯每出一门，人们就将它关上。到了外城的最后一道城门，侯犯突然叫住驷赤说：“你穿着叔孙氏的盔甲出去，日后叔孙氏若是追究起责任来，郈邑人担当不起。”驷赤说：“您放心，叔孙家被盗的盔甲都有标志，我不敢穿出来。您看，这是我自己的。”侯犯说：“你还是回去将那些盔甲点清楚再走，主人家的东西，不要搞错了数。”

驷赤看着侯犯，只见他一脸平静，不觉倍感惭愧。他突然明白了，侯犯已经看穿了自己的计谋，但又不忍心当面戳穿，于是用这种委婉的方式劝自己留下。他想说点什么，却又不知从何说起，只能朝着侯犯一揖到地，然后目送其离开。

通过这样的手段，叔孙州仇才将郈邑收回来。孔丘敏锐地抓住这件事做文章，在朝会上说：“祖宗明确规定，卿大夫的城池，周长不能超过百雉。现在三都全部超标，建得又大又坚固，不但成为国家的忧患，也成为众卿（指三桓）的忧患。如若再不拆除，叛乱的事情随时可能再度发生，国家的利益受损，家族的利益也得不到保障，请问，你们谁愿意这样吗？”

孔丘的话像重锤击在季孙斯和叔孙州仇的心上。叔孙州仇刚刚遭受叛乱之苦，季孙斯同样心有戚戚焉——当年南蒯之乱，起自费邑；阳虎之乱，费邑的公山不狃出力甚多，而且负隅顽抗最久，直到前年才被攻克。费邑带给季氏家族的麻烦委实不少！

会议讨论的结果，是由孔丘的得意门生、季氏的家宰仲由负责监督实施“堕三都”。

叔孙州仇主动拆毁了郈邑的城墙。季孙斯将要拆除费邑城墙的时候，遭到费邑人的反对。阳虎的余党公山不狃、叔孙辄带一部分费邑人潜入曲阜，企图发动政变。孔丘早有准备，安排三桓和鲁定公进入季氏的祖庙躲避，命令大夫申句须和乐颀带兵讨伐叛军，曲阜的居民也拿起武器帮助孔丘，将叛军赶出了曲阜。

经过这件事后，费邑的城墙也被顺利拆除。

轮到成邑的时候，遇到了真正的问题。成邑的长官公敛处父对仲孙何忌说：“成邑是鲁国的北大门，如果拆毁成邑的城墙，齐国人就可以轻而易举地入侵鲁国，对国家不利。而且成邑是孟氏家族的保障，没有成邑就没有孟氏。您可以装作不知道，反正我是不同意这件事。”仲孙何忌本来就不愿意，听到公敛处父这么说，果然就睁一只眼闭一只眼，将皮球踢回给了孔丘。

这个时候，只能采取武力来解决了。同年十二月，鲁定公亲率大军讨伐成邑，结果是“弗克”。成邑太坚固了，如果不是自愿拆除，外人很难攻得进来。

孔丘最终也没能拆除成邑。“堕三都”变成了“堕两都”，显然有些差强人意。但是如果考虑到他是百余年来向三桓开刀的第一人，而且成功地削弱了其中两家，这样的成绩已经算是很不错了。

“堕三都”的第二年，孔丘五十六岁，走到了仕途的最顶点。这一年春天，鲁定公命他以大司寇的身份代理宰相。

春秋时期，各国官制互不统一，而且变动很大。鲁国在“三桓专鲁”之前，曾设有大宰，相当于宰相。三桓兴起之后，权力由公家转向卿家，大宰这个岗位逐渐荒废。孔丘“行摄相事”，见于《史记》的记载，估计也是鲁定公不敢太刺激三桓，临时想出的一个职务。不管怎么样，孔丘现在可以名正言顺地向全国发号施令，实现自己的抱负了。

所谓春风得意马蹄疾，孔丘执政后，那张素来严肃的脸上，竟然时常出现了笑容。学生们见了，表示不理解："您不是经常教育我们说'君子大祸临头而面无惧色，升官发财而面无喜色'吗？"孔丘的反应很快："是这么说的。但我不是还说过'君子高兴是因为可以礼贤下士'吗？我现在代理宰相了，可以提拔很多人才，当然高兴！"

话虽如此，他执政之后做的第一件大事，不是招贤纳士，而是诛杀大夫少正卯。

少正，是周朝设立的官职。少正卯，有可能是以少正为氏的卯，也有可能是担任少正的卯。据记载，少正卯在鲁国是个颇有影响力的人物，经常在朝中和街头巷尾议论孔丘的新政，对其提出尖锐的批评。孔丘还在当大司寇的时候，就已经看他不顺眼。等到孔丘大权在握，少正卯仍然不知道收敛，结果惹来杀身之祸，而且被曝尸三日，以儆效尤。

孔丘诛杀少正卯，是中国历史上有名的公案，最早见于《荀子》的记载：

> 孔子为鲁摄相，朝七日而诛少正卯。门人进问曰："夫少正卯鲁之闻人也，夫子为政而始诛之，得无失乎？"孔子曰："人有恶者五，而盗窃不与焉。一曰心达而险；二曰行辟而坚；三曰言伪而辩；四曰记丑而博；五曰顺非而泽。此五者，有一于人，则不得免于君子之诛，而少正卯兼有之。故居处足以聚徒成群，言谈足以饰邪营众，强足以反是独立，此小人之桀雄也，不可不诛也。是以汤诛尹谐，文王诛潘止，周公诛管叔，太公诛华仕，管仲诛付里乙，子产诛邓析、史付，此七子者，皆异世同心，不可不诛也。诗曰，'忧心悄悄，愠于群小。'小人成群，斯足忧也。"

这段古文不难看懂。孔丘杀少正卯的理由，一言概之，“妖言惑众”。《史记》估计也是以《荀子》为蓝本，说孔丘“诛鲁大夫乱政者少正卯”。

但是宋代大儒朱熹认为此事不可信，理由是：《荀子》成书在孔丘死后百年，其间《国语》《左传》《庄子》等著作均未提到此事，《论语》也没有任何记载。试想，这么重要的事情，为什么连《左传》都不记载呢?

孔丘究竟有没有杀少正卯?

在《论语》的记载中，孔丘曾经说过：“君子和而不同，小人同而不和。”又说过：“君子周而不比，小人比而不周。”意思都是君子顾全大局，能够容纳不同意见；小人务求意见一致，但是各怀鬼胎，难以团结。以此看来，孔丘很宽容，不太可能因为少正卯说了不利于他的话，就动了杀心。孔丘还说过：“攻乎异端，斯害也已。”钱穆先生翻译为：“专向反对的一端用力，那就有害了。”说明孔丘在学术上也应当是一个主张宽容的人。

这样一位宽容的孔丘，怎么可能一旦做了大官，就采取非常残暴的手段，将少正卯给杀了呢?如前所述，公开的理由是少正卯过多批评现政权，具有煽动性和颠覆性，很有可能动摇了统治基础。但问题是，少正卯的学问与官方的理论不一致，孔丘的学问也不过是秉承着几百上千年前的周礼，根本没有与时俱进，与当时官方的理论也不一致啊。要说批评现政权，孔丘更是批得头头是道，什么“八佾舞于庭”，什么“三家者《雍》彻”，什么“季氏旅于泰山”，全部被他看在眼里，记在心上，口诛笔伐，他在台下的时候，对现政权的批判绝不可能亚于少正卯。因此，孔丘杀少正卯的公开理由，完全可以用在孔丘自己身上，让人难以接受。这样一来，关于这一段历史公案的真相，《荀子》中提到的原因就令人生疑了。在本书作者看来，关于少正卯被杀的真正原因，现在下定论还为时过早，其中内情恐怕只能有待于先秦史料的进一步发现和解读了。

六卿内斗，晋国分裂的前兆

公元前501年秋天，齐景公亲自率领大军西进，包围了晋国的夷仪（今河北省邢台境内）。

这一年，是齐景公即位的第四十七年，距离当年齐庄公讨伐晋国正好五十年。

齐景公之所以选择这个时候进攻晋国，倒不是为了纪念其兄齐庄公的赫赫武功，而是因为不久之前，晋国中军元帅士鞅突然去世，荀跞接替他成为头号权臣，晋国政局未稳，有机可乘。

《左传》对这场战争的描写很有趣，没有宏大场景，没有刀光剑影，甚至没有双方主帅的特写，只有三个齐国人在那里搭台唱戏——

有一个叫敝无存的士人将要参战，他的父亲张罗着给他在村里定了一门亲事，想要他结了婚再走。那姑娘长得很端庄，家境也不错，更重要的，姑娘她爸的叔叔是当地的大夫，攀上这门亲戚，敝家脸上有光，说不定还能对敝无存的仕途有所帮助。外人看来很理想的一门亲事，却被敝无存一口拒绝。他老爸说："你疯了，人家姑娘明天就上门，你要是敢把她送回去，她家不找咱家拼命才怪？"敝无存说："要不您留着用？"他爸给了他一耳刮子。敝无存也不生气，嬉皮笑脸地说："我跟您开玩笑呢，我早想好了，人也不用退回去，就嫁给我弟弟吧！"他爸说："这姑娘有啥不好？我跟你说，就你那德性，还高攀人家了。"敝无存说："高攀？现在看起来确实是有点。可是等我打完这仗，如果能够活着回来，我可是非国、高氏之女不娶！"他爸眼睛瞪得老大，连连摇头说："你这孩子，太狂妄，实在是太狂妄。"

国、高二氏世代为卿，在齐国乃是贵族中的贵族。敝无存一介士人，想娶国、高氏的女儿，无异于癞蛤蟆想吃天鹅肉。但是如果能够在战争中立下奇功，那又另当别论了——齐景公治下，齐国极其崇尚武力，凡有战功者，封赏有加，格外恩宠。屌丝傍上白富美，并非完全不可能。

敝无存就是抱着这样的目的参加了夷仪之战。他一手擎着齐军大旗，一手举着盾牌，像一颗耀眼的明星划过战场，第一个登上夷仪的城墙。他明白自己已经做得够好了，但是要泡到国、高氏的女儿，还差那么一点火候。于是他做了一个大胆的决定，将战旗插在门楼上，转身又冲下门洞，企图砍死那里所有的敌兵，将城门打开，放大军入城。

结果他被敌人砍死了。

敝无存的英勇表现鼓舞了全体齐军的士气。大夫东郭书和犁（lí）弥相约登城。犁弥是鲁国人，当年随着鲁昭公流亡到齐国，就在齐国安顿下来。他对东郭书说："我跟着你，登上城墙后，你向左冲杀，我向右冲杀，等到咱们的手下全部登上城墙才能下去。"东郭书说："好啊，就这么办！"等到东郭书登上城墙，如约向左冲杀，犁弥却先跳进了城。战斗的间隙，两个人坐在一起休息，犁弥笑道："我可是比你先入城哦！"东郭书马上站起来，穿好衣甲，拿起武器，说："先是你给我出难题，你自己不遵守约定，现在又来调侃我。赶快拿起武器，我要跟你决斗！"犁弥大笑，说："我跟着你，就好像骖（cān）马跟着服马，哪里能够抢先？"

一辆战车有四匹马，中间两匹为服，外边两匹为骖。服马背上装有游环，骖马之辔由外穿过游环，再控制于车夫手上，所以骖马总是跟着服马走。东郭书听到这个比喻，不觉大笑。

战后，齐景公论功行赏，敝无存已死，因此第一个要赏犁弥。犁弥推辞道："其实有比我捷足先登的，我是跟在他后面。这个人戴着白色头巾，披着狐狸皮斗篷，健步如飞，所向披靡，他才是此战的英雄。"齐景公说："那快将他找出来啊！"犁弥便将东郭书带到齐景公面前，说："就是此人。我郑重地将国君的赏赐让给他。"东郭书谦让道："还是赏给犁弥吧，他是宾旅之臣，我理当让他三分。"齐景公十分高兴，最终决定还是将此战的首功记到犁弥头上。

至于那位一心想当乘龙快婿的敝无存，死后可谓哀荣备至。齐国大军驻扎在夷仪，齐景公发布了一道命令："有谁找到敝无存的尸体，赏五户，不供役事。"相对于一具尸体来说，五户奴隶和终生免除劳役之苦，这个价格实在是有点高了。更让人目眩的还在后面。尸体找到后，齐景公三次为其穿寿衣，赐予犀牛皮装饰的车子和长柄罗盖作为殉葬。举行葬礼那天，全军默哀相送，挽灵车的人不是站着行走而是跪行，齐景公还亲自为其推车三次。

齐国进攻夷仪的同时，卫灵公也配合作战，包围了晋国的寒氏（今河北省邯郸境内）。晋国邯郸大夫赵午带兵抵抗。赵午乃是赵穿的后人，与赵鞅同宗，论辈分算是赵鞅的族弟。卫军攻破寒氏城的西北角，据而守之。赵午的部众作战不力，连夜遁逃。

夷仪之战后，齐景公加快外交攻势。公元前500年夏天，齐鲁两国举行夹谷之会，两国实现和平。同年冬天，齐景公、卫灵公和郑国的游速在安甫（地名，今不详）举行会议。公元前499年冬天，鲁国也与郑国签订了和平条约。这样一来，齐、郑、卫、鲁四国同盟逐渐形成，齐景公蓄谋已久的反晋事业有了突飞猛进的发展。

面对齐国咄咄逼人的攻势，晋国也采取了相应的反制措施。公元前500年夏天，晋国派赵鞅带兵包围了卫国的首都帝丘。赵午急于报去年的寒氏之仇，带着七十名步兵杀入帝丘西门，大呼邀战。卫国人打开城门与之厮杀，不分胜负。

赵午回来后，满营夸耀自己的伤口。大夫涉陀，也就是那年抓着卫灵公的手腕浸血盆子的那位仁兄，不以为然地说："您也算是勇敢了，但是卫国人并不怕你。如果是我去，他们连门都不敢开。"也带领七十名步兵，一大早杀到帝丘的门下，命令他们在门前左右站好，像树木那样一动不动。到了中午，卫国人仍然不敢开门迎战，涉陀才退回营。

但是，以赵午、涉陀之勇，帝丘仍然难以攻下。赵鞅只好退兵回国，却又不甘心，派人给卫灵公送去一封信，责问他为什么要背叛晋国。卫灵公回道："问问你们的涉陀、成何吧！"赵鞅一调查，才知道涉陀和成何对卫灵公做过什么。他将涉陀抓起来，再派人向卫灵公赔罪，请求重建同盟关系，又被卫灵公拒绝。赵鞅又急又气，干脆杀了涉陀。成何得到消息，赶紧逃到了燕国。

然而这样仍然不能挽回卫灵公的心。他给赵鞅送来五百户奴隶，意思是你的好意我心领了，这批奴隶是我送给你的私人礼物，作为当年入侵寒氏的赔罪，与国家无关。赵鞅将这五百户奴隶交给了赵午，说："目前形势不明朗，暂且将这些人安置在邯郸。"

不久之后，赵鞅又命令赵午将这些奴隶转移到自己的居城晋阳。赵午本人倒没什么意见，但是他的家臣们认为不妥，说："卫国送那份大礼，本来就是为了补偿我们在寒氏之役中的损失，如果将他们转移到晋阳去，岂不是拂了卫侯的好意？以后我们再和卫国打交道，就不那么好办了。不如这样，我们出兵讨伐齐国，齐国必然报复，那时候我们再将人送去晋阳，也有个名头，卫国人也不会有什么意见。"这群家臣的逻辑之混乱，后世研究历史的人一直没有弄明白，总之赵午听从了他们的意见，发兵入侵齐国边境，然后才将那批奴隶送去晋阳。

齐国果然出兵报复。卫国似乎也没有领会赵午的苦心，积极响应齐国的号召，发兵相助。于是公元前497年二月，齐、卫联军渡过黄河，洗劫了晋国的河内地区。根据齐国人战前预测，河内远离新田，晋国首脑得到战争警报，至少要数日；整顿军马，又需十余日；待晋军主力赶到河内，至少是三月的事了，联军有相当长一段时间可以自由行动。

有一天齐景公请卫灵公赴宴，吃到一半，突然齐军探子来报："晋军来啦！"卫灵公有点紧张，齐景公却很镇定地说："来得好！"请卫灵公登上自己的战车，亲自驾车冲出营门，去迎战晋军。卫灵公吓得脸色发青，结果虚惊一场——原来是探子报错了。

探子当然不会看花眼，齐景公也没有那么勇敢。这一切，全是齐国人安排好的，就是为了娱乐一下卫灵公，让他见识一下齐景公那种"泰山崩于前而色不变"的气概。根据所掌握的情报，他们知道，晋军不但三月到不了河内，而且很有可能永远赶不上这场战争。

因为晋国内部出乱子了。

《左传》记载，赵鞅听说齐卫联军入侵，大为震怒，将赵午召到晋阳囚禁起来，并且派人对他的家臣说："这是我与赵午的私人恩怨，不会迁怒于邯郸，你们自己作主，另立新主吧！"然后将赵午处死。赵午的儿子赵稷、家臣涉宾在邯郸举起反旗，宣布脱离赵鞅的领导。在这种情况下，晋国哪里还顾得上应付齐、卫二国对河内的袭扰？

同年六月，赵鞅派上军司马籍秦围攻邯郸。赵午是赵氏小宗，赵鞅杀赵午，围邯郸，乃是家族内部事务，本来与外人无关。但问题是，赵午是荀寅的外甥，荀寅又与士鞅素来相好。士鞅死后，士吉射成为范氏宗主，荀寅还与士吉射结成了亲家，他们对赵鞅这种做法很不满意，暗中商量要对付赵鞅。

赵鞅的家臣董安于获知消息，建议赵鞅早作准备，先发制人。赵鞅不同意，说："晋国的法律，先为乱者死罪，被迫还击者可免。"董安于说："您这样优柔寡断，只会害了自己的百姓，那还不如让我一个人担任统帅。到时追究起责任来，就说是我的主意，让我顶罪吧！"赵鞅还是不同意。

同年七月，士吉射和荀寅果然发难，围攻赵鞅在新田的府邸。赵鞅仓皇出逃晋阳，闭城自守。士吉射和荀寅以晋定公的名义讨伐赵鞅，宣布其为叛贼。

当时晋国的情况很复杂，堪称乱成一锅粥——

范氏家族：士吉射成为族长之后，冷落了弟弟士皋夷，士皋夷心怀不满，"欲为乱于范氏"。

智氏家族：荀跞现在是晋国的中军元帅，特别宠信大夫梁婴父，两人基情四射。荀跞甚至想让梁婴父成为卿，而卿的数量是有限的，只有六位，而且长期为六家把持。这就意味着荀跞必须除去其中一位，才能达到自己的目的。

韩氏家族：韩不信与荀寅历来尿不到一壶。

魏氏家族：现在的族长是魏舒的孙子魏曼多，与士吉射势同水火。

中行氏家族：荀寅与士吉射狼狈为奸，不满荀跞的领导。

赵鞅出逃后，荀跞召集韩不信、魏曼多、士皋夷、梁婴父商量，密谋准备驱逐荀寅，以梁婴父取之；驱逐士吉射，以士皋夷取代。简而言之，三大家族要对范氏和中行氏动手了。

动手得有理由。荀跞对晋定公说："先君有命，大臣为乱者死罪。现在范氏、中行氏和赵氏作乱，而只讨伐赵氏，这是不公平的，请您下令驱逐士吉射和荀寅。"晋定公打了个哈欠，懒洋洋地说了个"好"字，心里想：你们爱斗就去斗吧，关寡人何事？

同年十一月，荀跞、韩不信、魏曼多以晋定公的名义讨伐荀寅和士吉射。后者奋起反抗，将矛头直接对准晋定公。

当年齐国栾、高之乱，高强逃奔鲁国，后来又逃到晋国，投靠于范氏门下，已有三十余年。高强对士吉射说："古话说，三次摔断骨头的人，可以为良医。当年我就是因为将矛头对准齐侯，结果被赶出了齐国，因此深有体会，知道天下之事，唯讨伐国君绝对不能做，因为那样特别容易激起公愤。智、韩、魏三家表面上团结，实际上各怀鬼胎，只要您和中行氏齐心协力，不难打败他们。等到打败了他们，国君还不是听您的？”

士吉射不听，在他看来，先将晋定公抓在自己手里才是王道，于是与荀寅集中力量进攻新田。还没等智、韩、魏三家出手，各地的百姓纷纷起来讨伐他们，士吉射和荀寅陷入了人民战争的汪洋大海。三家乘机发动总攻，二人被打得丢盔弃甲，只好逃到朝歌去避难。

荀跞还想趁机消灭掉赵氏，韩不信和魏曼多坚决反对。一则韩、赵两家世代友好；二则这次讨伐中行、范氏，荀跞获利最大，韩、魏二人都担心荀跞一家独大，不希望看到赵家就此灭亡。于是他们向晋定公求情，晋定公当然没什么意见，同意了他们的请求。同年十二月，赵鞅又回到了新田，与晋定公在公宫举行了盟誓。但是荀跞还是不想轻易放过赵鞅，梁婴父也对荀跞建议：“赵鞅手下的董安于是个人才，只要他在赵鞅手下，赵鞅必定强大，迟早有一天会称霸晋国。您何不先剪除其羽翼，将这次动乱的责任推到董安于身上，问他个死罪？”

荀跞派人对赵鞅说：“据我所掌握的情况，这次国内动乱，中行氏、范氏虽然主动发难，董安于也有重大责任，是他故意挑逗他们，才会这样的！先君有命，为乱者死。现在那两个人已经逃出晋国，怎么处置董安于，您看着办吧。”

赵鞅对此十分苦恼。这一次赵氏家族可谓岌岌可危，如若不是老韩家和老魏家出手相助，只怕难以幸免。事情刚刚平静，荀跞又来这么一手。早知如此，当初不如听从董安于的建议，说不定早就大局已定，吞并了中行氏和范氏，不用受荀跞的鸟气了。

董安于已经七十多岁了。这位自幼追随赵氏的老臣看出了赵鞅的烦心事，主动提出来：“如果我的死可以让晋国安定，让赵氏安全，那我愿意。自古人生谁不死，我活到这把年纪，够了！”自缢身亡。

赵鞅闻讯大哭。哭完便做了他该做的事，将董安于的尸体拉到大街上示众，派人告知荀跞：“主人（他尊称荀跞为主人）命令处罚罪人董安于，现在他已经伏罪了，请示下。”

荀跞这才表示满意。不久之后，智氏与赵氏也举行了盟誓。因为董安于的牺牲、赵鞅的隐忍，赵氏得以保全。

对于齐景公来说，晋国的内乱无疑是个极好的题材。公元前496年夏天，晋军围攻朝歌。齐景公隔岸观火，拉上鲁定公、卫灵公在著名的风景区梁上开会，商讨营救中行氏、范氏。荀寅、士吉射的党羽士鲋、小王桃甲（复姓小王）则引狼入室，带领狄人偷袭新田，被新田军民打败。士鲋逃入雒邑，小王桃甲逃回朝歌。

同年秋天，齐景公又与宋景公在曹国的洮地会面，主题还是讨论救援中行氏、范氏。这就意味着宋国也被拉入齐景公的同盟，晋国完全失去了对东方各国的控制。

同年冬天，郑国在齐景公的授意下，派兵帮助中行氏、范氏进攻新田。晋军在潞城（今山西省境内）大败中行氏、范氏，接着又在百泉（今河南省境内）打败郑国干涉军。

公元前494年，晋军围攻赵稷盘踞的邯郸，齐卫联军则包围了晋国的五鹿，以救援邯郸。不久之后，鲁国加入，三国联军攻下了棘蒲（今河北省境内）。

此时，齐国的同盟内部也发生了一些变故。

其一是鲁定公病死，鲁哀公即位。孔丘离开鲁国，开始周游列国。关于这件事，以后还将讲到，在此不多说。

其二是卫国大子蒯聩出逃。《左传》记载，卫灵公的夫人南子，是个极其风骚的女人。南子原本是宋国公主，还在宋国的时候，与大夫公子朝打得火热。公子朝是当时有名的美男子，对付女人很有一套。南子在卫国久了，思念公子朝的好处。卫灵公这老家伙也是与众不同，非但不吃醋，还专门派人请公子朝到卫国来与南子相会。这事被大子蒯聩知道了，蒯聩感到十分耻辱，命令手下戏阳速刺杀南子。戏阳速答应得好好的，到了关键时刻却不行动，导致蒯聩事泄，不得不逃到宋国，后来又逃到晋国，投入赵鞅门下。

公元前493年夏天，卫灵公去世，留下遗言命庶子公子郢即位。南子也想立公子郢，但是公子郢拒不答应，而且说："蒯聩虽然在外，可他的儿子还在卫国啊！"南子没办法，和群臣商议后，立蒯聩的儿子公孙辄为君，也就是卫出公。

同年秋天，齐景公派人向朝歌运送粮食，郑国的罕达、驷弘带兵护送，士吉射出城相迎。晋国派赵鞅袭击运粮部队，双方在戚地相遇。

阳虎对赵鞅说："我们的战车少，请引诱郑军深入，我再正面拦截。罕、驷二人看到我的样子，必然害怕，那时候再全军合战，可大败郑军。"赵鞅采纳了这一建议。

阳虎为何对自己的相貌有这样的自信，史上无人能解。但是有人推测，阳虎在鲁国当政时期，确实是威风八面，以至于齐国人和郑国人看到他，都有些害怕。本书对此不予深究，姑妄听之。

战前，赵鞅命人以龟甲占卜，龟甲焦裂，乃不祥之兆。赵鞅给大伙鼓气，说："范氏和中行氏违背天命，残害百姓，想要杀死国君而统治晋国。现在郑国无道，帮助叛贼而抛弃国君。我们这些人顺从天命，受命于君，推行大义，洗除耻辱，在此一役。凡克敌制胜者，上大夫赏县，下大夫赏郡（春秋时期县大于郡），士则赏田，农、工、商等晋升为士，奴隶给予自由。我赵鞅如果有幸带领诸位取得这场战争的胜利，一定向国君要求上述赏赐，决不食言！如果不幸失败，我也无脸回去了，请用绞刑将我诛戮，死后用三寸厚的桐木棺，不要衬板和外椁，用没有装饰的马车装运，不许葬入赵氏家族的墓地。"对于那时候的人来说，最害怕的事情莫过于死无葬身之地了。将士们听到统帅发这样的毒誓，都十分激动，纷纷表示要与郑国人决一死战，绝不让统帅遭受这样的耻辱。

开战那天，大夫邮无恤为赵鞅驾车，蒯聩充当车右护卫，驱车登上铁丘（当地丘名）。只见郑国人密密麻麻，排着整齐的作战阵形，像森林一般压过来。蒯聩几时见过这样的大场面，吓得当场就跳到车下。邮无恤解下腰带，一头递给蒯聩，轻声喝道："上车！"蒯聩扯住腰带上来，脚仍在发抖。邮无恤又好气又好笑，骂道："你怎么像个女人？"将他弄了个大红脸。

赵鞅巡视部队，发表战前演讲："先大夫毕万是个普通人，七次参加战斗都俘获敌人，后来获赏车百乘，得以善终。诸君请努力杀敌，未必就死在敌人手里！"毕万是晋献公时期的武将，即魏氏家族的先祖，他的故事在晋国人尽皆知，是以赵鞅有此一说。

大夫赵罗，是赵鞅的堂侄，当时年幼，又是第一次参加战争，感到十分害怕。他的车夫繁羽不得不将他绑在车上。军纪官见了，询问那是怎么回事。繁羽说：“他疟疾发作，打摆子呢！”

到了这个时候，蒯聩也不能怯场了。他手持宝剑，郑重祷告：“列祖列宗在上，因为郑胜（郑声公名胜）扰乱纲常，晋午（晋定公名午）处于危难之中，派赵鞅前来讨伐。后辈蒯聩不敢贪图安逸，也列居持矛作战的队伍中，请祖宗保佑，不要让我断筋，不要让我骨折，不要让伤到我的脸，不给祖宗带来羞辱。”这都什么祷词，简直是奇文。

让人大跌眼镜的是，战斗打响后，蒯聩的表现简直判若两人。一开始郑军仗着人多，占据了上风。赵鞅被击中肩膀，晕倒在车内，连统帅的大旗都被郑国人夺走。赵罗也成为了俘虏。倒是蒯聩英勇无敌，先是挥戈奋战，将赵鞅救出险境，继而带领晋军发动反攻，反败为胜，将郑国人打得东奔西跑。一千车齐国的粮食就这样落到了晋国人的手里。

当初士吉射逃到朝歌，他的家臣公孙尨（máng）仍然在范氏的领地上为他收税，被赵鞅的部下拿到，将要处斩。赵鞅说：“人各为其主，他有什么罪？”于是将公孙尨释放，而且赐给他土地。铁丘一役，公孙尨带领部下五百人夜袭郑军，夺回了赵鞅的统帅大旗，说：“谨以此报答主人的恩德！”

战斗结束后，赵鞅清点部众，发现前锋精锐部队大多战死，感慨道：“郑国虽然是小国，却不可小觑。”殊不知，郑国自郑庄公殁后，虽然国势每况愈下，军队的战斗力却从来不曾下降，打起仗来胜多败少。这次如若不是蒯聩等人发力，孰胜孰负还很难说。

战后论功行赏，赵鞅很得意，说：“我被敌人击中，伏在弓袋上吐血，但是仍然击鼓不断，鼓声不衰，这一战我的功劳最大。”蒯聩毫不客气地说：“我在车上救了您，又带兵追击敌人，我在车右中功劳最大。”邮无恤大笑道：“我为您驾车，马的肚带都快勒断了，我仍能控制它，我是车夫中功劳最大的。”好嘛，功劳全被统帅车上的三个人得了，别人还得个啥？当然，其他人还是有赏赐的。只不过这三个人在战争中的表现确实可圈可点，拿了头功，其他人也无话可说。

当天夜里，赵鞅喝得大醉，说：“这样就行了，这样就行了。”意思是夺了敌人的粮食，朝歌的气数也就尽了，中行氏、范氏不再成为忧患。家臣傅叟在旁边冷冷地说了一句：“虽然打败了郑国，还有智氏在那里呢，现在高兴，恐怕为时过早。”赵鞅一听，惊得出了一身冷汗，酒立刻醒了。

傅叟说得没错，这几年来的动乱改变了晋国的格局，由原来的六卿专政变成了四雄并立，而荀跞领导下的智氏家族趁乱而起，势力最大，实力最强，已经凌驾于赵、魏、韩三家之上，隐然有独霸晋国之势。相比之下，已经成为落水狗的中行氏、范氏又算得了什么呢？

公元前492年十月，赵鞅进攻朝歌。由于得不到齐国的救济粮，朝歌早就陷入饥荒，如何抵挡得住赵鞅的大军？荀寅倒是临危不乱，装作要在城南发动反攻的样子，将赵鞅的主力部队吸引过来，然后和士吉射带领小股精锐在北门突围而出，逃至邯郸。

公元前491年七月，齐卫联军再度包围五鹿，谋救士吉射。九月，赵鞅围攻邯郸。十一月，邯郸城破，荀寅、士吉射逃亡到鲜虞部落，赵稷逃奔临地（今河北省境内）。十二月，齐景公派国夏讨伐晋国，一口气拿下邢、任、栾、高、逆畤、阴人、盂、壶口等地，与鲜虞人会师，将荀寅和士吉射护送到柏人（今河北省境内）。

公元前490年春，晋军讨伐柏人。柏人是范氏家族的旧领地。当初士吉射的家臣王胜虽然十分讨厌张柳朔，却建议士吉射安排张柳朔当柏人的地方官。士吉射感到奇怪："你不是和张柳朔有仇吗？"王胜说："那是私仇，不影响公事。喜欢一个人，要看到他的缺点；讨厌一个人，不能忽视他的优点。这是为臣的基本原则，我岂敢违背？"等到晋军围攻柏人，荀寅和士吉射坚守不住，想要逃到齐国去，张柳朔对儿子说："小伙子，你跟着主人好好干！我来掩护你们突围，就死在这里了。这是王胜交给我的使命，我不得不完成啊！"于是率部与晋军死战。荀寅和士吉射趁机突围，逃到了齐国。

就在齐景公踌躇满志，想要以荀寅和士吉射为先导入侵晋国腹地的时候，一个不可抗拒的因素永远中止了他的野心，也断绝了中行氏、范氏复兴的美梦。

公元前490年九月，在位五十八年的齐景公去世了。

第五章
孔子周游列国

吴王夫差来袭

齐景公死的时候，留给儿孙的是一个强大到足以和晋国抗衡的齐国。但是，如同他自己早就预料到的一样，随着他的去世，这个强大的齐国迅速滑入到陈氏家族的掌控之中，他的儿孙们只能眼睁睁地看着自己的权力被外人侵占剥夺，两百多年前“陈氏代齐”的预言，渐渐变成了现实。

齐景公去世的前几年，诸子鬻（yù）姒给他生了一个儿子，取名为荼。诸子，不是诸子百家的诸子，而是天子及诸侯的小妾的通称。在那个子以母贵的年代，身为诸子之子的公子荼，地位当然不高。然而齐景公对公子荼特别宠爱，有事例为证：曾经有一天，齐景公将一根绳子绕在自己脖子上，让公子荼像放牛一样牵着，在院子里玩耍，不小心失足摔倒，门牙都被磕掉两颗。周围的人都吓得大惊失色，可齐景公依旧笑眯眯的，一点也不生气。这是典型的老来得子，过度宠爱。

群臣看出齐景公对公子荼的感情不一般，很担心他立公子荼为储君，故意问他：“您年事已高，却还没有立大子，可怎么办？”齐景公不耐烦地说：“哎呀呀，你们几位可真是爱操心啊！总是这样忧虑重重，很容易得病的。听我这个老头子劝一句，趁着现在还年轻，快去寻欢作乐，别为国家有没有大子这样的事情瞎操心。”

群臣的担心，绝对不是瞎操心：一则公子荼地位不高，身后没有强大的外援；二则他年纪尚幼，根本无法治理国政。如果让他继承君位的话，既不利于齐国的稳定，对他本人也没什么好处。但是齐景公吃了秤砣铁了心，临终之际，果然将公子荼托付给了上卿国夏和高张，而且将群公子（其他儿子）统统安置到莱地（今山东省烟台境内）去居住，以免影响公子荼顺利接班。

国、高二氏忠实地执行了齐景公的命令，将公子荼扶上了国君的宝座。群公子深知政治斗争的厉害，马上各自逃散。公子嘉、公子驹、公子黔逃到卫国，公子阳生、公子鉏逃到鲁国。一时间，齐国境内人心惶惶，莱人还编了一首歌来嘲讽这些失势的公子哥儿：“君父死了没有资格参与埋葬，军国大事没有资格参与谋划，这么多公子哥啊，你们将要何去何从？”

纷纷扰扰之中，陈氏家族的族长陈乞显得格外镇定。

陈乞是陈无宇的少子。陈无宇死后，家业由长子陈开继承。陈开命短，即位不久就撒手西去，陈乞因此上位（《史记》记载为田乞，古时陈、田同音，陈氏即田氏，陈乞即田乞）。对于公子荼的接班，陈乞和大多数人一样，认为是不妥的。但是陈家人的与众不同之处在于，别人看到的是大厦将倾，因而忧心忡忡；陈家人看到的是机会来了，因而暗自狂喜。

《左传》记载，国夏、高张立公子荼为君之后，权倾一时。陈乞装作跟国、高二人走得很近，每次上朝，必定与他们同车，而且立于车右，以示恭敬。一路上，陈乞便跟他们说：“朝中那些大夫啊，个个眼高手低，狂妄自大，说什么‘国、高挟国君以令百官，不把咱们放在眼里，何不将他们赶走’，我怕他们迟早要对你们二位下手，你们一定要早作考虑，先下手为强，稍有迟疑，恐遭不测！”到了朝堂之上，又悄悄地说：“你们看，堂下这些人都是虎狼啊，看见我站在你们身边，个个都恨不得扒我的皮，吃我的肉，太可怕了！还是让我跟他们站到一起，免得被杀。”到了堂下，跟诸位大夫站在一列，陈乞的话可就变了：“据我所知，国、高二人仗着有国君支持，想将你们一网打尽，说什么‘国家不稳定，就是因为有堂下这些人，不如将他们全部消灭，好让国君放心’。他们打这个主意已经很久了，只是还没来得及付诸行动。你们何不先发难？要是等到他们动手再有所反应，只怕悔之莫及。”

通过这样上蹿下跳，陈乞居然说服了朝中绝大部分官员起来反抗国、高的压迫。公元前489年六月，在陈乞、鲍牧（鲍国之孙）的领导下，诸位大夫拿起武器，带领族兵攻入公宫，将公子荼置于控制之下。国夏、高张闻讯，连忙赶去营救。双方在临淄的大街上发生巷战，国、高二氏惨败，被迫出逃到鲁国。

同年八月，寓居鲁国的公子阳生秘密会见了前来进行国事访问的齐国大夫邴意兹。邴意兹向阳生转达了陈乞的问候，并邀请阳生回齐国去主持大局。

阳生没有表现得过分惊喜，而是问了一个问题：“国家现在不是有主人吗，为什么要叫我回去？”

邴意兹说：“您也知道，他还只是一个小孩，完全没有办法治理国政。陈相国认为，众多公子之中，唯有您识大体顾大局，堪当大任。”

阳生眼皮跳了一下，问道：“陈乞已经当了相国了？”

邴意兹笑道：“没有，但也差不多了。”

阳生说：“那他为什么不光明正大地来迎接我回国？还要派你来，把事情搞得这样神神秘秘。”

邴意兹说：“您有所不知，朝中诸位大夫意见不统一，尤其是鲍牧的工作不太好做。陈相国以为，非常之世，当采取非常之手段，是以派下臣前来，秘而不宣，以免引发不必要的动乱。但是陈相国保证，只要您肯回去，他必能让您当上国君，这一点无须怀疑。”

阳生犹豫不决。平心而论，他在鲁国过得还不错。一是远离了国内的纷争，无性命之虞；二是季氏的新任族长季孙肥（季孙斯之子）将一个妹妹嫁给他，无衣食之忧。但是，国君的宝座的诱惑力实在太大了，他决定去找兄弟公子鉏商量一下。

公子鉏字且于，当时住在曲阜的南门内，因此被称为南郭且于，是不是战国时期那位南郭先生的先祖，现在已经无从考证。阳生去见南郭且于的时候，亲自驾着马车，没有带任何随从。他对南郭且于说：“前些日子我送了几匹好马给季孙肥，他似乎不太满意。现在又找了几匹，你先帮我看看如何？”兄弟俩共驾马车出了城门，眼看四下无人，阳生才将实情相告。南郭且于给了他一个肯定的建议。

阳生回到自己的住所，看见自己的家臣宰予，也就是被孔丘评价为“朽木不可雕也”的那位高徒，站在门口相迎，脸上的表情分明是“别瞒着我，我全都知道了”。阳生也不跟他打哑谜，直接告诉他：“这一次回国，你别跟着我，回去保护壬，等我的消息。”壬就是阳生的儿子公孙壬。由此可见，阳生对于回国这件事，还是存有疑虑的，没将老婆孩子统统带走，算是给自己留了一条后路。

几天之后，阳生悄悄进入临淄。陈乞先是将他安置在自己的小妾的娘家，后来又让他化装成仆人进入公宫。

同年十月，陈乞突然宣布立阳生为君，也就是历史上的齐悼公。并为此召集文武百官在宫中集会，宣誓效忠新君。对于这一决定，大多数人不觉得奇怪，甚至都能接受，唯有陈乞的同谋鲍牧心里不痛快。

盟誓那天，鲍牧看上去像喝得醉醺醺的，站都站不稳，由家臣鲍点驾车前往公宫。鲍点问陈乞：“此前没有任何消息，现在突然立了新君，请问是谁的意见？”

陈乞的反应很快，装作大吃一惊的样子，说：“可不就是你家主人的意思吗？”又对鲍牧说：“哎呀，您怎么喝醉了呀，您倒是对大伙说说，当初可是您要我这么做的啊！”

没想到鲍牧根本没醉，突然睁开眼说：“你忘了先君是多么宠爱孺子（指公子荼），曾经把自己当作一头牛，让他牵着走，不小心摔断了牙齿的事吗？”

这句话的原文是：“汝忘君之为孺子牛而折其齿乎？”鲁迅曾有诗云：“横眉冷对千夫指，俯首甘为孺子牛。”孺子牛的典故，就出自鲍牧这句话。鲍牧的意思很明确，先君如此宠爱公子荼，你却要将他赶下台，对得起先君吗？

陈乞没想到鲍牧还有这么一手，脸上红一阵，白一阵，不知如何应对。倒是齐悼公很镇定，对鲍牧说：“您这样说，说明您是一个正直的人。如果我能够成为国君，必不会因您今天所说的这些话而记恨于您；如果我不能够成为国君，那也是天命，请您不要为难我。凡事符合大义则进，不符合大义则退，我岂敢不听从您的命令？今天我能不能当上国君，全在您的一念之间，我不敢强求，只是无论是哪种结果，都不要让齐国再动乱下去，好吗？”

陈乞听了，暗中朝齐悼公竖起大拇指。鲍牧愣了半晌，长叹一声，说：“无论怎么说，您也是先君之子啊！”这就等于承认了齐悼公的地位了。但他紧接着提出了一个要求：即位之后，不能杀公子荼，让齐景公的小妾胡姬带着公子荼去赖城居住。

齐悼公满口答应。但是上台后不久，他就派大夫朱毛去找陈乞，说：“如果没有您，寡人就没有今天。然而天无二日，国无二君，一个国家如果有两个主人，那就是灾难。请您务必将寡人的意思传达给诸位大夫。”话说得委婉，意思却很明白：不杀公子荼，他这个国君就当得不安稳，请陈乞作主把这事给办了。

这一下，连陈乞这个老阴谋家都觉得应付不来了。他带着哭腔对朱毛说：“大夫们都已经宣誓了，国君还是不相信我们。齐国内有饥荒之困，外有兵革之忧，而孺子年幼，所以请国君回来主持大局。不是为齐国考虑的话，孺子何罪，以至于我们这些人非要推翻他的统治？”

朱毛回去复命。齐悼公一听就明白了，陈乞这是在警告他，不要胡思乱想，他之所以能够当上这个国君，完全是因为运气好。如果把陈乞惹毛了，再将他推翻也是易于反掌。齐悼公很紧张，后悔自己说过那样的话。朱毛却不以为然，说：“您大事问陈乞，小事可以自己作主。”

齐悼公“咦”了一声，说：“真的可以这样吗？”

朱毛说：“当然可以，您是齐国的国君啊！”

齐悼公脸上露出一丝残忍的笑容。不久之后，朱毛奉命将公子荼从赖城迁到骀地（今山东省潍坊境内），在路上将其暗中杀掉，随便找了个地方埋葬了。

陈乞所说的兵革之忧，并非空穴来风。

公元前488年春天，晋国的赵鞅再度出兵卫国，企图将蒯聩送回卫国去争夺君位。齐国的同盟宋国，也因为齐景公去世，又投入了晋国的怀抱，派兵入侵郑国。战火虽然没有直接烧到齐国的土地上，却让齐国人感到了危险的临近。

然而最大的威胁不是来自西方的晋国，而是来自南方的后起之秀——吴国。

就在这一年夏天，一向不显山露水的吴王夫差突然来到山东的鄫（zēng）城（今枣庄市境内），指名道姓要与鲁哀公举行会盟。

鲁哀公心想，有朋自远方来，不亦说乎？于是应召前往，而且在鄫城设宴招待夫差。让他万万没有想到的是，吴国人提出：招待吴王，必须大礼，请鲁国准备百牢相待。

前面说过，一牢为牛、羊、猪各一头。按照周礼，诸侯相见，最多使用七牢。公元前521年，士鞅访问鲁国，要求使用十一牢之礼，已经是异数。现在吴国人一开口就是百牢，委实让鲁国人有点吃不消。要知道，三百头牲口陈列在院子里，简直就是个屠宰场，要不就是个烧腊铺，谁还有心情喝酒啊！但吴国人不理这些，坚持要这个待遇，而且说："你们招待晋国的大夫都可以用十一牢，招待吴王用百牢，难道不应该吗？"

鲁国派大夫子服何去和吴国人交涉，说："当年晋国的士鞅贪婪无礼，倚仗晋国欺负我国，所以我们才答应他使用十一牢。吴王如果以礼号令诸侯，就应该按照规定来办。周礼规定，就算是天子招待诸侯，也不过十二牢之礼，顶天了。吴王如果弃周礼于不顾，那我们也没办法，只能照办，只不过这一百牢之礼，可是比士鞅还过分哦！"

吴国人根本不理他那套，坚持要用百牢。

子服何对鲁哀公说："吴国怕是要灭亡了。一天只有十二个时辰，一年只有十二个月，十二就是天数，吴王要求的比天数还多。而且吴国与鲁国同为姬姓子孙，本应遵从周礼的规定，他却视周礼如无物，这是忘本啊！这种欺天灭祖的人，咱们惹不起，还是答应他吧。"于是鲁哀公以史无前例的百牢之礼招待了夫差。

即便是这样，吴国人还是觉得鲁国不够意思。大宰伯嚭随同夫差出访，向鲁国人提出：要季孙肥到鄫城来相见。

季孙肥心想，我好歹是鲁国的上卿，堂堂的三桓之后，听命于吴国的大宰，岂不是太掉份儿了？再说了，曲阜到鄫城四百余里，又不是四十里，哪能说去就去。于是派孔丘的得意弟子端木赐前去应付。伯嚭看到端木赐，很不高兴，说："两位国君不远千里来相会，贵国的大夫却不想出门，这是什么道理？”

端木赐回答：“这是害怕贵国啊！贵国不遵周礼，行事怪异，难以常理推测，我们不得不小心防范。寡君听从吴王的召唤来到这里，他的大臣当然要坐镇国内，以防生变，您说是不？”

伯嚭哑口无言。端木赐回到曲阜，便对季孙肥说：“吴国没什么好怕的，长久不了。”

这个判断给鲁国带来了严重的后果。

夫差和鲁哀公会盟的时候，长期受到鲁国欺负的邾国仿佛看到了希望。邾隐公主动跑到鄫城，要求参加会盟。夫差当然来者不拒，爽快地答应了邾隐公。但鲁国人心里便不乐意了：邾国邻近鲁国，一直受到鲁国的控制，吴国山长水远的，凭什么来当邾国的保护伞啊？你们保护得了么？

季孙肥召集大夫们开会，商量讨伐邾国的大事。

子服何亲眼见识过吴国人的骄横，认为此事万不可行，但是理由说得很冠冕堂皇：“小国侍奉大国，守信是第一要义；大国保护小国，仁爱是根本。如果我们讨伐邾国，一方面背弃了与吴国的盟约，是不信；另一方面以大欺小，是不仁。不信不仁，国家就危险了。”

仲孙何忌和季孙肥一样，是主张讨伐邾国的。听到子服何这样讲，便对大伙说：“你们也发表一下意见，我们讲民主嘛！”满以为大伙会支持讨伐行动，不料大伙异口同声，都同意子服何的意见，认为战端不可开。

会议没有统一思想，但是因为季孙肥和仲孙何忌坚持，同年秋天，鲁国还是派兵入侵了邾国。邾隐公自从和夫差喝过牛血酒，认为找到了大靠山，从此安危不愁，对鲁国的入侵毫无防备，以至于鲁军到了邾国城下，他还在城内敲钟饮酒。大夫茅夷鸿请求向吴国告急，他才反应过来，说：“别去了，鲁国离咱们那么近，鲁国人晚上敲梆子，咱们都听得到。而吴国离咱们至少有二千里路，就算现在发兵，没有三个月的时间也到不了，远水救不得近火，我们还是靠自己吧！”

鲁国人长驱直入，将邾国洗劫一空。邾隐公也成为鲁军的俘虏，被带回鲁国，囚禁在负瑕（今山东省兖州境内）。

茅夷鸿带着布帛五匹、牛皮四张来到吴国，对夫差说：“鲁国趁着晋国衰落，又认为吴国偏远，恣意妄为，欺凌小国，这是没把吴国放在眼里啊！下臣以为，邾国灭亡了倒无所谓，您的威信受到损害，这才是大事。鲁侯夏天才在鄫城与您签订盟约，秋天就背弃了，想干什么就干什么。您如果视而不见，让四方诸侯如何听从您的命令？”

夫差何尝不知道这个道理？只不过恐吓鲁国是一回事，真正要对鲁国用兵又是另外一回事，二者不可相提并论。他一面好言劝慰茅夷鸿，安排他住下，一面将鲁国降臣叔孙辄召进宫来，咨询他的意见。

阳虎之乱后，公山不狃和叔孙辄逃到了吴国，至今已有十余年。叔孙辄听说夫差要进攻鲁国，立刻回答：“鲁国有名无实，您如果讨伐它，必定可以得志。”

叔孙辄回来之后便对公山不狃说：“咱们的机会来了，吴王要进攻鲁国，必以我俩为向导。以吴国的军力，咱们重回曲阜指日可待。”

没想到公山不狃冷冷地说了三个字，便将他的满腔热情全部浇灭：“非礼也！”

公山不狃还对叔孙辄说：“君子即便被迫离开自己的祖国，也不投靠敌国，更不应该因为心怀怨恨，就为祸乡土。我们在鲁国犯了叛逆之罪，又在吴国煽风点火，鼓励吴王与鲁国为敌，这是罪上加罪，罪无可赦。按道理说，就算吴王要求我们参与这件事，我们也要想办法回避。现在你却因为自己的怨恨而要颠覆祖国，这样做对得起自己的良心吗？吴王如若指派你为向导，你一定要推脱，那他肯定会来找我，我自有应付之法。”

果然，不久之后，夫差决定对鲁国用兵，命令叔孙辄当向导。叔孙辄借口身体不适，没有接受夫差的命令。夫差便找到公山不狃。公山不狃说：“鲁国平时虽然没有什么亲近的国家，危急的时候却一定会有愿意生死与共的盟国。您如果一定要进攻鲁国，诸侯不可以坐视不理，晋国、齐国和楚国都有可能出兵。尤其是齐国和晋国，与鲁国唇齿相依。唇亡齿寒的道理想必您也知道，请一定考虑清楚再作打算。”

夫差说：“就算是这几个国家一起来，我也不怕，你就不用再劝了，把寡人交给你的任务完成好，寡人不会亏待你。”

公元前487年三月，吴国大军从姑苏出发，以公山不狃为向导讨伐鲁国。公山不狃故意带着吴国人从险道行军，取道武城。武城地处沂蒙山区，地势险要，易守难攻，公山不狃料定吴军难以攻下，没想到歪打正着——当初，武城有人在吴、鲁边境种田，恃强凌弱，欺负了同样在当地开荒的几个鄫国人。等到吴军到来，那几个鄫国人便充当了向导，领着吴军从小路包抄，轻而易举地拿下了武城。

消息传到曲阜，举国皆惊。仲孙何忌问子服何："当初你说吴国不能长久，现在吴军打到家门口了，怎么办？"子服何毫不客气地说："吴军来了，就和他们作战，有什么好怕的？而且当初我劝你们不要攻打邾国，你们一定要打，是你们把吴军招来的。正所谓求仁得仁，不正如您所愿吗？"把仲孙何忌闹了个大红脸。

吴军攻占武城后，士气大盛，又连续拿下东阳、五梧等地，很快抵达费邑附近的蚕室。在这里，终于遇到了鲁军的主动抵抗。鲁国大夫公宾庚、公甲叔子率部迎击吴军，双方在夷地展开战斗，吴军大获全胜，公宾庚、公甲叔子和同车的析朱鉏全都战死。

战后，吴军将三人的尸体抬到夫差帐前，请夫差过目。夫差看过之后，很感慨地说："这是同一辆战车上的人，他们拼死作战，谁都没有放弃自己的职责，说明鲁国并非有名无实，还是很有凝聚力的。要消灭鲁国，看来不是那么容易的事。"

吴军继续前进，来到泗水边上的庚宗。这里已经离曲阜很近了。鲁国大夫微虎主动请缨，准备夜袭夫差的营帐，对其实施斩首行动。他将族兵七百人集合起来，让他们每人跳高三次，选择了最强壮的三百人，其中包括孔丘的弟子有若（即《论语》中曾经提到的有子）。微虎带着这三百人将要出发的时候，有人对季孙肥说："微虎这样做，不足以对吴军构成威胁，反而让鲁国的优秀人物白白送命，请您一定要制止他。"季孙肥于是下令关闭城门，不让微虎他们去。即便是这样，也把夫差吓了一大跳，一夜之间转移了三次住处，仍然感到不安全。

经历了这件事后，夫差越发感到鲁国难以攻取，便向鲁国提出和谈，但是开出的条件十分苛刻。季孙肥想要接受，子服何不同意，说："当年楚国人包围宋国，宋国到了易子而食、析骨为炊的地步，尚且没有签订城下之盟。现在我们还远远没有达到不能作战的地步，就跟敌人签订城下之盟，让鲁国的面子往哪搁？吴军轻率行动，远离本土作战，现在已经是骑虎难下，所以主动求和。请再等待一下，不要轻易答应他们。”

季孙肥不听。子服何便自己草拟了一份盟约，来到吴军大营，跟夫差谈判。季孙肥听说之后，派人对夫差说，要把子服何当作人质留在吴国，夫差答应了。后来鲁国方面又要求吴国以王子姑曹作为人质相抵，夫差不同意，干脆将子服何送了回来。双方最终在曲阜城外签订了和约，夫差撤军回国。

鲁国流年不利。吴国人前脚刚走，齐国人后脚便到。

前面说过，齐悼公在鲁国娶了季孙肥的妹妹季姬。陈乞召他回国的时候，他担心齐国局势不明朗，没有将季姬带走。现在他觉得自己坐稳了江山，便派人来鲁国取家眷。没有想到的是，就在他离开的这一年多，他那亲爱的季姬耐不住寂寞，竟然与叔父季鲂侯私通，估计还怀了孕，以至于季孙肥不敢将她送到齐国去，但又不敢向齐悼公说明原因。齐悼公大怒，派兵入侵鲁国，攻占了阐（今山东省泰安境内）、讙（今山东省宁阳县西北）两地。

齐悼公还派使者前往吴国，请夫差发兵，南北夹击鲁国。季孙肥吓坏了，赶紧将当年入侵邾国时俘虏的邾隐公释放掉，作为对夫差的献媚。让人啼笑皆非的是，这位邾隐公是个极不省事的人，回到邾国后，竟然将吴国的好处忘得一干二净，一不山呼二不万岁，甚至没给夫差写一封感谢信。夫差大怒，派伯嚭带兵讨伐邾国，又将邾隐公囚禁起来，立其子公子革为君，也就是邾桓公。

同年秋天，季孙肥终于将季姬送到了临淄。齐悼公见到季姬，什么不快都抛到九霄云外了，对她宠爱如故，并将几个月前攻占的阐、讙两地还给了鲁国。虽然史书没有明确记载，但是据本书作者推测，季孙肥之所以这个时候敢交出妹妹，是因为经过了半年，该处理的事情已经处理好了，不会让齐悼公看出什么问题来了。

齐鲁两国既然实现了和平，齐悼公请吴国进攻鲁国的事，自然也就作罢了。为此，公元前486年春天，齐悼公派大夫公孟绰前往吴国，请夫差放弃出兵攻打鲁国。

很显然，齐悼公严重低估了夫差。

夫差听到齐悼公的请求，不怒反笑，对公孟绰说：“去年寡人听到齐侯的命令，要吴国攻打鲁国，所以把准备工作都做好了。现在您又来告诉寡人说不必了，这真是让人无所适从啊！这样吧，寡人决定亲自去贵国聆听齐侯的命令。”

夫差说做便做。同年秋天，吴国在邗江边（今江苏省扬州境内）修筑起一座城池，并开挖沟渠，修建了中国有史以来第一条运河——邗沟，将长江和淮河贯通。这样一来，吴国的水军就不只是在江南活动，而是能够通过运河进入到淮河流域。那水上隆隆的战鼓声，很快就要响彻山东大地了。

重创齐国，夫差野心爆棚

公元前486年冬天，吴王夫差的使者来到曲阜，给鲁哀公送来一份神气活现的命令：

“寡人不日兴师伐齐，望鲁国出兵相助。”

如前所述，这件事情起因是齐国请吴国兴师伐鲁，后来齐、鲁两国握手言和，齐国又请吴国不要出兵，导致夫差大怒，反倒联合鲁国来进攻齐国——当然，这仅仅是表面上的因果。狗血的剧情背后，是夫差早就按捺不住要入主中原的野心。

站在鲁国的角度，这个时候帮着吴国去打齐国，显然不太厚道。但是对比过吴国和齐国的实力后，鲁国很快作出一个不太艰难的决定。公元前485年春天，鲁哀公率部加入夫差的北伐大军，侵入了齐国南部。

正面进攻的同时，另一支吴国部队，由大夫徐承率领的水军则不声不响地由长江口入海，沿着海岸线北上，在胶东半岛登陆，直插齐国后方。这也是中国有史以来第一次海陆协同作战，吴国的实力，委实不可小觑。

齐悼公没有为军事问题太过烦恼。当吴、鲁联军（还有邾、郯等小国的部队）抵达鄎（xī）城的时候，一场政变结束了他短短四年的政治生命。

《左传》记载：“齐人弑悼公。”究竟谁是“齐人”，却语焉不详。《史记》则指名道姓，认为凶手是鲍牧。但是据《左传》记载，鲍牧于公元前487年被齐悼公赐死，且言之凿凿，足以推翻《史记》的论述。《晏子春秋》认为是凶手陈氏，也就是陈乞，这种说法得到后世大多数史学家的支持。

齐悼公被杀的消息，很快通过齐国使者传到吴军大营。齐国人的意思很明白：冤有头债有主，出尔反尔得罪吴国的是齐悼公，现在他已经被我们杀死了，您是不是可以退兵了？

夫差的反应让齐国使者不知所措——他命令全军披麻戴孝，自己跑到军门之外，号哭了三天。然后告诉齐国使者，寡人确实是为了齐侯而来，但是你们把他给杀了，是以下犯上，大逆不道，寡人现在要替天行道，为齐侯报仇。

夫差对吴军的实力很有信心，尤其是对徐承率领的奇袭部队寄予厚望。然而不久之后，败讯传来，徐承部队劳师袭远，水土不服，还没抵达临淄，就被齐国的地方部队打败。经过深思熟虑之后，夫差决定连夜撤军。

吴国第一次北伐未果而终，倒霉的是鲁国。

公元前484年刚开春，齐国部队便踏上了鲁国土地，对鲁国去年的入侵进行报复。

孔丘的弟子冉求此时担任季氏的家老，当季孙肥问到他的意见，他回答：“一卿守城，其余两卿随国君出兵到边境抵抗。”

众所周知，鲁国的三卿即是三桓。季孙肥为难地说：“我可使唤不了他们两个。”

冉求说：“不愿跑那么远也行，至少要到曲阜近郊迎战。”

季孙肥说：“我试试看。”于是去找仲孙何忌和叔孙州仇商量。果然，这两个人听说要出征，都连连摇头，表示不干。

季孙肥回去告诉冉求。冉求说：“既然这样，那国君便不能出战。请您亲自率领部队，背城而战，看他们好不好意思躲在曲阜城内当缩头乌龟。据我所知，齐军战车之数，尚不及我季氏，有什么好怕的？就算孟氏和叔孙氏不来参与，我们也有胜算。而且他们不来的话，以后鲁国的大事，就是您一个人说了算，没他们插嘴的份儿了。”季孙肥还在犹豫，冉求又说：“您现在可是鲁国的一把手，保家卫国，责无旁贷。如果齐国人杀到家门口来了，您都不能与之一战，让天下人如何看您？”

冉求这句话打动了季孙肥。第二天上朝，他让冉求跟着去，候在公宫之外。叔孙州仇看到冉求，远远地打招呼，说：“齐国人已经打到清河了。冉求，你怎么看？”

冉求大声说：“诸位君子深谋远虑，我这个小人哪里能有什么看法。”

仲孙何忌路过正好听到，觉得冉求话里有话，也掺和进来，硬要冉求发表意见。冉求回答：“小人有自知之明，发表意见之前，先要考量对方的水平。对方水平太高的话，小人就不敢乱说。”

叔孙州仇和仲孙何忌都听出来了，冉求这话表面上自贬，实际上是讽刺他们没胆识，不足与言。两人受到刺激，回到家里，便下令集合战车和步卒，准备出兵。

鲁军兵分两路。右军由仲孙何忌的儿子孟彘带领，颜羽为御者，邴泄为车右护卫；左军由冉求带领，管周父为御者，孔丘的另一位弟子樊迟为车右护卫。樊迟当时还小，季孙肥检阅了部队之后说：“樊迟未免太瘦弱了。”冉求说：“瘦是瘦点，但是不会让您失望。”

季氏的精锐族兵七千人全部被投入左军，在曲阜的南门整装待发。相比之下，孟氏就显得太虚情假意了。左军足足等了五天，孟氏的右军才姗姗来迟。

齐鲁两军在曲阜城郊展开战斗，鲁军躲在沟濠后面，不肯主动出击。这也难怪，自从三桓“三分四军”以来，一个国家三支军队，各有各的算盘，谁都想保存自己的实力，谁会犯傻呢？

率先打破僵局的是樊迟，他对冉求说：“不是鲁国人不勇敢，是大伙对您还不信任，请您发布命令，我第一个出击。”冉求说：“好！”于是击鼓三通。樊迟应声而出，跃过濠沟，头也不回地朝着齐军冲去。左军将士受到感染，纷纷跟随其后，杀入齐军阵地。

正当鲁国左军气势如虹，奋勇杀敌的时候，右军却不争气地溃败了。右军毫无战意，溃败是意料之中的事。后人甚至认为，右军不是被齐军击溃，而是主动逃跑。

但是也有人表现出临危不乱的武士风范。据《论语》记载：右军将领孟之侧在逃跑中主动殿后，最后一个进入曲阜。快要入城的时候，故意拿着箭抽打自己的战马，对别人说：“不是我敢于殿后，是我的马实在跑不快啊！”孟之侧是孟氏族人，他这样做，估计也是想为孟氏找回点面子吧。

还有一位名叫林不狃的小人物，是右军的一个伍长，管着手下四名步兵。右军开始溃败的时候，手下问他：“咱们也跑吧？”林不狃说：“逃跑谁不会啊？非我所为。”手下说：“那咱们留下抗敌？”林不狃说：“大伙都跑了，就咱们五个人五条枪，抗个屁啊！”带着自己的队伍，保持战斗队型，徐徐而退，结果五人全部战死。

战斗从早晨打到中午。在右军逃跑的情况下，冉求的左军孤军奋战，竟然大获全胜。当天夜里，齐军夜遁。冉求得到情报，三次要求追击，都被季孙肥否决。

最让人无语的是右军统帅孟彘，打了败仗回来，逢人便说：“我的表现确实不如颜羽，但是比邴泄强。颜羽在战场上跃跃欲试，恨不得冲在最前面；我不想打，但我知道保持沉默；邴泄这家伙最窝囊，一个劲儿地叫‘快逃’，所以我们就逃跑了！”言毕又是一阵大笑，丝毫不觉得脸红。

夫差去得快，来得也快。同年夏天，吴军再度北上，讨伐齐国。

越王勾践听到消息，亲自率领文种、范蠡等亲信来到姑苏，预祝夫差马到成功。吴国上自夫差，下至普通士人，都得到了勾践送来的一份贺礼，人人有份，举国欢喜。唯有伍子胥愁眉不展。有人问起来，他便恶狠狠地回答：“难道吴国是勾践豢养的一条狗吗？”

那人吓了一大跳，说：“相国何出此言？”

伍子胥说：“他扔块骨头，咱们就得流血牺牲，这不是养狗吗？”

那人赶紧把耳朵堵上，不敢再听。伍子胥余怒未消，跑到宫里对夫差说：“越国对于吴国来说，始终是心腹之患。勾践现在这样温柔驯服，不过是为了掩藏祸心，请大王明察秋毫，不要上了他的当。”

夫差眼中闪过一丝不快，但仍然耐着性子，故意问道：“若依相国之见，寡人当如何？”

伍子胥说：“停止讨伐齐国，先收拾了越国再说。齐国远在东海，就算我们打败齐国，也得不到任何好处。越国就在吴国旁边，吴不亡越，越必灭吴。”

夫差冷冷地说：“相国对越国的成见可真是很深哪！”

伍子胥回敬道：“大王难道忘了杀父之仇？”

夫差脸色大变，说：“寡人心意已决，休得再谏！”为了不让伍子胥再在身边唠叨，干脆派他出使齐国，去下战书。自古以来，两国交兵，哪有派相国去下战书的？伍子胥长叹一声，遵命而行。不过他留了一个心眼，将自己的儿子伍丰也带了过去，回来的时候，就让伍丰留在了齐国。

同年五月，吴、鲁联军攻克博城（今山东省泰安境内）。齐国亦发兵抵抗，双方在嬴城（今山东省莱芜境内）附近对峙。齐军摆出的阵势是：国书统帅中军，高无丕统帅上军，宗楼统帅下军。而吴军摆出的阵势是：夫差亲自统帅中军，胥门巢统帅上军，王子姑曹统帅下军，展如统帅右军。

这一战，关系到齐国的生死存亡，齐军将士都憋足了劲，发誓要让吴国人有来无回。下军统帅宗楼与大夫闾丘明互相鼓励说：“大丈夫终有一死，能够为国捐躯，死而无憾。”中军统帅国书和御者桑掩胥将写有“必死”二字的白布裹在头上，公孙夏见了，十分感动，命令他的部属唱起《虞殡》（送葬的挽歌）相送。陈逆命令部下嘴中含玉参加战斗，以示赴死的决心（古代死者含玉，据说可使灵魂不散）。公孙挥向部下发表战前演讲，豪气干云，说：“每个人都要带上八尺长的绳子，准备收拾吴军的首级！”东郭书是第三次参加战斗，他对部下说：“古人说，三战必死，我已经是第三次来到战场，没有打算活着回去。”命人将心爱的琴送给好朋友弦多，说：“我再也见不到您了。”

齐国的第一权臣陈乞也参加了这次战斗。众人爱国热情高涨的时候，他也鼓励自己的亲弟弟陈书：“奋勇杀敌，不要活着回来！”接着又说了一句：“你如果死了，齐国就是我的了！”言下之意，要陈书用生命为陈家争光，好使陈家能够顺利夺取政权。陈家人的思维，总是那么与众不同。陈书简单地回答：“这一战，我只会听到前进的鼓声，不会听到您鸣金收兵了，请保重！”

双方在艾陵（今山东省莱芜境内）展开战斗。齐军虽然士气高涨，仍挡不住吴军的金戈铁马。展如率领的吴国右军首先击溃高无丕率领的齐军上军。齐国的中军开始击败了吴国上军，但是夫差亲率精锐的王卒救援，又将齐国中军击溃，遂大败齐军，杀死国书、公孙夏、闾丘明、陈书、东郭书等众多将领。

相比齐国人的慷慨赴死和吴国人的所向披靡，鲁国人在这场战争中的表现可以用“不堪”二字形容。据《左传》记载，夫差在战前召唤叔孙州仇，说：“你担任什么职务？”叔孙州仇说：“忝为司马。”夫差便赏赐给他盔甲和长剑，说：“好好为你的国君服务，不要辱没使命！”意思是要他奋勇杀敌，别活着回来。叔孙州仇战战兢兢，不知道如何应对。倒是端木赐胆大，眼看要冷场，连忙上前跪拜，替他收下盔甲，说：“州仇接受盔甲，听从君令。”受甲而不受剑，意思当然是只求自保，不肯卖命。幸好夫差不计较，战后还将俘获的齐军战车八百乘和齐军首级三千献给了鲁哀公，其中包括国书的人头。

鲁哀公不敢怠慢，命人精心打造了一个匣子，用红黑色的丝绸做垫，将国书的人头装好，还绑上精致的缎带，派大史固连同一封信送回齐国，信上说：“如果上天不是明察秋毫，怎么会让下国（指鲁国）获胜？”话说得很得体，但是据《国语》记载，这句话应该是夫差写给齐简公的——齐悼公死后，公子壬被立为国君，也就是历史上的齐简公。

艾陵之战是夫差称霸天下的最重要一战。单从军事上而言，艾陵之战无疑是空前成功的，这一点从夫差送给鲁哀公的八百乘战车就可以看出来。八百乘战车，在任何一个年代都是相当庞大的军事装备，几乎是一个中等国家的全部军事力量，却在一战之间成为吴军的战利品，可以说是史无前例。后世有人认为，吴军之所以取得胜利，一个重要的原因是大胆突破常规，在传统的三军阵型之外，使用了右军作为游击部队，对突破齐军阵线起到了至关重要的作用。而这一战术，正是孙武“以正合，以奇胜”的作战思想的体现。

然而，艾陵之战也是夫差走向灭亡的关键一战。这一战后，夫差自信心爆棚，从此不将天下诸侯放在眼里，在国内也是顺我者昌，逆我者亡，听不进任何反对意见。第一个死在夫差剑下的，便是伍子胥。

据《史记》记载，太宰伯嚭素来嫉恨伍子胥，想取而代之，便在夫差面前进谗说：“伍子胥为人刚暴、寡恩、多疑，常有怨言，迟早会成为祸害。前一次大王讨伐齐国，他认为不可，您最终还是出兵并且取得胜利，举国欢腾，唯有他心怀不满，反而加深了怨恨。这一次您讨伐齐国，他又强烈反对，恨不得吴军失败，好证明他的正确。没想到您英明神武，打得齐国十万大军全军覆灭，让天下人都在您的剑下战栗。什么齐桓、晋文、秦穆、楚庄，在您面前不过是寻常君主，羞称霸主！伍子胥不但不为您感到高兴，反而到处说您的坏话，说什么吴国危险了，笑话！您只要跺跺脚，晋侯在新田都能感觉到地面在颤抖，哪个傻瓜会认为吴国有危险？不，伍子胥不是傻瓜，他这是别有用心。下臣听说，他趁着去齐国访问的机会，将儿子伍丰带到了齐国，投靠在鲍氏门下。齐国人为了讨好他，还封给伍丰土地。作为吴国的相国，他这不是里通敌国么？”

夫差大吃一惊：“竟然还有这等事？”遂派人调查，果然如伯嚭所言。伍丰投靠到鲍氏门下，不但获得了土地，还被封为“王孙氏”，过得十分潇洒。夫差大怒，派人给伍子胥送去一柄“属镂”，说：“您自己看着办吧！”

属镂是宝剑名。前面刚刚说过，国君赐臣剑，只有一个意思，让他不要再活了。伍子胥当然知道夫差的心意，仰天长叹道：“当年我为了报仇来到吴国，倾尽全力让你父亲当上吴王，又助他打败楚国，称霸江淮。而今你竟然听信小人的谗言，要杀我这个老头子！罢，罢，罢，我死不足惜，只有一事相求，死后请将我的眼睛挖下来，挂在首都的东门之上，我好看着越国人是怎么灭掉吴国的！”说罢自刭而死。

夫差让人将伍子胥的尸体用草革包裹着，扔到了长江里。

伍子胥死后，夫差耳根清静，加快了称霸天下的步伐。公元前483年夏天，夫差与鲁哀公在吴国的橐皋（tuó gāo，今江苏省如皋境内）举行会晤，大宰伯嚭请求重温五年前鄫城之盟的誓词。这个要求让鲁哀公感到很为难。众所周知，鄫城之会上，吴国要求鲁国以百牢之礼招待夫差，伯嚭还宣召季孙肥前来相会，完全没把鲁国放在眼里，鲁国人回想起这件事就觉得耻辱，怎么还会想去重温那段誓词呢？

孔丘的门生端木赐再度出马，对伯嚭说：“誓词，是用来巩固诚信的，所以要用内心来记住它，用文字来表达它，用布帛来记载它，向鬼神发誓来维护它。寡君以为，两国当年签订了神圣的盟约，互相之间一直遵守，没有丝毫变更，完全没有必要拿出来旧事重提。”伯嚭再度被端木赐说得哑口无言，这事就搁下来了。

夫差还派人请卫出公前来参加会议。卫出公不想去，大夫子木劝道："吴国虽然无道，但仍然足以成为卫国的忧患，您还是去吧！大树倒下，砸倒一片；好狗发疯，见人就咬，何况是这么可怕的国家！"卫出公于是战战兢兢地来会见夫差。

夫差的如意算盘是，先搞一个东部的小型国际联盟，将卫国、鲁国、宋国、郳国、郯国等纳入进来，然而逐渐向西发展，与晋国一争高下。但是卫出公秘密会见了鲁哀公和宋国的代表皇瑗之后，胆子突然大了，明确向夫差表示，不能和吴国结盟。夫差很生气，庞大的齐国都被吴国打败了，小小的卫国居然敢公开叫板？于是派兵将卫出公的住处包围起来，想来个霸王硬上弓。

子服何对端木赐说："诸侯相会，事情办完之后，盟主向大伙赠送礼物，东道主安排宴会，依依惜别。现在吴王不但不向卫侯赠礼，反而将他囚禁起来，您得想想办法啊！要不，您去跟伯嚭沟通沟通？"

端木赐说："我是跟伯嚭打过两次交道，他对我也挺尊重，我可以去试试。可是这个人贪婪成性，你不能让我空着手去。"

子服何说："这个自然。"

于是，端木赐"束锦以行"，带着礼物去找伯嚭，先不说明来意，一味闲聊，装作不经意地聊到卫国。端木赐故意问："听说贵国派兵将卫侯的住处包围了，这是为什么啊？"

伯嚭说："那得怪卫侯太不识抬举。寡君好心，要与卫侯交朋友，他却姗姗来迟。寡君害怕他又匆匆离去，所以只好将他留下来了。"

端木赐说："原来如此。我听说卫侯来之前，曾经与臣下商议，有人主张他来，也有人反对他来，拿不定主意，所以才会迟到。那些支持他来的，是吴国的朋友；反对他来的，是吴国的敌人。现在贵国将卫侯囚禁起来，不是让朋友感到难堪而让敌人洋洋得意吗？而且吴王想领导诸侯，却又囚禁卫侯，谁不感到害怕？亲痛仇快、诸侯畏惧，这可不是称霸天下的做法哦！"

伯嚭第三次被端木赐说服，请求夫差释放了卫出公。想来是吴音温软，卫出公被吴国人囚禁的这段时间，竟然喜欢上了吴国的语言，回到卫国之后，还是学着吴国人怪腔怪调地说话。卫灵公的孙子公孙弥牟当时还小，听到卫出公的声音便对人说："国君恐怕不免于难了，被人囚禁了还学着人家说话，这是打算长久去南蛮之地生活啊！"

夫差会盟诸侯，勾践乘虚而入

一系列的战争和外交手段之后，夫差认为自己已经铺平了称霸天下的道路，于公元前482年通过鲁哀公向晋定公发出会盟的要求，三方确定将黄池作为会盟地点。

为了向中原各国炫耀武力，夫差决定亲率吴军的主力部队北上，再度讨伐齐国，然后一路向西，参加黄池之会。但问题是黄池在今天河南省封丘境内，离吴国距离较远，不利于部队大规模行动。吴国的水利工程师解决了这个难题，在原来已经挖通的邗沟的基础上继续开挖渠道，接通了沂水和济水（黄池在济水故道南岸）。这样一来，数万名吴军便可乘船从江南开到河南，夫差出入中原就方便多了。

宏伟的工程背后，是吴国百姓付出了难以想象的艰辛和血汗，再加上那些年光景不好，粮食连年欠收，吴国早就是民怨沸腾，朝野之间对于即将到来的黄池之会更是议论纷纷，夫差听得头皮发麻，下令："谁敢在这件事上发表意见，死罪！"

但仍有人冒死进谏，那就是夫差的儿子大子友。有一天清晨，大子友手持弹弓，从后花园出来，衣服和鞋子都湿了。夫差觉得很奇怪，问道："一大早的，你拿着弹弓，衣冠不整，成何体统？"大子友说："刚刚经过后园，听到秋蝉鸣叫，便循声去看。只见那蝉附在高高的树上，饮了清晨的露水，吹着凉爽的秋风，悠然自得，振翅而鸣。不料有一只螳螂借着枝叶作掩护，悄悄地跟在它身后，作势欲扑。螳螂专心致志，志在必得，不知道自身后还有一只黄雀，悄无声息地接近。黄雀一心想着螳螂将是一顿美味的早餐，却不知道我手里拿着弹弓，正在树下瞄准它。好笑的是，我一门子心思要射黄雀，跟着它移动脚步，没有看到地上有一个洞，一脚踏了进去，摔了个狗啃泥，所以才搞得这么狼狈，让大王笑话。"

夫差笑道："只顾眼前之利，不见身后之患。所谓愚蠢，莫过于此。”

大子友不失时机地说：“还有比这更蠢的。鲁国承袭周公的福德，无欲无求，而齐国不爱惜百姓的生命，举兵相侵。齐国大举进攻鲁国，没有想到吴国尽起境内之士，千里奔袭，打得他们丢盔弃甲。而吴国兵强马壮，只想着称霸中原，不知道越王正在偷偷地训练死士，将趁虚而入，屠我吴国，灭我吴宫。大王，您说世上还有比这更危险的事吗？”

夫差挥挥手，让大子友退下，若有所思。然而，黄池之会已经是箭在弦上，不得不发。公元前482年六月，晋定公、鲁哀公和吴王夫差在黄池相会，周敬王也派卿士单平公参加。

七月六日，各路诸侯举行盟誓。在谁当盟主的问题上，吴国和晋国的官员发生了争执。吴国人认为，吴国的先祖太伯，本为周室先祖周太王的长子，因为周太王喜欢小儿子季历，很想立季历为储君，便主动避让，这才让季历的儿子周文王得以即位。从这段历史上讲，即便是周天子也得让吴王三分。晋国人认为，吴、晋同为姬姓诸侯，晋国自晋文公年代开始，就一直是中原的霸主，没有理由让吴国争先。双方各执一词，互不相让，眼看就要闹成僵局，晋国的赵鞅在营中大声呼道：“司马寅何在？”

司马寅是晋国军中司马，负责行军作战的安排，当时正在帐外候命，听到赵鞅召唤，赶紧进帐。

赵鞅说：“天色已晚，大事还没有定下来，这是你我二人之罪。马上击鼓，命令士兵们做好战斗准备。谁当盟主，光费口舌是争不出个结果来的，还是打一仗再说吧！”

司马寅大吃一惊，连忙说：“待下臣前往吴营打探一番，然后再请您定夺。”

司马寅跑到吴营，装作嘘寒问暖，转了一圈就回来了。他对赵鞅说：“请您稍安勿躁。吴国人的气氛不对，虽然大夫们都谈笑风生，吴王本人却兴致不高，估计是国内出什么大事了。我听人说，越国趁着吴国大军在外，偷袭了吴国，但是不知道具体战况如何。从吴王的表现来看，恐怕形势不容乐观。请再等等，我们有的是时间，过不了多久他们就会屈服的。”

果然，不久之后，吴国方面传来信息，愿意让晋定公主盟。夫差雄心勃勃而来，却以一步之差与霸主失之交臂。

吴国到底发生了什么事呢?

原来，就在吴国大军抵达黄池的时候，越王勾践也开始行动了。经过多年的卧薪尝胆，励精图治，勾践不但获得了越国民众的衷心拥护，而且拥有了一支装备精良、训练有素的军队。他将这支军队一分为二。大夫畴无馀、讴阳率领其中一队作为先头部队，从南面抵达姑苏近郊。

当时吴军主力尽在国外，留守姑苏的部队不过是些老弱病残。大子友临危不乱，带着王子地、王孙弥庸和寿于姚等人登上横山（今江苏省苏州境内）观望越军。弥庸远远地看见越军中竖着一面战旗，说："这是我父亲曾经使用的战旗啊！"——弥庸的父亲当年跟随阖闾讨伐越国，战死沙场，其战旗亦为越军所获。弥庸向大子友请求出击，说："不可见到仇人而不去杀他！"大子友不同意，说："我已经派人加急送信到黄池，但是要等父王大军返回，还有一段时间。现在城内守备空虚，我们凭借城高池深，坚守不出，或许还能支撑一些日子。主动出击的话，攻而不克，那就是亡国的大事了，请一定忍耐！"

弥庸不听，带着自己的部下五千人开城迎敌。大子友劝阻不住，只得派王子地相助。两军在姑苏城外大战，吴军以老弱病残之师，竟然大获全胜，弥庸俘虏了畴无馀，王子地俘虏了讴阳，越国的先头部队全线崩溃。

然而就在这个时候，勾践率领的越军主力赶到。大子友在城内见到，怕弥庸和王子地全军覆没，便也率领部队倾巢而出，料想趁勾践远道而来，立足未稳，如果全力一击的话，或许还有胜算。不幸的是，现在的越军远非当年的越军可比，人数又占绝对优势，没费多少力气就将吴军收拾得干干净净。大子友、王孙弥庸、寿于姚都成为了越军的俘虏，姑苏城陷落。

城破之际，王子地派了七名武士趁乱突围而出，星夜赶到黄池，将消息报告给了夫差。

夫差不动声色地听完报告，命亲信将这七个人带到没人的地方杀掉。应该说，吴军的保密工作做得还是很不错，而且夫差本人也掩饰得很好。若非司马寅看出了端倪，黄池之会说不定还真让他做成了盟主。

饶是如此，夫差统帅的吴国大军仍然是一支可怕的力量。黄池之会的时候，夫差要求鲁哀公陪同自己会见晋定公，子服何对夫差的使者说：“天子召集诸侯，则盟主带领诸侯朝觐天子；盟主召集诸侯，则诸侯带领子爵、男爵朝觐霸主。自天子以下，朝觐时使用的玉帛也各不相同。所以鲁国进贡给吴国的，从来都比给晋国的丰厚，那是把吴国当作了自己的领袖才这样做的。现在诸侯相见，大王打算带着寡君会见晋侯，请问大王是把晋侯当作盟主了吗？如果真是那样的话，鲁国就要改变进贡的轻重，大王想必不会不高兴吧？”吴国使者将话传给夫差，夫差便没有要鲁哀公陪同，单独会见了晋定公。

不久之后，夫差又后悔了，要将子服何囚禁起来。子服何很镇定地说：“我已经在鲁国立好了继承人，早就准备好了两辆车子和六个随从，随时听候您的调遣。”夫差便将子服何带走，让他随吴军南下。走到户牖（今河南省兰考境内）的时候，子服何对伯嚭说：“按照鲁国的传统，十月要祭祀天帝和先王，包括吴国的先祖太伯也在其列。自鲁襄公以来，我家世代都在祭祀中担任职务，这次如果不参加，祭祀官会说，这是吴国造成的。我担心天帝和先王听了，会不高兴。再说，贵国认为鲁国不恭敬，却只逮捕了我等七个下贱的人，对鲁国又会有什么损害呢？”

伯嚭最好打交道了，只要有礼，他必从善如流，于是向夫差报告说：“咱们把子服何带回吴国去，对鲁国没有任何损害，却败坏了吴国的名声，不如放他回去吧。”夫差同意了，于是将子服何放回。

吴国大军一路南下，经过宋国的时候，夫差还想攻打宋国，因为宋国没有参加黄池之会。伯嚭劝道：“咱们打下宋国不难，但是国内有事，只怕不能长久呆在这里，还是算了吧。”夫差这才作罢。

同年冬天，夫差回到了被勾践洗劫一空的姑苏。这座曾经繁华的都城，现在城墙破败，宫室凋零，人民流散，空空荡荡，就像是一座鬼城。经过城门口的时候，夫差突然想起了伍子胥曾经说过，要将自己的眼睛挂在城门上，好看着越国人打进姑苏。夫差不禁暗自瞪了伯嚭一眼，一股悔意涌上心头。但是后悔已经来不及了，当务之急是派人到越国去谈判，否则的话，越军再打过来，吴国就很难应付了。

收到吴国送来的厚礼后，勾践很宽容地笑笑，答应了吴国人的请求。他知道，现在还不是跟夫差算总账的时候，那么多年他都等了，不在乎多等几年。

勾践能等，楚国人却不能等了。公元前480年夏天，楚国派令尹宜申、司马公子结出兵攻打吴国，抵达桐汭（ruì，桐水拐弯的地方）。

所谓患难见真情，在吴国的危难时刻，陈闵公派大夫公孙贞子前往姑苏进行慰问。不料公孙贞子走到姑苏附近，突然得急病而死。陈国副使芋尹盖打算带着公孙贞子的灵柩入城，继续完成使命。

夫差被陈国人的热情搞得哭笑不得，派伯嚭到城外慰劳陈国使团，辞谢道："现在正是雨季，天天大雨滂沱，恐怕雨水毁坏大夫的灵柩，让寡君更加感到过意不去，请你们还是回去吧！"

芋尹盖说："寡君听说楚国无道，屡次攻打吴国，祸害你们的百姓，因此派人前来慰问。很不幸，碰上上天不高兴，使臣在路上丧了命。我们不得不耗费时间准备殡殓的财物，又怕耽误使命而日夜赶路，带着他的灵柩每天变换住地。现在好不容易到了姑苏，大王却命令不要让灵柩进城，这不是将寡君的好意丢弃在杂草从中了吗？"

伯嚭连忙说："不是这个意思啦！"

芋尹盖不听伯嚭解释，继续说道："下臣听说，对待死者要像他还活着一样，这就是礼。因此在国事访问中使臣去世，就要奉着灵柩来完成使命；如果受访的国家发生丧事，使臣也要继续完成使命。现在您要我们带着使臣的灵柩回去，好比我们听说贵国有丧事就半途而返了，您觉得合适么？"

芋尹盖的话说得挺狠，如果是吴国强盛时期，伯嚭说不定早就跳起来了。但是现在不同了，现在的吴国可以说是屋漏又逢连夜雨，人穷志短，伯嚭只能尴尬地笑笑。最后，他终于接受了芋尹盖的要求，同意让公孙贞子的灵柩进入姑苏。

这次不吉利的慰问，似乎预示着吴国的最终灭亡。两年之后，公元前478年三月，越王勾践再度讨伐吴国。夫差率军抵抗，在淞江与勾践隔水对峙。勾践耍了个花招，夜里派人在左右两翼击鼓呐喊，装作要渡河进攻的样子。吴军不明就里，分兵防御，勾践瞅准了机会，带着三军偷渡淞江，直接攻击吴国的中军，大败吴军。

公元前475年十一月，勾践第三次讨伐吴国。这一次，夫差再也没有能力组织军队与这位昔日的奴隶抗衡了。越军包围了姑苏，吴国岌岌可危。有趣的是，晋国在这个节骨眼上，居然认为吴、晋两国有黄池之盟，虽然不能相救，但总得表达一下心意，于是派大夫楚隆顶着寒风，不远千里来到姑苏前线。

楚隆先来到越军大营求见勾践，说："吴国冒犯上国已经很多次了，听说大王您亲自讨伐吴国，中原的百姓无不欢欣鼓舞，唯恐您的愿望不能实现。晋侯特别派我来看看吴国的下场，请让我进入姑苏完成使命吧！"

勾践心想，进就进呗，你单枪匹马的，还能舞出什么妖蛾子不成？于是同意了楚隆的请求。

楚隆见到夫差，恭恭敬敬地说："下臣是晋国赵氏的家臣。黄池会盟那次，我们两国共同盟誓说，要同好共恶。现在大王处于危难之中，晋国却无能为力，只能怕下臣来致以慰问。"

夫差心想，好嘛，又来了个动嘴皮子示好的，不过这次比上次好，至少是个活人进来了，于是下拜叩头说："寡人没有才能，不能侍奉越国，让晋侯操心了，谨此拜谢他的好意。"赠给楚隆一小竹筒珍珠，说："勾践不想让寡人好过，看来寡人是不得好死了。"算是对晋国慰问的正式回答。

楚隆离开的时候，夫差拉着他的袖子，偷偷问了一个问题："快淹死的人还要强颜欢笑，我也要问你一个问题，贵国的史墨为什么会被称为君子？"

前面说过，公元前510年夏天，吴国讨伐越国，史墨夜观天象，曾经预测，不到四十年，吴国将被越国消灭。夫差在这时候问起史墨，多少有些自嘲的意味。楚隆回答得很委婉："史墨这个人啊，做官的时候没人讨厌他，退休之后没有毁谤他，是因为这样才被人称为君子吧！"

夫差听了大笑，说："您说得真是恰当。"

楚隆走后，夫差派大夫公孙雄出城求见勾践。公孙雄光着上身，跪行到勾践跟前，说："孤臣夫差，斗胆向大王说几句掏心窝子的话。昔日曾经在会稽得罪大王，夫差不敢违背大王的意愿，吴、越两国得以和平共处。今天大王若想要诛杀孤臣，孤臣毫无怨言，只是不知道大王能否像当年在会稽发生的事情一样，也饶恕孤臣的罪过呢？”

勾践长叹一声，回想当年到吴国为奴，他在夫差面前自称东海贱臣，现在夫差反过来在他面前自称孤臣，求他饶恕，真是风水轮流转啊！一时间，在吴国喂马砍柴的日子历历在目，仿佛放电影一般经过他的眼前。这是他人生中最不愿意记起却又常常被记起的一段经历，恨也罢，耻辱也罢，在这个时候似乎都随风远去，剩下的仅仅是回忆。他突然眼睛一热，想答应夫差的请求。范蠡在一旁见了，情知不妙，马上站出来说：“当年会稽之事，是老天将越国赐给吴国，吴国自己不要而已。现在老天要将吴国赏赐给越国，越国岂可逆天而行？大王卧薪尝胆，忍耐了二十二年，不就是等着这么一天吗？现在这一天到了，您却无端端地放弃，这样做明智吗？俗话说得好，天授不取，反受其咎，您可别忘了会稽之痛！”

勾践擦了擦眼睛说：“您说得有道理，可是您看看人家的使者，寡人于心不忍啊！”

时值寒冬腊月，公孙雄只穿了条裤衩，伏在冰冷的地上，身体不断颤抖，那样子确实十分可怜。范蠡皱了皱眉头，走到帐外，拿起鼓槌，隆隆地敲起了进军的鼓声，下令说：“全军进攻，直捣吴宫，不得有误。”勾践大吃一惊。范蠡回到帐内，对公孙雄说：“大王已经授命于我，即刻讨伐夫差，越国大军已经发动，现在再哀求也没有用，你可以回去复命了。”

公孙雄看了看勾践，又看了看范蠡，大哭而去。

勾践越想越不是滋味，姑苏城破之日，他派人对夫差说：“寡人想将你安置在越国，赐给一百户人家。”夫差拜谢说：“多谢好意，只不过我已经老了，不能再侍奉大王啦。”说罢引剑自杀，留下一句遗言：“下葬的时候，将我的脸遮住，因为我无脸见子胥。”

《史记》记载，勾践命人将夫差厚葬，将吴国并入越国，然后引军北上渡过淮河，与齐、晋等诸侯相会于徐州，而且派人向周天子进贡。周元王派人赐给勾践胙肉，任命其为“伯”，也就是诸侯之长。勾践南归之后，将淮河上游的土地赠给楚国，归还吴国侵占的鲁、宋等国土地。那时候，越军横行于江淮流域，诸侯无不俯首称臣，勾践因此号称霸王。

在中国的历史上，“春秋五霸”有多种解释，最权威的解释当然是指齐桓公、晋文公、秦穆公、宋襄公和楚庄王，但也有很多人支持将夫差和勾践列入五霸，开除掉秦穆公和宋襄公。从夫差、勾践的实际表现来看，后面一种说法也不无道理。

值得一提的是，勾践灭吴之后，曾经立下汗马功劳的范蠡便带着自己的亲信，悄然离去了——据众多野史记载，西施也跟着他一起走了。走的时候，范蠡给文种留下一封信，说：“飞鸟尽，良弓藏；狡兔死，良狗烹。越王这个人，长脖子鹰钩嘴，可以共患难，不可同享乐。您何不学我激流勇退，退出他的视线？”文种舍不得离开越国，于是称病不朝，以为可以幸免于难。不久之后，有人向勾践打小报告，说文种想要谋反。勾践赐给文种一把宝剑，说：“您教给寡人伐吴九术，寡人只用了其中的三术，便打败了吴国，剩下的几术都还给您，您可以带着它们到九泉之下帮助先王打仗。”文种只好自杀。

范蠡来到齐国，隐姓埋名，给自己取了个“鸱夷子皮”这样怪怪的名字，在海边耕田种地。由于经营有方，数年之后，范蠡父子便成为齐国有名的富翁。齐国人听说他有才能，想请他出来做官，而且是做宰相。他喟然长叹说：“我居家则成为千万富翁，做官则非卿即相，这可真不是件好事。”于是将财产分给朋友和乡亲，只带了些贵重的珠宝，偷偷离开，来到陶地（今山东省定陶境内）隐居，自称姓朱。陶地是当时的交通枢纽，商贾云集。范蠡在那儿耕田放牧，买地经商，没过几年，又积累起成千上万的财产，天下人都尊称其为陶朱公。

另外还有一个人物的命运有必要作一番交代。吴国灭亡之后，伯嚭认为自己当年为勾践说了不少好话，替越国办了不少事，勾践必不至于为难他。但是让他万万没有想到，勾践进城后第一件事便是将他抓起来杀了。端木赐曾经多次和伯嚭打交道，对伯嚭的评价是：“顺君之过以安其私，是残国之治也。”据说，至今江浙一带，仍有些地方用“伯嚭”来形容吹牛说谎、言不足信的人。

孔子周游列国（上）：路在何方

黄池之会后，吴国迅速衰落，多年来一直受到吴国控制的鲁国获得了喘息的机会。公元前481年春天，鲁哀公带领群臣狩猎大野（今山东省巨野境内），叔孙州仇的家臣子鉏商在巨野泽中猎获一头奇怪的动物，体型像鹿，尾型像牛，全身鳞甲，头上独角。这怪物把大伙都吓坏了，以为是不祥之物，但又不敢妄下结论，不知如何处理。有人突然想起，孔丘博古通今，无所不知，连防风氏的骨头都认得，想必也能认得出这头怪兽。人们于是将怪兽送到孔丘家里。孔丘看了之后，很肯定地说："这是麒麟。"至于麒麟究竟是什么动物，后人一直争论不休，现代生物学也给不出一个结论，有人认为是天上有地下无的神兽，有人认为就是非洲来的长颈鹿，本书作者学识有限，在此不进行讨论。

这一年，孔丘七十一岁。两年前，他才结束了十余年的流浪生活，回到曲阜。

孔丘从大司寇任上离开鲁国，是公元前495年的事。据《史记》记载，当时齐景公对孔丘十分忌惮，曾问自己的大臣："孔丘在鲁国为政，鲁国必然强大，对齐国大大的不利，有什么办法可以让他离开？"有人建议说，最好的办法是让他感到沮丧，心灰意懒而自动离开。于是齐景公在国内精选美女八十人，让她们穿着性感的衣服跳舞；又挑选了一百二十匹好马，训练成舞马，可以随着音乐的节拍而翩翩起舞。这两百人马杀到曲阜，立刻引起了轰动，季孙斯微服前往观看了三次，仍然觉得不过瘾，干脆向鲁定公请了假，成天泡在戏园子里观看演出，不理政事。季孙斯的家臣，孔子的学生仲由都看不下去，对孔丘说："先生可以走了。"孔丘闭着眼睛，思索了半天，说："今天国家要举行郊祭，如果大夫们还能分到祭肉的话，我就留下。"在孔丘看来，所谓国家大事，无非"祀与戎"，就算鲁哀公和季孙斯不理朝政，只要在祭祀的时候表现得像个样子，也就可以了。没想到季孙斯接受了齐国送来的美女和舞马，连续三日没有上朝，祭祀的时候也没给大伙儿分肉。孔丘万念俱灰，果断地带着学生离开了曲阜。

大夫师己听到消息，跑出城去送行，说："这实在不是老师您的过错啊！"言下之意，错不在你，你又何必走呢？孔丘的回答是："我可以唱首歌吗？"没等师己反应过来，孔丘已经扯着嗓门唱开了："那妇人的口啊，可以让人出走；那妇人的话啊，可以叫人身败名裂。悠闲自在啊，聊以消磨时光！"师己回去后，季孙斯问他孔丘说了什么，师己如实相告。季孙斯喟然长叹，说："他这是为了那些女人的事在怪我啊！"不过叹归叹，曲阜城内舞照跳，马照跑，仍然是一片歌舞升平。

孔丘师徒离开鲁国，第一站来到卫国的首都帝丘，开始寄居在仲由的大舅子家里。卫灵公听说孔丘来了，马上召见他，问道："您在鲁国拿多少年薪？"孔丘说："六万。"六万不是人民币也不是美金，而是粮食六万，具体是什么单位，史料上没有明说，有可能是六万斤，这在当时足以支撑起一个家庭的体面生活了。卫灵公马上开给孔丘六万斤粮食，让他安心在卫国生活。然而不久之后，有人向卫灵公说孔丘的坏话。卫灵公耳朵软，派大夫公孙余假出入孔丘的住处，明为探访，实为监视。孔丘也是个政坛老鸟了，怎么会看不穿这等把戏？于是只在帝丘居住了十个月，便主动离开了。

孔丘打算前往陈国，经过匡地（今河南省境内）。弟子颜高为他驾车，进入匡城的时候，拿着马鞭指给孔丘看，说："我曾经到过这里，当年就是从这个缺口进城的。"这个动作让城墙上的守卫看到了，他们仔细一辨认，咦，坐在车上那个人，不是鲁国的阳虎吗？原来孔丘长得和阳虎有几分神似，而阳虎曾经迫害过匡人。这个误会差点要了孔丘的命。匡人马上一拥而上，将孔丘师徒团团围住，不由分说，先囚禁在一所房子里。颜回走得慢，落在后面，五天之后才赶到匡地。孔丘见到颜回，又惊又喜，骂道："我以为你死了呢！"颜回笑嘻嘻地说："您还活着，我怎么敢死？"师徒俩握手而笑。

然而形势并未因颜回的到来而好转。无论孔丘怎么解释，匡人就是不相信他不是阳虎，但也没有任何证据可以确认他就是阳虎。学生们都感到很害怕，生怕匡人不理智，做出什么出格的事来。孔丘却很淡定，安慰学生说："自从周文王死后，周礼不就掌握在我手里吗？如果上天打算毁灭周礼，我这个后人便不应该掌握它。既然上天不想毁灭周礼，匡人又能把我怎么样！"

颜回听了，长长地松了一口气，脸色顿时变得轻松。其他人却似懂非懂。这就好比一个人带着珠宝被强盗绑架了，却自我安慰说："别怕，如果上天要我死，就不会让这些珠宝落在我手里了！"孔夫子的逻辑，委实不是一般人能够理解的。

后来匡人果然把孔丘他们放了，不是因为孔丘知道周礼，而是因为他派几个学生回到帝丘去找了大夫宁俞。宁俞派人出面澄清，才得以真相大白。顺便说一下，宁俞是个有名的聪明角色，《论语》里，孔丘曾这样评价他："邦有道则智，邦无道则愚。其智可及也，其愚不可及也。"国家政治清明的时候，宁俞就聪明；国家混乱腐败的时候，宁俞就装疯卖傻。孔丘认为自己能够做到像宁俞那样聪明，却不能够做到像宁俞那样装疯卖傻。后人将"愚不可及"作为一句成语，形容愚蠢到了极限，其实它的本意是：更高层次的聪明，是难以企及的。

经此劫难后，孔丘师徒又返回了帝丘，住在蘧（qú）伯玉家里。卫灵公的夫人南子听说孔丘身长九尺玉树临风，又学识渊博无所不知，不免动了凡心，便跟卫灵公提出要见孔丘。

前面说过，南子是个极其风骚的女人，而卫灵公是个不怕戴绿帽子的男人，甚至曾经派人到宋国接南子的情人前来相会。现在南子要见孔丘，卫灵公怎么会不答应呢？他马上派人对孔丘说："四方来的君子，如果看得起寡人，将寡人视为兄弟的，寡人都会让他见见夫人。"

孔丘心里犯了一个嘀咕，见卫灵公便也罢了，见他老婆，这都啥事啊？推脱道："孔丘不敢。"

使者说："什么敢不敢，实话告诉您，就是南子夫人亲自提出要见您，别不识抬举。"

孔丘跟着使者来到后宫，进门之后，面朝北行稽首之礼。南子从帷帐中行拜礼两次，身上的佩玉叮当作响——这就是关于这次会见的全部记载，至于是否发生了其他事情，任由读者发挥想象。

回来之后，学生们都围着孔丘问这问那。孔丘面色潮红，只是说："我原本不想见她，既然见了便以礼相答。"仲由很不高兴，认为老师不老实，没有如实交代全部情况，孔丘急了，对天起誓说："我如果不是所说的那样，就让上天厌弃我！"

这样在帝丘住了一个多月，有一天卫灵公邀请孔丘出游，孔丘去了。卫灵公和南子同乘一辆车，宦官雍渠为车右护卫，让孔丘乘第二辆车，招摇过市。南子还不时回过头来，朝着孔丘妩媚一笑。满街的百姓都指指点点，搞得孔丘面红耳赤，于是说了一句很有名的话："吾未见好德如好色者也。"

经过这件事后，孔丘下定决心离开卫国，带着弟子来到曹国，又从曹国出发前往宋国。

宋国司马桓魋（tuí）恃宠骄横，听说孔丘来到了宋国，怕他为宋景公所用，派人跟踪孔丘。见到孔丘和学生坐在一棵树下讲学，桓魋的人便砍倒那棵树。学生们一看来者不善，心里已经猜着了七八分，对孔丘说："咱们还是快走吧。"孔丘不以为然地说："上天让德行降临在我身上，桓魋又能把我怎么样呢？"这一年，孔丘五十九岁，按他自己的说法，早就过了知天命的年龄，因此对于种种困苦，他总是安之若素，表现得极为淡定。

话虽如此，宋国是呆不下去了，孔丘只好又来到郑国。在新郑城外，孔丘和学生们走丢了，一个人又冷又饿，身上又没钱，只能倚着东门外的城墙发呆。学生们四处找他，有个郑国人对端木赐说："我在东门看见有个人，他的额头像唐尧，他的脖子像皋陶，他的肩膀像我们郑国的子产，自腰以下比夏禹差三寸，长得倒是一表人才，只不过虚弱疲惫的样子，就好像一条丧家之犬。"端木赐一听，连忙让他带着去找，果然找到了孔丘。端木赐将那人的话一字不漏地告诉孔丘，孔丘欣然笑道："他形容我的长相，未必准确，但是说我像条丧家之犬，还真是很形象啊！"

孔丘终于来到了陈国，寄居在公孙贞子（也就是后来出访吴国时死去的那位）家里。在陈国，孔丘再一次展现了他渊博的知识。

有一天，一只隼落在陈闵公的庭院中死去，身上插着一支奇怪的箭，箭杆是楛（kǔ）木做的，箭镞是石制的，箭长一尺八寸。谁都不认识这新石器时代的武器，陈闵公早闻孔丘大名，于是将他请去辨认。

孔丘看了之后说："隼飞来的地方很远啊，这是肃慎部落的箭。从前周武王攻灭商朝，打通四方道路，让蛮夷部落各自进贡那里的地方特产。肃慎部落进贡了这种箭。先王为了昭彰美德，把肃慎进贡的箭分赐给长女大姬，又将大姬许配给胡公，让胡公建立了陈国。将珍宝玉器赏赐给同姓诸侯，是要加深亲族的关系；将远方献纳的贡品分赐给异姓诸侯，是让他们不忘记义务，所以把肃慎的箭分赐给陈国。”陈闵公试着派人到旧仓库中寻找，果真找到了这种箭。

孔丘在陈国一住就是三年。三年间，陈国一直处于动荡之中，吴国和楚国交替入侵陈国，日子过得很不太平。终于有一天，孔丘对弟子说：“回去吧，回去吧，我家乡那些小子志大才疏，不过好在没有放弃追求。”

一行人于是收拾行李北上，但又没有直接回鲁国，而是返回了卫国。经过蒲地的时候，不巧当地正发生叛乱，叛军封锁了道路，不让孔丘通过。孔丘的学生中有个叫公良孺的，长得人高马大，素有勇力，见到这种情况便挺身而出，说：“当年我追随老师在匡地遇难，现在又在蒲地遇险，看来这也是我的命运啊！如果再被人囚禁起来的话，我还不如去死。”带着自己的几名随从主动出击，所向无敌。叛军害怕了，派人交涉说：“只要孔丘不去卫国，我们就让你们通过。”

孔丘听到了，马上回答：“好。”

叛军不放心，要求双方举行盟誓才放他们走。孔丘也一口应承。离开蒲地后，孔丘便命学生：“选准道路，直奔帝丘。”

学生们大吃一惊，都说：“老师您总是教导我们做人要守信用，刚刚和人家宣誓不去卫国，怎么就不遵守了呢？”

端木赐更是直接质问：“盟约难道可以撕毁吗？”

孔丘用手戳了戳端木赐的胸口，说：“笨蛋，我是受到威胁才跟他们签订盟约，我自己都不相信，神怎么会相信？”

“老师您实在是太坏了！”

卫灵公听说孔丘又来了，高兴得不得了，亲自跑到郊外迎接，至于南子有没有跟着去，就不得而知了。

卫灵公问孔丘：“您刚从蒲地过来，对那儿的情况想必有所了解，您看我们现在出兵讨伐叛军行吗？”

孔丘说：“行。”

卫灵公说：“可是我的大夫们都说不行。他们的意思是，留着蒲邑，日后可以对付晋国和楚国，如果我们现在就讨伐它，恐怕不好吧？”

孔丘说：“那里的男人不跟叛乱分子合作，宁死不屈，那里的女人都想往西边的黄河上逃跑，真正需要我们去讨伐的不过四五个人罢了，为什么不去进攻？”

卫灵公说：“您说得对。”虽然他这么说，可是始终不见动静，这事最终不了了之。孔丘也看出来了，卫灵公已经老了，无心于政治，更不想有所作为。他不胜落寞地说：“只要有人肯用我，给我一年时间就会见到效果，给我三年时间必大有收获，可惜……”

这时候，晋国正值中行氏、范氏之乱。赵鞅率军东下，进攻中牟。中牟地方长官佛（bì）肸率领部下背叛晋国，派人请孔丘去中牟共举大事，孔丘不禁有点动心。仲由说：“以前您教导我们，凡是亲手干过坏事的人，君子是不会与之同流合污的。现在佛肸在中牟反叛晋国，您却还想去，是怎么回事？”

孔丘说：“我是那么说过。但我也说过，真正坚硬的东西是怎么也磨不坏的，真正洁白的东西是怎么也染不黑的。只要我去到那里，那里就是会是王道乐土。子路，我可不是一个葫芦啊，怎么能够只挂在墙上中看不中吃呢？”

回想起来，这已经是孔丘第二次动这样的念头了。前一次公山不狃请他出山，由于学生的劝阻而没有去成；这一次佛肸向他招手，还是被学生劝住了。从这两件事不难看出，孔丘始终还是抱有理想主义的态度，认为只要给他机会，他就能改变世界。

自此之后，孔丘在卫国过得郁郁寡欢。有一天他在屋里敲磬（一种石制乐器），有个打猪草的农夫从门口经过，听到磬声就感慨地说：“这是心里有苦闷啊，而且还很固执，没有人理解就算了，何必那么放不下呢？”

为了打发无聊的时间，孔丘找到卫国的宫廷乐师师襄学习弹琴。师襄教了他一个曲子，他一连练了十天还不肯罢手。师襄说：“你已经弹得很不错了，可以练新的曲子了。”孔丘说：“我现在只是学会了这首曲子的弹奏方法，还谈不上熟练。”又过了些日子，师襄说：“现在已经很熟练了，可以练点新的了。”孔丘头也不抬，说：“不行，我还没有体会到乐曲表现的思想意境。”又过了几天，师襄说：“你已经进入乐曲所表现的意境，可以了，真的可以了。”孔丘说：“不行，我的眼前还没有出现乐曲中所表现的人物形象，还要继续努力。”又过了些天，孔丘弹着琴，突然停下来，默然有所思，接着又抬起头似乎在登高望远，说：“我已经看到乐曲所歌颂的那个人了，他黝黑的脸膛，高高的个子，眼睛炯炯有神，一副君临天下的样子。这个人如果不是周文王，还能有谁呢？”师襄一听，立刻站起来向孔丘行礼，说：“你弹的就是传说中的《文王操》啊！”

孔丘长叹一声。他本来想寄情于音乐，忘掉怀才不遇的烦恼，没想到钻研进去，反倒是更让他滋生了难以舍弃的情愫。他再也按捺不住，准备西行到晋国，去找赵鞅谋一份差事。刚刚走到黄河边，听到赵鞅杀死晋国大夫窦鸣犊和舜华的消息。孔丘立刻停步不前，对着奔流不息的河水说：“多么壮美的黄河啊，浩浩荡荡，无边无际！我这一辈子恐怕不能渡过去了，这也是命中注定的吧！”学生听了，走过来问道：“您这话是什么意思，难道走到了这里，您都不打算过河吗？”

孔丘说：“窦鸣犊和舜华，都是晋国的贤大夫。赵鞅未得志的时候，这两个人给了他很多指导和帮助；等到他一旦得势，就将他们杀掉。我听说，哪里有人涸泽而渔，蛟龙就不去降水；哪里有人为了鸟蛋而毁掉鸟巢，凤凰就不去那里飞翔。这是为什么？因为君子不愿意看到自己的同类受到伤害。鸟兽对于不仁不义的事，尚且知道躲避，何况是我孔丘呢？”于是退回去，写了一曲《陬操》来哀悼窦鸣犊、舜华二人。不久之后，又来到卫国，继续住在蘧伯玉家里。

有一天，卫灵公又将孔丘召了去，询问行兵布阵的事。孔丘说：“祭祀方面的事情，我曾经学过，军旅方面的事情，我一无所知。”卫灵公不置可否，也不再说什么，抬着眼睛看着天上飞过的鸿雁。孔丘看着他花白的胡子迎风颤抖，不觉悲从中来，没有再说什么，悄然退下。

这年夏天，卫灵公去世了。孔丘也离开卫国，又来到了陈国。大约是从这个时候开始，他迷上了《周易》，为周易写了《系辞》《象》《彖》《文言》等诸多著作，成为后世研究《周易》的重要文献。据说，他因为不停地翻读《周易》，以至于“韦编三绝”，也就是串竹简的皮条都断了三次。

同年五月，曲阜的官署发生火灾。火苗越过公宫，烧毁了鲁桓公、鲁僖公的庙。孔丘在陈国听到火灾的消息，通过《周易》推演，准确地判断出了受灾的房屋，“其桓、僖乎？”

同年秋天，季孙斯病倒。他让人抬着自己出来巡视曲阜的城墙，感慨地说：“这个国家曾经一度几乎兴旺起来，就是因为我得罪了孔丘，使得他离开，所以就没能振兴。”他回头看着自己的儿子季孙肥：“我死之后，你将执掌国政，一定要将孔丘叫回来帮你。”

没过几天，季孙斯便死了。季孙肥安葬了季孙斯后，就准备派人去陈国宣召孔丘。大夫公之鱼劝道：“当初您父亲就是因为对待孔丘没能善始善终，遭到诸侯耻笑。今天您要用他，如果再不能善始善终，只怕又要惹得诸侯们耻笑了。”季孙肥说：“那怎么办？”公之鱼说：“可以考虑让他的学生冉求回来。”

于是季孙肥就派人去叫冉求。

冉求准备动身前，孔丘对他说：“鲁国派人召你，不是小用，而是大用，你可要努力！”也就在同一天，孔丘感慨地说：“回去吧，回去吧，我家乡那些小子虽然志大才疏，文章却是斐然成章，我都不知道该怎么引导他们了。”冉求听了，心头一热。端木赐心里明白，孔丘也想落叶归根了，给冉求送行的时候，再三交代：“回国一旦获得任用，别忘了想办法将先生也接回去。”

冉求回国的第二年，孔丘从陈国又来到蔡国。这时蔡昭侯正准备去吴国访问。因为此前蔡昭侯未经与大臣商议便和夫差同谋将蔡都迁到州来，大臣们担心这次他又有什么阴谋，所以在大夫公孙翩的带领下，将蔡昭侯杀死了。在这种情况下，蔡国也不宜久居，孔丘只好继续流浪，来到了楚国的叶邑（今河南省平顶山境内）。

孔子周游列国（下）：理想丰满，现实骨感

叶邑的长官沈诸梁，人称叶公，是楚国名将沈尹戌的儿子。他对孔丘的到访表现出极大的热情，主动向孔丘问起治理国家的方法。孔丘还是一如既往地矜持，只说了六个字：

“政在来远附迩。”

也就是说，治理国家的关键，在于让远方的人投奔，让近处的人

拥护。仔细推敲起来，这话等于没说，因为“来远附迩”显然是一种结果，而不是一种手段。但是叶公很满意，因为他到叶邑上任以来，发展经济，兴修水利，让老百姓休养生息，在楚国已经颇有名望。当时南方战乱延绵，叶邑地处河南，远离战乱中心，无形中成为了一片净土，很多江南一带的人拖家带口来投奔他。所谓“来远附迩”，他都做到了，因此对孔丘那句话很受用。

有一天，叶公和仲由谈话，问了仲由一个问题：“您的先生是个什么样的人？”仲由一时语塞，无言以对。

孔丘听说这件事，对仲由说：“你呀，为什么不对他说‘我们的先生是一个学习起来不知疲倦，教育别人从来不感到厌烦，发愤工作忘记了吃饭，常常怡然自乐而忘记了忧愁，浑然不觉得自己已经是个老人家’？”

孔丘没有在叶邑久留，又回到了蔡国，路上遇到长沮、桀溺两个人在地里一块耕作。孔丘派仲由去向他们打听渡口在哪。长沮没有答，反问仲由：“坐在车子上的那个人是谁？”

仲由说：“是孔丘。”

长沮说：“是鲁国的那个孔丘吗？”

仲由说：“正是。”

长沮说：“那你还来问什么路，孔丘无所不知，他自己应该知道渡口在哪。”

桀溺问仲由：“他是孔丘，你又是谁？”

仲由说：“我是孔丘的弟子仲由。”

桀溺一边劳动一边说：“动荡不安的局面走到哪都是一样的，谁能改变得了？你与其跟着孔丘到处躲避坏人，还不如跟着我们来躲避整个社会呢！”

仲由回来把他听到的话告诉孔丘，孔丘凄然道：“人怎么可能和鸟兽同群？如果天下平安有道，我又何必四处奔波去改变它呢？”言下之意是，人是社会的动物，消极避世不是办法，主动去改变才是正道。本书作者以为，这也是孔丘最可爱的一面，始终保持着热情去积极地面对这个世界，甚至是带着一种“知其不可为而为之”的天真去实践自己的理想。

还有一次，仲由在路上和孔丘他们走散了，遇到一位背着草筐的老人。仲由问他："请问您见到我的老师孔丘了吗？"老人说："四体不勤，五谷不分，谁是你的老师啊？"说完，便拄着拐杖除草。仲由拱着手恭敬地站着。老人留仲由到他家住宿，杀鸡、做黄米饭给仲由吃，又叫他两个儿子出来相见。第二天，仲由赶上孔子，报告了这件事。孔子说："这是位隐士。"叫仲由返回去再见他。仲由到了那里，老人却已经走了。仲由接下来说的一段话，很能反应孔丘的主张："不做官，是不合义理的。长幼之序不可废弃，君臣之义又怎么能不顾呢？他想不玷污自身，却忽视了君臣间的大伦理。君子出来做官，是为了实行道义。当然，这个年头，道义不能实行，我是早就知道了的。"

孔丘到蔡国的第三年，吴国出兵伐陈，楚昭王派兵救陈，驻军于城父。楚昭王听说孔丘在陈、蔡两国边境上，就派人去请孔丘。陈、蔡两国的大夫们听到这个消息，立刻凑到一起商议："孔丘是个能干的人，批评各国政治总是能击中要害。这些年来他一直住在我们两国之间，我们这些人都不在他眼里。现在楚国这样的大国都来请他了，如果他受到楚王重用，那我们这些在陈国、蔡国本来能够说上话的人可就危险了。"于是串通起来，发兵将孔丘一行人围困在两国边境的一片荒郊野地里，使得他们进退不得，粮食也供应不上。学生们都饿得两眼昏花，躺在地上起不来，唯有孔丘仍然坐在那里读诗唱歌抚琴，一副悠然自得的样子。

仲由心里很窝火，这都什么时候了，你还有心思唱歌？故意问孔丘："君子也会有走投无路的时候吗？"

孔丘平静地说："君子当然也有穷困的时候，但仍然能坚守节操，而小人到了穷困的时候就什么事都做得出来了。"这句话的原文是："君子固穷，小人穷斯滥矣。"我们上中学的时候，都听孔乙己说过前半句，当时只觉得迂腐，现在看起来却觉得这句话的本义原也不错。

仲由遭到这样的批评，立马老实了，乖乖地坐在一边。孔丘环视了一周，见到学生个个无精打采，端木赐更是满脸的不高兴。孔丘于是问道："端木赐，我问你，你认为我是学了很多东西而且能够牢记不忘的人吗？"

端木赐说："是的，难道不是吗？"

孔丘说："不是，我只是能用一个基本的原理将所学的东西贯穿起来罢了。"

端木赐听了，若有所思。

孔丘知道学生们个个都有怨气，便将仲由叫到身边，问道："有一首诗说'匪兕匪虎，率彼旷野（既不是犀牛，又不是老虎，可是整天在旷野里跑来跑去）'。是我追求的理想不对吗？为什么我会落到这个地步呢？"

仲由说："也许我们还没达到仁的标准，人们对我们不够信任；也许是我们不够有智慧，所以人们才处处与我们为难。"仲由说的是实话，这些年来，他们跟着孔丘四处流浪，处处碰壁，没过一天安稳日子，主要的原因，可不就是孔丘的那一套理论不能被人们接受，甚至让人产生了抗拒的心理吗？

孔丘听了勃然大怒，骂道："有你这样说话的吗？仲由，我告诉你，如果达到仁的标准就能让别人信任，那伯夷、叔齐还会饿死在首阳山上吗？如果圣人的智慧必能畅行无阻，那比干还会被商纣王挖心吗？"

仲由走开后，孔丘又将端木赐叫过来，问了同样的问题。端木赐说："这是因为您的目标太远大了，所以天下没有哪个国家能够容纳您。老师您能不能将标准降低一点？"端木赐的意思是，如果理想不能实现，那就必须与现实结合，适当地进行妥协。

孔丘说："端木赐啊，最好的农民能够把地种好，但是不一定能够获得好收成；最好的工匠能够把物品做得巧夺天工，但是不一定能够让买家满意；君子能够朝着自己的理想努力，让学问有条有理，一以贯之，但是不能保证一定能让世人接受。现在你不是想办法去实现理想，而是只想着让世人接受，这样的志向可不够远大！"

后来孔丘又问了颜回同样的问题。颜回回答："老师的理想太远大了，因此天下都容不下。尽管如此，您还是坚持不懈地推行它。不被接受有什么关系呢？不被接受才更像个君子！一个人修养不够，是自己的耻辱；修养够了却不被接受，那就是当权者的耻辱了。不被接受有什么关系，不被接受才更像个君子！"

孔丘听得乐开了花，说："颜家的小子真是不得了，如果你钱足够多的话，我情愿去给你当管家。”

但是好听的话不能当饭吃。到了第七天，孔丘也扛不住了，躺在地上奄奄一息。颜回冒着生命危险，偷偷地跑出包围圈，向当地的村民讨了些米回来煮。孔丘闻到饭香，睁开一只眼睛，只见颜回这家伙正慌里慌张地用手在锅里抓饭吃。他不动声色，闭上眼睛又睡了一伙儿，颜回过来叫他吃饭。孔丘伸了个懒腰，说：“刚刚我做了一个梦，梦见我的先人，我自己先吃干净的饭然后才给他们吃。”

颜回面不改色心不跳，很平静地说：“是这样的，刚刚碳灰飘进了锅里，弄脏了一些米饭，丢掉又不好，我就抓来吃了。”

孔丘叹息道：“人们都说眼见为实，我现在才知道，眼见不一定为实，应该相信自己的心，但是自己的心也不可以相信。你们要记住，了解一个人本来就不容易啊。”后世很多人认为孔丘这是在自责误会了颜回，我倒是觉得，他其实也无法肯定颜回是在偷吃还是在干啥，所以才得出一个“知人难”的结论。

“孔子困于陈蔡之间”，是中国历史上有名的事件，他和三位学生之间的问答，颇有耶稣登山训众的意味，是后世儒家提升自我修养的必修课。

后来孔丘派端木赐跑到郢都求救，楚昭王派兵来迎接孔丘，一行人才得以摆脱困境。

楚昭王见到孔丘，十分高兴。两人会谈之后，楚昭王认定孔丘是个不可多得的人才，大笔一挥，打算封给孔丘七百里地，好让他安心呆在楚国。

七百里地，差不多是一个中等诸侯国的规模了。眼看孔丘就要阔起来，有人从中横插了一杠。

令尹宜申问楚昭王：“大王派到各国的使者，有像端木赐那样能说会道、善于辞令的吗？”

楚昭王说：“没有。”

“那您的辅臣有像颜回那样德才兼备的吗？”

“没有。”

“您的武将有像仲由那样勇猛的吗？”

“这个……也没有。”

“您的官吏有像宰予那样能干的吗？”

“没有。”

“您想想看。”宜申说，“楚国的先祖受封于周天子，爵位是子爵，封地只有五十里。现在孔丘嘴里说的是三皇五帝的法令，干的是周公、召公的事情，您要是这样重用他，那楚国还能世代享有这数千里的广阔土地吗？您就不怕他拿着周礼来约束您，让楚国回到最初的状态去？当初周文王经营丰邑，周武王建都镐京，都是凭借着百里的地盘最后获得了天下。今天您一下子赏赐给孔丘七百里地，还有那么多能干的学生跟着他，恐怕不是楚国的福气。”

楚昭王如梦初醒，将封赏孔丘的事情暂时搁置下来。但他对孔丘还是很尊重，让他养尊处优，过着很富足的生活。

有一天孔丘坐车外出，路边突然蹿出一个疯子，拦在他前面唱歌：“凤凰啊凤凰，你为什么这样倒霉？过去的事情再说也没用，未来的事情或许还能改变。算了算了，现在的当权者有谁知道这个道理呢？”这首歌的原文是：

凤兮凤兮，何德之衰！往者不可谏兮，来者犹可追也！已而已而，今之从政者殆而！

唱歌的疯子无名无姓，因为他拦住了孔丘的车，司马迁就称其为“接舆”，后人亦常用接舆来形容狂士。唐朝诗人王维曾经写过一首《辋川闲居赠裴秀才迪》：

寒山转苍翠，秋水日潺湲。倚杖柴门外，临风听暮蝉。渡头余落日，墟里上孤烟。复值接舆醉，狂歌五柳前。

诗中以接舆比喻裴迪，而王维自比五柳先生陶渊明。有意思的是，陶渊明写过一首脍炙人口的《归去来辞》，其中有这样的句子：

悟已往之不谏，知来者之可追。

无疑又是借了接舆讽孔丘的典故。

孔丘听了接舆的歌唱，赶紧下车，想跟他好好聊聊。接舆却一溜烟地跑开了，没给他说话的机会。

这件事后不久，孔丘便离开了楚国。据《左传》记载，这一年秋天，天空有云，形状有如火红的大鸟，追随着太阳飞翔了三日。楚昭王派人到雒邑向周朝的太史请教，太史说："这预兆对大王不利，如果举行禳祭，可将灾难转移到贵国的令尹和司马身上。"楚昭王说："不谷（诸侯谦称）除却心腹之病，却转移到手足之上，有什么意义？不谷如果没有犯什么大错，天难道会让不谷夭折？如果有罪，想逃也逃不了。"于是没有举行禳祭。不久之后，楚昭王去世。孔丘当时正在前往卫国的路上，听到这个消息，感叹道："楚王是个明白大道的人啊！当年吴军入楚，他却没有失去国家，是有道理的。"

孔丘再度回到卫国的第二年，吴王夫差和鲁哀公在鄫城会盟，吴国要求鲁国置办百牢大礼招待夫差，伯嚭还命令季孙肥前去面谈。季孙肥将端木赐请去应付伯嚭，事情才得以了结。后来端木赐又多次来往于鲁吴之间，为鲁国的外交事业作出了杰出的贡献。

孔丘在卫国生活久了，便难免说些场面上的话，如："鲁、卫之政，兄弟也。"别人都听得不明不白，后世的儒子儒孙则为了这句话殚精竭虑，写了很多论文来解释。其实那就是一句大白话，鲁国和卫国乃兄弟之国，没有什么深刻含义。孔丘的很多论述都是如此，就是一个白胡子老头在说大实话，没有任何深奥的理论。但是在任何时代，要人们回归到基本的常识，都不是件容易的事。

当时卫国的国君是卫出公。前面说过，卫出公的父亲蒯聩因为得罪南子，一直流亡在外。因为这件事，国际舆论对卫出公颇有微词。而孔丘的学生中有很多人在卫国当了官，卫出公也很想请孔丘出来为他服务。有一天，仲由问孔丘："听说卫侯准备请您治理国家，如果是那样，您打算最先做什么？"孔丘毫不犹豫地说："先要正名。"

仲由笑道："哎哟哟，您可真是迂腐，还抱着那套理论不放。这年头，有什么名好正的？"

孔丘说："小子你也太不懂礼了。名不正则言不顺，言不顺则事不成，事不成则礼乐不兴，礼乐不兴则法治不当，法治不当则老百姓都不知道该怎么办。因此君子不论办什么事，必须先正名；他讲的话，都要能够付诸实施。因此君子对自己的言行，是不能有丝毫马虎的！”

公元前484年齐国入侵鲁国，孔丘的学生冉求率领鲁国军队在曲阜郊外大败齐军。季孙肥问冉求：“你的军事才能是天生的呢，还是学来的？”这问题问得没水平，哪有天生会打仗的？所以，冉求回答：“是跟我的老师孔丘学的。”

季孙肥问：“孔丘是个什么样的人？”

冉求说：“他办什么事情，都要求名正言顺。他的所作所为，都可以让老百姓知道，可以告诉鬼神，不会有任何遗憾。”

季孙肥说：“我想把他请回鲁国来，可以吗？”

冉求说：“如果让他做我这样的工作，您即使给他两万五千户的俸禄，他也不会来。您要用他，就不能把他当作一般人对待。”

这一年冬天，卫国大夫孔圉准备攻打自己的女婿大叔疾。事情的起因很狗血：当初，大叔疾娶了宋国公子朝的女儿为妻，按照买一送一的规矩，小姨子作为陪嫁，也嫁给大叔疾为妾。大叔疾对这个老婆不怎么感冒，但是对小姨子十分宠爱。后来公子朝失势，孔圉趁机挖墙脚，劝大叔疾休掉了老婆，把自己的女儿嫁给了大叔疾。没想到大叔疾对前小姨子念念不忘，又将她召回来，安置在帝丘附近，还给她盖了一所大房子，待遇等同于现在的老婆。孔圉知道后，气得火冒三丈，想用武力来洗刷家族的耻辱。

孔圉就是《论语》里提到的孔文子。孔丘称他“敏而好学，不耻下问”，家族里的事，他也免不了先问一下孔丘的意见。孔丘听说他要打内战，连忙说：“祭祀的事，我学过一些；打仗的事，我可一窍不通。”回来之后对学生说：“良禽择木而栖，木岂能择禽？”命令学生收拾行李，准备离开。孔圉听说之后，赶紧过来挽留。正在此时，鲁国的使者带着礼物到了，孔丘借坡下驴，于是回到了阔别十四年的鲁国。

回来后，鲁哀公接见了孔丘，向他请教治国之道。在孔丘的一生中，已经记不起这是多少次被问及这个问题了，每次的答案都不一样。这次他的回答是：“关键在于选好大臣。”

季孙肥也向孔丘问治国之道，孔丘说：“选拔正派的人，远离心术不正的人，这样的话，人心便会慢慢变好。”

季孙肥又问：“鲁国现在盗贼为患，您原来当过大司寇，请问有什么办法治理？”

孔丘冷冷地说：“如果你自己不贪财，就算你鼓励人家去偷盗，人家也不去。”

可想而知，季孙肥最终没有任用孔丘，而孔丘也没有主动提出要求。多年以来，他一直坚持自己的理想，保持旺盛的斗志，希望改变这个世界，即使遇到诸多挫折也从未轻言放弃。但是，他毕竟是一个七十岁的老头子，他累了。

公元前481年，当人们把那头在巨野泽中捕获的怪兽送到孔丘眼前的时候，孔丘的眼睛一下子就湿润了，用一种干涩的语调说：“看来我的理想真是不能实现了。”

据后人解释，麒麟是仁兽，是圣人出现的喜兆。然而当时天下大乱，战乱频仍，麒麟一出现便被俘获，孔丘伤感于周礼不兴，喜兆不应，因而有此一叹。

另外还有一种流传很广的说法，孔丘回到鲁国之后，发奋修订《春秋》，希望《春秋》里的政治思想能够成为治国的理念，让后世君主开卷有益，让乱臣贼子感到害怕。“西狩获麟”后却心灰意懒，就此罢笔。当然，这种说法经不起推敲，只能姑妄听之。

其实，早在获麟之前，孔丘就曾经对学生说过：“黄河里没有出现八卦图，洛水里没有出现文书，看来我的时间也不多了。”

相传上古伏羲氏时，黄河中浮出龙马，背负“河图”，献给伏羲。伏羲依此而演成八卦，后为《周易》来源。大禹时，洛水中浮出神龟，背驮“洛书”，献给大禹。大禹依此治水成功，遂划天下为九州，又依此定九章大法，治理社会。河图洛书被认为是隐藏着无穷的奥秘，特别决定天下兴亡气数的知识。孔丘一生中，很少谈及天命，也不谈论怪力乱神，然而到了晚年，却寄希望于河图洛书之类的超自然力量，真是让人唏嘘。

据说颜回死后，孔丘曾经说：“老天爷这是要了我的命啊！”获麟之后，他更是伤心欲绝道：“没有人能够了解我了。”端木赐当时在场，问道：“您为什么这样说呢？”他说：“我不怨天尤人，从最基础的知识学起，越学越高深，越学越孤绝，真正了解我的，看来只有老天了！”

有一天齐国传来消息，齐简公被陈恒弑于舒州（这件事马上讲到，在此不述）。孔丘斋戒三日，三次向鲁哀公请求讨伐齐国。鲁哀公说：“鲁国被齐国欺负很久了，您现在想讨伐它，可行吗？”孔丘说：“陈恒弑其君，齐国至少有一半人不支持他，以鲁国的力量加上齐国的一半，当然可行。”鲁哀公说：“您跟季孙肥去商量一下吧。”孔丘出来后，直接回了自己家。别人问起来，他就说：“我好歹也是个大夫，该说的话，不敢不说。”言下之意，我尽到责任就算了，没有必要强求。

公元前480年，卫国发生一件大事。在外流亡多年的先太子蒯聩潜回国内，偷偷跑到孔悝（孔圉的儿子）家里，以武力挟持孔悝，发动政变。卫出公被迫逃奔鲁国。

孔丘的学生仲由一直在孔悝家里担任家臣。政变发生的时候，仲由正好在外出差。听到政变的消息，仲由连忙往回赶，在帝丘城外遇到大夫高柴。高柴也是孔丘的学生，他对仲由说：“国君已经出逃，而且城门也关上了，你赶紧掉头，或许可以幸免于祸。”仲由说：“我食其俸禄，怎么能够避其祸患？”趁着守卫不备，偷偷地进了城，直奔宫中去找蒯聩。蒯聩挟持孔悝登台观望，仲由想放火烧台营救孔悝。蒯聩大惊，命家臣石乞、孟厌出来与仲由相斗。战斗中，仲由的帽带被斩断，帽子掉到地上。仲由说：“君子就算战死，也不能不戴帽子。”从容不迫地戴好帽子，结好帽带。石乞和孟厌趁机发动进攻，将仲由杀死。

孔丘听到卫国动乱的消息，就说：“高柴这家伙会跑回来，仲由必定死在那里。”

仲由的死讯传来时，孔丘正拄着拐杖在柴门外散步，端木赐陪着他。孔丘一时泪如雨下，说：“泰山崩了，梁柱断了，哲人枯萎了！”

他又对端木赐说：“天下无道已经很多年了，没有人能够听从我的主张，难道不是很悲哀吗？夏朝人死了，灵柩停在东面的台阶上；周朝人死了，灵柩停在西面的台阶上；商朝人死了，灵柩停在两根柱子之间。昨天晚上，我梦见自己坐在两根柱子之间享受祭祀。今天早上，我才想起，我是商朝人的后裔啊！”

七天之后，孔丘也死了。

孔子的弟子们在列国的表现

回顾春秋时期的历史，开始是王室衰落，群雄并起，郑庄公纵横河雒，隐然成霸；接着齐桓公、楚成王、晋文公相继兴起，尊王攘夷，各领风骚数十年；此后晋国控制中原，楚国独霸南方，晋楚争霸成为主题，天下诸侯或从晋，或从楚，或摇摆不定，虽然战争不断，却保持了长期相对的稳定；再后来晋国衰败，楚国失势，齐国短暂复兴，吴国昙花一现，越国异军突起，天下的秩序再度被打乱，似乎周而复始，又回到了当初的混沌状态。

公元前488年春天，齐景公去世一年之后，宋国入侵郑国，理由是郑国背叛了晋国。这个借口很牵强，要知道，当年齐景公与晋国争霸，宋国和郑国都投入了齐国的阵营，宋国凭什么惩罚郑国呢？很显然，宋国并不是想讨好晋国，而是想趁乱而起，独树一帜。

同年秋天，宋国又入侵了曹国。

曹国遭到入侵，完全是自找的。曹伯姬阳爱打鸟，有个叫做公孙强的乡下贵族投其所好，打到一只白雁献给他，而且跟他说打鸟的技巧，讲得头头是道。姬阳一高兴，就封公孙强做了司城。公孙强大约是脑子进了水，当上司城后，成天给姬阳献计献策，鼓励他当中原的霸主！姬阳竟然也信了，于是不再去晋国朝觐，也不买周围各国的账。宋景公抓住这个借口，派兵入侵曹国，讨其不敬之罪。

同年冬天，郑国为了救援曹国，派兵入侵宋国。这一牵制战略很有效，宋景公不得不回师保卫商丘。公孙强看到宋军撤走，一下子犯了贱，不但不暗自庆幸，反而命令士兵们在城墙上肆意辱骂。宋景公大怒，命令部队回头猛攻，很快将城池攻破，俘虏了姬阳和公孙强，曹国就此灭亡。

公元前486年春天，郑国派兵进攻宋国的雍丘（今河南省杞县境内），宋国派兵反击，全歼郑军，俘虏郑将郑张和郑罗，并乘胜追击，攻入郑国境内。

宋国的动作终于引起了晋国的警惕。同年秋天，赵鞅准备出兵救援郑国，命阳虎算卦，得到的结果是不吉，于是作罢。

宋景公的胆子越来越大，于公元前485年派兵入侵郑国。公元前483年冬天又派大夫向巢伐郑，郑国当国罕达率军反击，将向巢包围在岩地（今河南省境内）。

公元前482年春天，宋国派桓魋（也就是当年砍树恐吓孔丘的那位仁兄）增援向巢，结果还没交战，罕达只传了一道命令——“生擒桓魋者有赏”，桓魋便逃跑了，向巢部也被郑军全歼。

前面说过，桓魋很受宋景公宠爱。然而宠爱到了一定程度，便容易由爱生恨。当宋景公雄心勃勃想称霸中原的时候，桓魋的胆小表现使得他大为光火。更让他恼火的是，桓魋回国后，丝毫不觉得愧疚，连宋景公的批评都不能接受。在这种情况下，宋景公下定决心要除掉桓魋。

公元前481年夏天，宋景公安排了一个饭局，要他的母亲也就是宋国的太后请桓魋吃饭，打算在席间埋伏刀斧手，掷杯为号，将桓魋剁成肉酱。这事儿不知道怎么走漏了风声，桓魋知道了，决定反客为主，请宋景公到家里来作客。宋景公也不是傻瓜，召见司马皇野说：“桓魋从小是我一手带大的，现在他却反过来要害我，请您一定要救我。”皇野说：“没问题，不过这件事必须得左师帮忙，请您先把他找过来。”

左师即向巢，乃是桓魋的亲哥哥。向巢有个习惯，每到吃饭之前，都要敲钟。宋景公在公宫听到钟声，对皇野说：“老先生要吃饭了，您先等等，别打扰他。”过了半个时辰，又听见向巢家里传来音乐，宋景公说：“他吃完了，您可以去了。”皇野于是驱车来到向巢家，说：“今日迹人（掌管山林的官吏）来报，在逢泽（今河南省商丘境内）发现野鹿的踪迹。国君想邀请左师一同去打猎，但又怕左师没时间，因此派我私下来拜访，问问您意下如何。如果您愿意去的话，那就要快点，因为国君准备出发了，请您坐我的车同去。”

向巢受宠若惊，欣然同往。宋景公见到向巢，将桓魋要谋反的事告诉他，向巢一听，立刻跪伏在地上，不肯起来。皇野说：“您别紧张，国君请您来商议这件事，就是因为信任您。在这种大是大非的问题上，请您一定要认清形势，站在正义的一方。”宋景公也说：“寡人知道左师必定很为难，但是上有皇天，下有列祖列宗，寡人是不得已才要对付桓魋的。”向巢这才用颤抖的声音说：“桓魋不从君命，为祸宋国，我岂敢不唯君命是从？”皇野就等这一句了，马上说：“那就请您留在宫中保卫国君，将您的兵符交给我，由我来处理剩下的事。”

所谓兵符，就是调兵的凭证。向巢官居左师，并不掌握军权，因此这个兵符是用来调动向氏族兵的。皇野拿着兵符来到向府，命令向巢的家臣集合队伍，准备进攻桓魋。向巢的老家臣都不同意，但是年轻的家臣都说：“我们听从国君的命令。”最后年轻人占了上风，于是发放武器盔甲装备族兵，向桓魋府上进发。

桓魋的弟弟子颀得到消息，赶紧通知桓魋。桓魋马上命令集结队伍，想直接进攻公宫，打宋景公一个措手不及。他的另一个弟弟子车劝道：“您不能事君，反而讨伐他，国人不会同意的，别自寻死路了。”桓魋于是逃到曹地（即原来的曹国）。

同年六月，宋景公派向巢进攻曹地。向巢久攻不克，担心宋景公怀疑，逃奔鲁国。后来曹地百姓起来反抗，桓魋逃奔卫国。据说宋景公曾经派人挽留向巢，向巢说：“下臣罪大恶极，灭族都不为过。如果您看到祖宗的份上，使向氏不绝于祀，下臣就十分感谢。至于下臣本人，则不用再考虑了。”

值得一提的是，桓魋还有一个弟弟，叫司马牛。史上一般认为，司马牛也是孔丘的学生。桓魋事败后，赵国和齐国都召他去做官，但是他最终还是逃到了鲁国，并且后来就死在了鲁国。据《论语》记载，司马牛曾经哀叹：“人人都有兄弟，就我没有。”他的师兄卜商回答了一句流传很广的话：“四海之内，皆兄弟也！”

公元前481年，齐国也发生了大事，而且事情也与孔门弟子有牵连。

前面说过，齐简公在鲁国的时候，叫做公孙壬。他的父亲齐悼公当时叫做公子阳生。公元前489年阳生应召回齐国，将公孙壬托付给孔丘的学生宰予照顾。因为这层关系，宰予成为了公孙壬最信任的人。等到齐简公即位，宰予便被委以重任，当上了临淄市长，成为了齐国政坛的风云人物。

宰予长于雄辩。儒家讲究孝道，父母去世后，要守三年之孝，不吃肉，不喝酒，不唱歌，不跳舞，不工作，不过性生活。宰予对此表示质疑：“君子三年不行周公之礼，这礼不是崩了么？三年不作乐，这乐不是坏了么？旧谷吃完了，新谷上市，另起炉灶，也没什么不可以吧！”孔丘听了，问道：“那你觉得心安吗？”宰予说：“安啊！”孔丘说：“你心安就行了。君子守孝期间，吃到肉也不知肉味，听到音乐也乐不起来，所以干脆不要那些玩意儿，没其他意思。”转头孔丘便对人说：“宰予这家伙为人不仁，孩子出生之后，前三年都是在父母的怀抱中度过的。守孝三年，乃是天下通行的法则。”

由此可知，宰予并不受孔丘赏识，再加上有白天睡觉的恶习，更是让孔丘恼火，曾经骂他：“朽木不可雕也，粪土之墙不可圬也。”当宰予一本正经地问起上古时期三皇五帝的品德，孔丘便不屑地说：“你不是该知道这样知识的人。”

话虽如此，宰予毕竟列于孔丘的门墙之内，名声在外。当时陈乞已经去世，其子陈恒（又称陈常或田常）继承家业。陈恒对宰予这位国君跟前的红人十分忌惮，常常有事没事跑到朝中去，名为探访，实为监视。大夫诸御鞅看到这种情况，常对齐简公说：“陈恒和宰予二人不可并存，您要不依赖陈恒，要不依赖宰予，别摇摆不定。”齐简公不听。

有一天晚上，宰予前往宫中办事，路上遇见陈逆杀人，便将他逮捕，带入宫中。陈逆也是陈氏族人，而且是陈恒的亲信。他被逮捕后，陈恒很紧张，想方设法派人潜入宫中，放倒了看守，将陈逆救了出来。

这件事后，陈恒和宰予的矛盾日益突出。陈恒有个族叔，名叫陈豹，在陈氏家族中郁郁不得志，托人找到宰予，要求投入其门下。宰予和他见面，聊了些政治问题，陈豹投其所好，尽拣宰予爱听的说，很快获得了信任。有一天，宰予半开玩笑半认真地对陈豹说：“我把陈氏族人都赶出去，让你成为陈氏宗主，如何？”陈豹回答说：“我又不是陈氏嫡系，不敢有此奢望。再说，陈家人不听您的话的，就那么几个，何必将他们都赶跑呢？”

陈豹出来后，马上跑去告诉陈恒。陈恒召集族人开会研究对策，陈逆说：“宰予有国君支持，如果您不先动手，恐怕斗不过他。”

陈恒说：“那你有什么建议？”

陈逆说：“我有从宫中逃跑的经验，愿意带几个人重回宫中潜伏，做您的内应。”

陈恒答应了。五月十三日，陈恒兄弟四人，共乘一辆马车去上朝。

宰予在朝堂外的听政所办公，听到声音便出来相迎。陈氏兄弟一把将他推倒在门外，迅速进门，然后将门关上，把宰予关在了外面。守门的侍卫想要阻拦，被早就埋伏在那里的陈逆带着几名武士全部杀死。

当时齐简公和几名小妾正在后花园饮酒，命大史子馀在一旁唱歌助兴。陈恒等人冲进来，要求齐简公赶快搬到寝宫去。齐简公随手操起一支长戈就想打陈恒，子馀赶紧拦住说："相国不是来害您的，是来为您除害的。"

陈恒也赶紧跪下，说："宰予阴谋作乱，下臣特地进宫来保护您，没有其他意思。"言毕带着人退出后花园，一边走一边说："看来国君很生我的气，我得赶快逃走，逃到鲁国晋国都好，天下之大，何患无君？"

陈逆一听，立刻抽出剑拦在他身前，说："像您这样优柔寡断，如何能成大事？这里的人，谁不是陈氏子孙？您如果要逃，我现在就杀了您，还怕没有人领导我们吗？"

陈恒盯着陈逆看了很久，说："我明白了，你把剑拿开，你们马上召集陈氏族兵，准备战斗。"

陈恒这道命令下达得很及时。没过多久，宫墙外就传来杀声，那是宰予召集的部队在准备进攻公宫，抢回国君。陈恒带着宫内的侍卫登墙抵抗。宰予先是进攻大门，后来又进攻侧门，均无功而返。宰予正想堆积柴禾火攻，陈逆带着族兵赶到，双方大战一场。临淄的居民早就被陈家收买，加上对宰予这个外来和尚天生反感，都跑出来帮助陈逆。宰予见势不妙，落荒而逃。没想到急急忙忙，一出城就迷了路，竟然一头撞进陈氏的封邑丰丘，被丰丘军民拿住，又送回临淄来了。

陈恒命人在城外将宰予处死，又将齐简公抓起来，囚禁在舒州。《左传》记载，同年六月，"陈恒弑其君壬于舒州。"据说，齐简公死前只说了一句话："如果早听了诸御鞅的话，就不会有今天的下场了。"

陈恒立齐简公的弟弟姜骜为君，也就是齐平公。陈恒自封相国，对内收买人心，安抚百姓，对外则主动与诸侯搞好关系，很快将齐国安定下来。陈恒对齐平公说："讲仁义道德，施恩惠于百姓，这是人人都愿意做的，请您来做；讲法治刑律，惩处罪人，这是人人都讨厌做的，请让下臣去执行。”将大权揽在自己手里，成为了齐国的实际控制人。此后，陈恒花了五年时间，将鲍氏、晏氏等各大家族统统剿灭。公元前476年，他把齐国自平安（今山东省淄博境内）以东的土地全部划归自己所有，领有的土地比公室还多。陈氏家族实际上已经控制了齐国，“陈氏代齐”只差临门一脚了。

公元前481年，鲁国也发生了一件大事。孟氏的族长仲孙何忌去世，其子仲孙彘继承家业。数年前，仲孙彘想在孟氏封地成邑养马，遭到当地长官公孙宿的反对。仲孙何忌死后，公孙宿前来奔丧，被仲孙彘拒之门外。公孙宿袒露上身，摘掉帽子，跪在门口大哭，仲孙彘还是不接纳。公孙宿害怕了，拿着成邑作人情，投奔了齐国。齐鲁两国的关系本来就因为夫差的战争而恶化，这件事发生后变得更僵。

公元前480年秋天，陈恒派大夫陈瓘出访楚，途经卫国。当时卫出公还在位，仲由也没死。仲由对陈瓘说：“上天或许是以陈氏为斧，要将齐国公室砍倒吧！虽然现在还不能预知未来，陈氏最终占有齐国，也不是不可能的事。为了将来考虑，何不与鲁国结束对抗，互相善待呢？”

陈瓘是陈恒的亲哥哥，听到孔丘的学生说这样的话，感到很高兴，说：“您言之有理，我将转告我弟弟。”

同年冬天，鲁国和齐国通过谈判，实现了和平。鲁国派子服何和端木赐前往齐国访问，见到了公孙宿。端木赐说：“您是周公的后裔，鲁国对您也不薄，为什么要做背叛祖国的事情呢？”

公孙宿说：“我愿意听您的教导。”

陈恒到宾馆会见鲁国使臣，说：“寡君派我来告诉你们，他愿意像侍奉卫侯一样侍奉鲁侯。”自齐景公兴起以来至今，齐卫都保持了良好的关系，是以陈恒有此一说。

端木赐说：“那正是寡君所愿。当年晋国讨伐卫国，齐国为了救援卫国而讨伐晋国（指夷仪之战），损失战车五百乘，还补偿给卫国土地，确实是待之不薄！而鲁国呢，当年吴国派兵威胁鲁国，强迫我们与之结盟，齐国却趁火打劫，夺取了鲁国的两座城池，寡君因此感到寒心。如果能够得以享受卫侯的待遇，寡君求之不得！”这番话说得不亢不卑，绵里藏针，端木赐不愧是那个年代最杰出的外交家。

陈恒听了之后很不好意思，主动向鲁国归还了成邑。此后，齐鲁两国关系逐渐升温。公元前478年，鲁哀公在仲孙彘的陪同下访问齐国，在蒙城（今山东省蒙阴境内）会见了齐平公。

齐平公也许是做傀儡久了，连基本的外交礼节都不懂，竟然朝着鲁哀公行叩拜之礼。鲁哀公仅仅是回敬一揖。在场的齐国官员都很愤怒，认为鲁哀公轻慢了齐平公。仲孙彘出来解释："不是天子，寡君没法叩拜呀！"一句话说得齐国人哑口无言。

公元前474年，鲁哀公再度与齐平公相见。齐国人对几年前的事仍然耿耿于怀，编了一首歌，这样唱道："鲁国人自己犯了错误，过了几年还不知觉，真是让人暴跳如雷，那都是因为他们迷信儒家的书，才造成了两个国家的忧患（原文：鲁人之皋,数年不觉,使我高蹈。为其儒书，以为二国忧）。"言下之意，鲁国人太拘泥于周礼，不知道灵活变通，以至于怠慢了齐侯，导致两国关系产生裂痕。

鲁哀公没说什么，心里却对齐国人的强词夺理感到十分不快。三年之后的公元前472年，晋国派兵讨伐齐国，请鲁国出兵相助。鲁哀公便派大夫臧石带兵与晋军会合，一举攻下齐国的廪丘。

同年秋天，鲁哀公立庶子公子荆为大子。据《左传》记载，公子荆的母亲地位低下，但是受到鲁哀公的宠爱。鲁哀公想立她为夫人，命祭祀官准备册封的礼仪。祭祀官回答："没有这样的礼仪。"鲁哀公大怒，说："立夫人是国之大礼，怎么可能没有？"祭祀官回答："立夫人讲究门当户对，周公夫人是薛国公主，鲁惠公夫人是宋国公主，自鲁桓公以来，国君夫人全是齐国公主，这样的礼节是有的。如果把妾立为夫人，那还真没有。"鲁哀公不听，还是立她做了夫人，又立公子荆为大子。因为这件事，国人都对鲁哀公产生了厌恶。

但是鲁哀公并不在乎国人喜不喜欢，他有自己的算盘。同年十月，他不远千里跑到越国去访问，跟勾践的大子适郢打得火热。适郢还打算将女儿嫁给鲁哀公，并且送一大片土地做嫁妆。

季孙肥听到消息很害怕。那时候越国称霸天下，如果鲁哀公攀上这门亲事，三桓就算联合起来，也拿他没办法了。季孙肥赶紧派人带着礼物去越国做工作，千方百计破坏了这门婚事。

第二年六月，鲁哀公才从越国返回。季孙肥和仲孙彘出城相迎。大夫郭重为鲁哀公驾车，见到季孙肥和仲孙彘，回来便说：“这两个人嘀嘀咕咕，满腹牢骚，您可得防着他们一点。”鲁哀公何尝不知道季孙肥坏了他的好事，说：“我心里有数。”

鲁哀公在五梧（曲阜南门地名）宴请众人。仲孙彘上前祝酒，见到郭重便戏谑道：“哎，你怎么长这么胖啊？”

季孙肥在一旁打趣：“快罚仲孙彘喝酒。我们有政务在身，不能跟着国君远行，只好让郭重辛苦奔波，怎么可以说他胖呢？”

鲁哀公冷冷地说：“食言多了，能不胖吗？”后人推测，大概是三桓多次向鲁哀公许诺却又不践约，所以鲁哀公借此机会指桑骂槐。

好好的一场酒宴不欢而散，鲁哀公与三桓的关系进一步恶化。

公元前468年春天，勾践派大夫舌庸来到鲁国，要求与鲁哀公举行盟誓。越国虽为霸主，然而派大夫来与诸侯结盟，显然是不合适的。鲁哀公却很高兴地去了，而且要三桓全都随他参加。鲁哀公的用意很明显，想借越国的力量来压制三桓，为此不惜低人一等。

季孙肥感到羞耻，对另外两位说：“如果端木赐在此，事情不至于是这样。”仲孙彘说：“是啊，何不现在就请他来？”叔孙舒（叔孙州仇的儿子）说：“还是等以后再说吧！”

同年四月，季孙肥去世。鲁哀公前去吊唁，但是没有按照规定完成仪式就走了。这件事使得鲁哀公与三桓之间的矛盾更加尖锐。同年八月，鲁哀公想请勾践出兵讨伐鲁国，驱逐三桓。三桓得到情报，联合起来讨伐鲁哀公。鲁哀公先是跑到大夫公孙有山家里躲藏，后出逃邾国，最后来到越国。

一年之后，鲁哀公去世。鲁哀公去世前后，齐国的陈氏家族正在抓紧掠夺权力，晋国的智、赵、魏、韩四卿正在明争暗背斗，天下诸侯，都在为内外秩序的崩溃而寝食不安。风起云涌的春秋时代，在骚动中落下了帷幕。

（春秋卷完）

本书大事年表

公元前529年，晋国出动战车四千乘与诸侯联军会于平丘，平丘之会是春秋末年的一大盛事，也是晋国最后一次会盟诸侯。

公元前522年，伍子胥因父、兄被楚平王冤杀，只身出逃入吴。

公元前516年，吴王僚被专诸刺杀，吴王阖闾即位。

公元前505年，吴军攻入楚都郢都，伍子胥鞭楚平王尸三百；同年，秦襄公助楚复国。

公元前497年，晋国的智氏、韩氏、赵氏和魏氏四卿进攻范氏、中行氏，史称“六卿之乱”，晋国从此一蹶不振；同年，孔子踏上了他周游列国的艰辛旅程。

公元前496年，吴军伐越，被越王勾践击败，吴王阖闾在此役中战死，阖闾子夫差即位。

公元前494年，吴王夫差灭越复仇，勾践向夫差俯首称臣。

公元前490年，晋国赵鞅攻灭中行氏和范氏，六卿并为四卿；同年，齐景公去世。

公元前484年，吴军在艾陵之战中大败齐军，此战坚定了夫差称霸中原的雄心；同年，夫差赐死伍子胥。

公元前482年，吴、晋两国会盟于黄池，会盟期间勾践率军乘虚攻入吴都姑苏，吴国霸业戛然而止。

公元前479年，孔子逝世。

公元前473年，勾践灭吴，夫差自尽。

读客®“公务员读史”丛书

读历史，更懂政治，修身治国平天下

什么是读客“公务员读史”丛书？

中国官场，自古如一。你今天碰到的难题，大秦宰相李斯也碰到过；你昨天遇到的麻烦，晚清名臣曾国藩也遇到过；他们是怎么一一化解的？在中国公务员群体中广泛流传的读客“公务员读史”丛书，讲述历代帝王将相跌宕起伏的传奇命运，重走他们飞黄腾达的仕途之路，收获他们老谋深算的官场智慧与技巧，常常让人在不经意间，茅塞顿开，于纷繁复杂的官场万象中，认出规律、方法和道路来，修身治国平天下。

**认准读客“公务员读史”丛书——读历史，更懂政治
修身治国平天下**

《卑鄙的圣人：曹操》全国热卖中！

曹操去世1791年来，曹操本人最服气的曹操全传

一件件讲透，曹操收拾三国群雄的卑鄙、奸诈、狠毒计谋；

一页页浸透，曹操体恤天下众生的柔情、仁义、圣人情怀。

历史上的大奸大忠都差不多，只有曹操大不同！

曹操的计谋，奸诈程度往往将对手整得头昏脑涨、找不着北，卑鄙程度也屡屡突破道德底线，但他却是一个心怀天下、体恤众生的圣人；而且他还是一个柔情万丈、天才横溢的诗人；最后他还是一个敏感、自卑、内心孤独的普通男人。

公元189年秋，曹操逃避董卓追杀，躲到老友吕伯奢家。吕家人磨刀杀猪款待曹操，曹操却疑心他们要谋害自己，断然砍杀吕氏全家；逃出门正好遇到吕伯奢打酒归来，问他猪杀好没？曹操惊愕中将热情的吕伯奢一刀捅死。

公元194年，曹操攻打吕布，为激励士气，他火烧城门断绝后路，但一开战就中了埋伏，几乎全军覆没，赶紧仓皇回撤，穿过自己刚才点燃的熊熊大火，胡子烧焦了一半，正在残余人马垂头丧气的时候，满脸烟灰的曹操沉思半晌，突然下令立即夜袭吕布，因为他算到吕营刚刚得胜，此时必然松懈！果然得计。

公元220年3月15日，临终前，这个一代枭雄的遗言却如此温柔：老婆们要学会做鞋子来卖，挣钱养活自己，想改嫁的就改嫁，说完永远合上了他的眼睛。

翻开本书，您将了解中国历史上这个独一无二的家伙，进入曹操尘封了两千年的精彩内心世界。

《战国纵横：鬼谷子的局》全国热卖中！

讲述谋略家、兵法家、纵横家、阴阳家、道家共同的祖师爷——鬼谷子布局天下的辉煌传奇。

战国时期，在一个叫清溪鬼谷的山上（今河南鹤壁市），隐居着一位被尊称为鬼谷子的老人（本名王诩），他每天在山上看书、打坐、冥想，不与世人来往，过着与世隔绝的生活。

但是，两千多年来，兵法家尊他为圣人，纵横家尊他为始祖，算命占卜的尊他为祖师爷，道教则将他与老子同列，尊为王禅老祖。

鬼谷子一生只下过一次山，只收过四个徒弟：庞涓、孙膑、苏秦、张仪——他们进山前都只是无名小卒，出山后个个大放异彩、名流千古。这四人运用鬼谷子传授的兵法韬略和纵横辩术在列国出将入相，呼风唤雨，左右了战国乱世的政局。

先是庞涓下山，大施拳脚，帮助魏国傲视群雄；不久孙膑出任齐国军师，打得魏国灰头土脸；接着苏秦身佩六国相印，说服诸国合力，使强秦十五年不敢出函谷关；最后张仪两为秦相，凭三寸不烂之舌戏弄天下诸侯，让苏秦功亏一篑，揭开了秦始皇统一中国的序幕。

弟子们征伐天下，鬼谷子坐镇深山、翻云覆雨，不动声色地看着弟子们一点点实现自己心中的理想：结束诸侯混战，天下一统，百姓安居乐业……

翻开本书，了解中国一切智谋、诡谋、阴谋、阳谋的终极境界。

读客|公务员读史丛书_023：读历史，更懂政治，修身治国平天下

《血腥的盛唐》全国热卖中！

让中国历史上最著名的主角们，为您讲述中华民族历史上最辉煌、最璀璨也最黑暗、最血腥的朝代

一部289年的唐史，就是一部中国5000年历史的缩影。

在最鼎盛时期，唐朝经济GDP高达世界总量的六成，领土面积是当今中国的两倍，300多个国家的人们怀着崇敬之心，涌入长安朝圣，2300多名诗人创造了无法逾越的文化盛世；然而事实上，如此繁荣的景象只持续了不到整个朝代一半的时间，大唐王朝的最后近百年间，连年内战，四处硝烟，黄河流域尸横遍野，千里无鸡鸣，万里无狗吠，落日的余辉下，是一望无际的地狱之国。

翻开本书，中国历史上最著名的主角们：李渊、李世民、武则天、杨贵妃、唐明皇、李白、安禄山、黄巢……帝王将相，轮番上阵，诗人草寇，粉墨登场，紧锣密鼓，不容喘息，连演数场好戏：一场比一场令人血脉贲张！一场比一场起伏跌宕！一场比一场充满血腥和阴谋！说尽这个最辉煌朝代的骄傲、耻辱与秘密。

大唐王朝的兴起与没落，辉煌与黑暗，就像一部中华民族历史的缩影。